覇道の槍

天野純希

時代小説文庫

角川春樹事務所

本書は、二〇一四年四月に小社より単行本として刊行されました。

目次

主な登場人物紹介

三好元長
細川晴元（六郎）に仕える。足利義維（義賢）を擁して、堺公方（堺大樹）の樹立に貢献する。父の長秀は九歳のときに死亡。祖父の之長の子ともされる。

三好之長
元長の父・長秀の父。阿波三好氏の畿内進出のきっかけをつくった名将。元長の祖父にあたるが実の父であるともされる。

千熊丸
元長の子。幼名は千熊丸。後の三好長慶。後に畿内四国を掌握し、事実上の天下人となった。

三好神五郎（政長）
三好氏の一族。元長と対立する。細川晴元（六郎）の側近として仕える。

細川晴元（六郎）
細川氏本家京兆家当主。父は細川澄元。室町幕府の管領。

足利義維（義賢）
細川晴元（六郎）と元長に擁され、異母兄である第十二代将軍足利義晴、細川高国を破って堺公方となる。

柳本賢治
丹波の国人。細川晴元（六郎）・元長らと組んで将軍足利義晴・細川高国を京都から追放した。

木沢長政
畠山義堯に仕えた河内の守護代。義堯から離反する。堺公方府に重用され、堺公方府内で三好元長が離脱した後、京都防衛の枢要な地位に就く。

浦上村宗
赤松義村に仕えた備前の守護代。主を凌ぐほどの権勢を揮い、義村と不仲になり殺害する。細川高国を擁して摂津国に出征、細川晴元（六郎）の率いる軍勢と戦う。

久一郎
油商人の屋敷の奉公人だったが、屋敷が足軽に襲われた所を三好元長に助けられる。その後、元長に仕える。

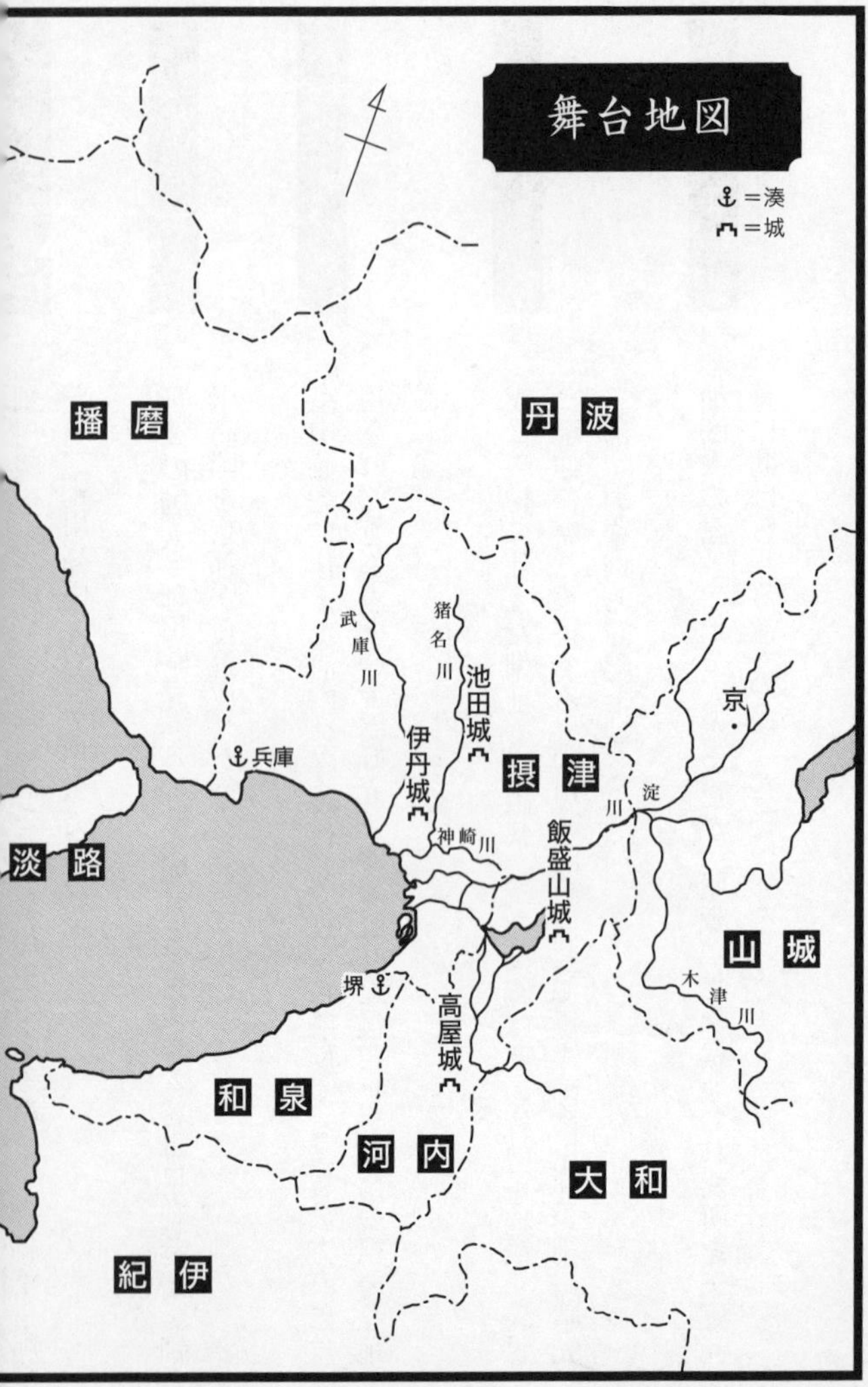
舞台地図
＝湊
＝城
播磨
丹波
淡路
摂津
山城
和泉
河内
大和
紀伊
兵庫
堺
京
武庫川
猪名川
池田城
伊丹城
神崎川
飯盛山城
淀川
木津川
高屋城

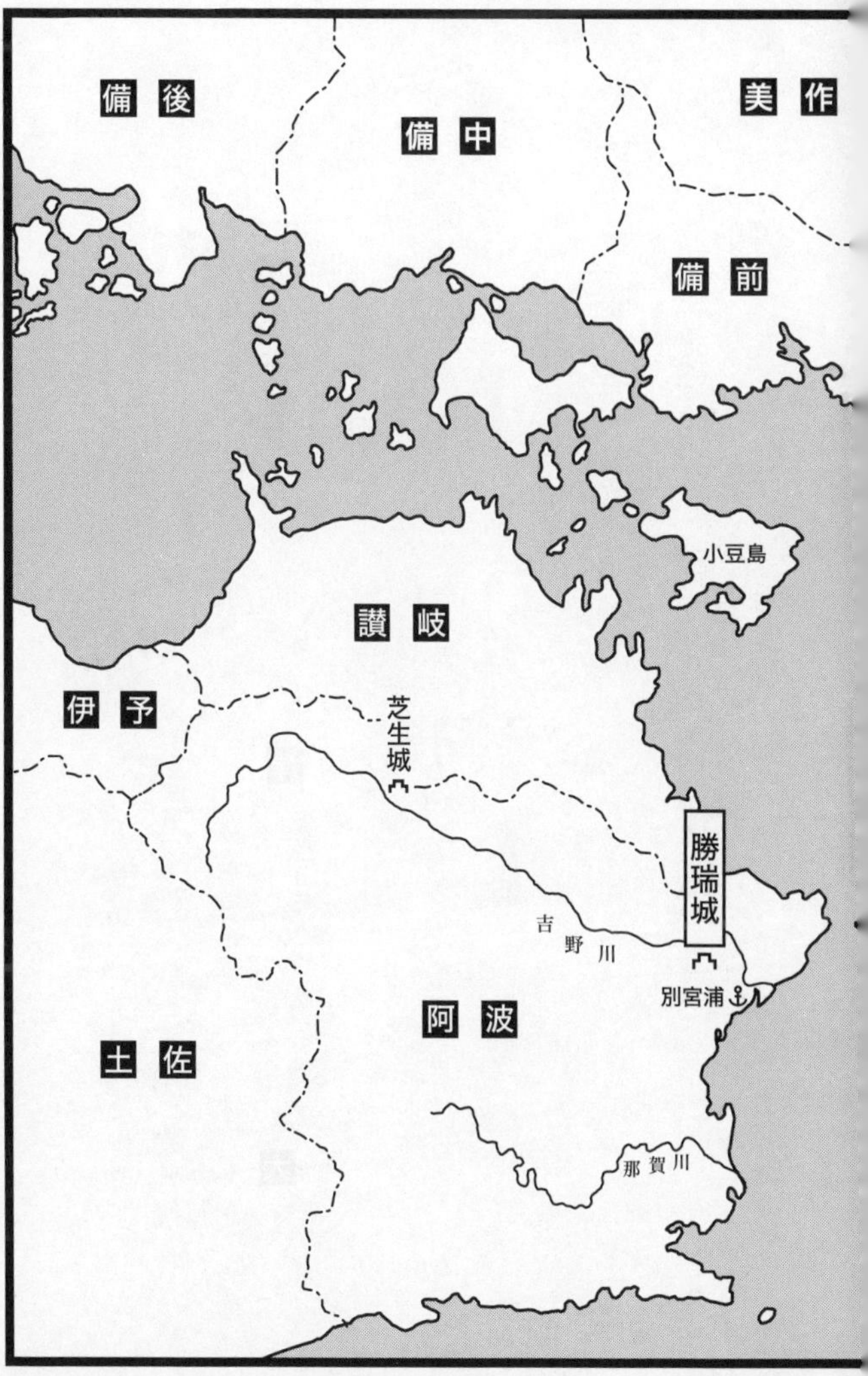
備後
備中
美作
備前
小豆島
讃岐
伊予
芝生城
勝瑞城
吉野川
別宮浦
阿波
土佐
那賀川

覇道の槍

序章　父《てて》無《な》し子《ご》

記憶の中にいる父は、笑ったことがなかった。

遠い上方《かみがた》で戦に明け暮れる父とは、言葉を交わしたことさえほとんどない。たまに顔を合わせても、自分に向ける目はいつも冷え冷えとしたもので、何か疑心《ぎしん》に似たものを孕《はら》んでいた気がする。

だから、父が遠く離れた伊勢《いせ》の地で死んだと聞かされても、ほとんど感情は動かなかった。父の遺髪《いはつ》を前にしても、どんな顔をすればいいのかわからない。

「長秀《ながひで》様は、裏切り者どもに囲まれても顔色一つ変えず、堂々と腹を切ってお果てになりました。まこと、見事なご最期《さいご》にございます」

涙を流しながら、父の最期を見届けたという従者《じゅうしゃ》が語る。阿波勝瑞《あわしょうずい》城の大広間に集まった母や留守居《るすい》の家臣たちから、嗚咽《おえつ》の声が漏《も》れた。

都《みやこ》での合戦に敗れた父は、逃亡先の伊勢で味方の裏切りに遭《あ》って死んだ。珍しい話ではない。よくあることだと、九歳の童《わらべ》にすぎない自分にも理解できる。

「若殿がかかる仕儀《しぎ》とあいなられた以上、これからはあなた様がこの三好《みよし》家の跡取りにございまする」

祖父の弟であり、自分の守役《もりやく》を務める三好一秀《かずひで》がこちらに向き直り、厳粛《げんしゅく》な面持《おもも》ちで言った。

「これからは武芸に学問に、よりいっそうお励《はげ》みなされ」

頷《うなず》くと、母の鋭《するど》い視線を感じた。生まれて間もない弟を抱きながら、猜疑《さいぎ》や妬《ねた》み、疎《うと》ましさの籠《こも》った眼差《まなざ》しを向けてくる。その目は、記憶の中の父の目とよく似ていた。

母といっても、父の迎えた側室であって、血のつながりはない。本当の母は、五歳の時にこの世を去っていた。

こめかみのあたりに突き刺さる視線に気づかぬふりをしていると、一秀はさらに続けた。

「大殿《おおとの》は近々、阿波へ戻られまする。そして再び兵を挙げ、いずれは裏切り者どもを討ち果たし、京の都を奪回なされましょう。あなた様はこの阿波の地をしっかりと守り、大殿に後顧《こうこ》の憂《うれ》いなきよう努められねばなりませぬ」

大殿というのは、祖父之長《ゆきなが》のことだ。父とは違い大柄で、いつも絵巻物で見た鬼のような恐ろしい顔つきで家来たちを怒鳴りつけている。その雷のような怒声を聞いただけで、いつも体が竦《すく》み上がった。

子供の自分に、いったい何ができるというのか。たくさんの血を流してまで京の都を奪い合うことに、本当に意味があるのか。そんな疑問を押し殺し、大人たちが求めているであろう答えを口にした。

「わかっておる、爺《じい》。わしは早《はよ》う大きゅうなって、祖父《じい》さまをお助けしたい」

「よう仰《おお》せられました。それでこそ、我が三好家の御曹司《おんぞうし》に……」

最後の方は、涙声でよく聞き取れなかった。

感涙にむせぶ一秀の姿を見つめるうちに、初めてついた嘘《うそ》の重みが全身にのしかかってきた。だが、他の答えなどありはしない。

家督《かとく》などほしくはない。騙《だま》し合い、殺し合う大人たちの世界になど関《かか》わりたくない。そう言ったところで、その望みが叶《かな》うはずもないのだ。

「千熊丸様《せんくままる》」

ようやく涙を抑えた一秀が、自分の名を呼んだ。

「大殿より、もしものことがあった場合は千熊丸様をすぐに元服《げんぷく》させるよう仰せつかっております」

「元服？」

わしは、まだ九歳だぞ。思ったが、口にはしなかった。嫌がったところで、大人たちが聞き入れてくれるとは思えない。

「さよう。これより幼名を捨て、新しき名を名乗られませ」

「いかなる名じゃ？」

訊《たず》ねると、一秀は威儀《いぎ》を正して答えた。

「元長。三好元長《もとなが》様にございます」

一

薄墨を塗りたくったような灰色の雲が、厚く垂れ込めていた。

京の都に吹く風は、この時季では考えられないほど冷たい。陽《ひ》はまだ西に傾きはじめたばかりのはずだが、あたりは薄暗く、肌寒かった。

「嫌な風だ」

朱雀大路《すざくおおじ》を北へと進みながら、三好元長は馬上で呟《つぶや》いた。馬は葦毛《あしげ》で、紺糸縅《こんいとおどし》の具足《ぐそく》に身を固めている。ただの巡回とはいえ、どこに敵の刺客《しかく》が潜んでいるかわからない。護衛《ごえい》のため、五人の騎馬武者が周囲を固めていた。

父長秀の死から十一年、元長は二十歳を迎えていた。その間、元長も幾度かの実戦を経験している。今回の上洛《じょうらく》戦でも、元長の近習《きんじゅ》や馬廻《うままわ》りを中心とした五百の兵を率いていた。

「まったくですな」

轡《くつわ》を並べる三好一秀が答えた。主従《しゅじゅう》の間柄とはいえ、幼い頃から元長の側《そば》近くにある。言葉遣いに遠慮《えんりょ》はなかった。

「もう四月も終わるというに、ひどい寒さじゃ。暖かい阿波が懐かしゅうござる」

一族きっての勇将《ゆうしょう》として知られる一秀だが、今年で五十の坂を越えた。この冷え込みはさすがに応《こた》えるのだろう。黒糸縅《くろいとおどし》の具足の上に着込んだ陣羽織《じんばおり》をしきりとかき合わせている。

細川澄元《ほそかわすみもと》を総大将に戴《いただ》く阿波勢が兵庫《ひょうご》に上陸したのは昨年、永正《えいしょう》十六（一五一九）年の十一月。今年の三月には澄元と細川家の家督を巡って争う細川高国《たかくに》を破り、入京を果たしていた。摂津伊丹《せっついたみ》城にある澄元に代わって采配《さいはい》を握るのは、元長の祖父之長である。

念願の京都奪回を果たした時、配下の軍勢は二万を越えていた。だが、近江《おうみ》に逃れた高国が軍勢を再結集して京を窺《うかが》うようになると、いったんは恭順《きょうじゅん》した畿内《きない》の国人衆《こくじんしゅう》が続々と敵方に寝返り、京の周辺で掻《か》き集めた雑兵《ぞうひょう》からも脱走が相次いでいる。

通りを行く元長たちに、京の民は頭を下げる。だが、それも形ばかりのことだろう。腹の底では、阿波の田舎者など早くいなくなってほしいと思っているに違いない。

京に入ってからというもの、阿波勢は都で狼藉《ろうぜき》の限りを尽くしている。間者《かんじゃ》の侵入を防ぐという名目で都に通じる七口に関を作り、通行料をむしり取った。雑兵たちは落武者狩りと称して商家や寺社に押し入り、金品を奪い、女を犯す。口では乱暴狼藉を禁じているものの、之長はそれを黙認している。京童《きょうわらべ》たちに阿波の山猿と憎しみと蔑《さげす》みを込めて呼ばれるのも仕方がなかった。

そうした蛮行《ばんこう》を少しでも防ぐため、元長は毎日のように都を巡回している。祖父は苦々しく思っているようだが、やめるつもりはなかった。

「板野屋《いたのや》に寄る」

「今日もですか。三日前に顔を出したばかりというのに、若殿も熱心なことじゃ」

一秀がにやにやと笑う。

板野屋は、四条高倉《しじょうたかくら》に店を構える油商人だった。主《あるじ》は阿波の出身で、三好家とは懇意《こんい》にしている。今回の戦でも相当な額の軍費を借り入れているため、乱暴狼藉に遭わないよう元長は気を配っていた。ただ、これほど足繁《あししげ》く通っているのは別に理由がある。

「あの佐代《さよ》とかいう娘、なかなかの器量良しにございますなあ」

「うるさいぞ。黙って進め」

護衛の騎馬武者が、忍び笑いを漏らしている。睨《にら》みつけ、元長は無言で馬を進めた。

佐代は、今年で十七になる板野屋の一人娘だ。はじめて会ったのは一月ほど前で、ほとんど言葉を交わしたこともない。それでも、涼やかな声とどこか憂いを帯びた穏やかな笑みは、ほんの束《つか》の間《ま》だが醜《みにく》い戦のことを忘れさせてくれる。

板野屋の前で馬を止めた時、元長は不穏なものを感じた。

門は開け放され、いつもいるはずの門番の姿がない。門前に掲げた乱暴狼藉を禁ずる制《せい》札《さつ》も抜き取られている。

「若殿」

一秀に頷きを返し、元長は馬を下りた。心《しん》の臓《ぞう》が、胸を強く打ちつける。逸《はや》る心を抑え、命じた。

「爺、様子を見に行くぞ。他の者はここで待て」

門をくぐった途端、血の臭《にお》いが鼻を衝《つ》く。庭に、いくつかの死体が転がっていた。平服だが、刀を手にしている。板野屋がいざという時のために雇った牢人《ろうにん》たちだろう。

庭を通り抜け、回り縁《えん》に上がる。

「やはり、我が軍の足軽どものようじゃ」

脱ぎ捨てられた具足の袖印《そでじるし》を見て、一秀は声をひそめて言った。唇を嚙《か》み、太刀《たち》の柄《つか》に手をかける。落ち着け。己《おのれ》に言い聞かせ、足音を殺して廊下を進む。

奥の方から、騒ぎ声が聞こえてきた。

「糞餓鬼《くそがき》が、逃がすな！」

「さっさと殺せ！」

堪《こら》えることはできなかった。広間へ駆け、障子《しょうじ》を一息に引く。

「何だ、てめえらは！」

男たちの血走った目が、一斉にこちらに向けられる。相手は四人。全員、下帯《したおび》一つという格好で抜き身をぶら下げている。素早く左右に視線を走らせ、状況を確かめた。

広間には、血の海が広がっていた。その中に、死体が四つ。中年の男女に、小袖の前をはだけた若い娘。もう一つは全裸の男のものだ。こちらは、胸を一突きにされている。

見覚えのある小袖だった。横に向けた顔は、佐代のものに間違いない。見開いた目は虚空《こくう》を見つめ、瞬《また》きすらしていない。その喉元《のどもと》で、赤く大きな傷が口を開けている。

激しく抵抗した佐代に一人が刺され、やむなく斬《き》り捨てた、そんなところだろう。込み上げる憤怒《ふんぬ》を押し殺して、低く訊《たず》ねる。

「これは、そなたたちがやったのか？」

「見ればわかるだろう。何か文句でもあるのか？」

一人が、鼻で笑いながら答えた。

「我が軍では、乱暴狼藉は禁じられておる。知らんとは言わせんぞ」

「戦《いくさ》となりゃあ、女を好きなだけ犯して、金目の物までいただける。その愉《たの》しみを禁じたら、誰が好きこのんで戦なんかに加わるかよ」

男たちは全員、下卑《げび》た笑みを浮かべている。

「てめえらこそ、どこの誰だ。ずいぶんと立派な鎧《よろい》を着てるが、どこぞの御曹司か？」

「よく見りゃ、お公家《くげ》さんみたいにきれいな顔してやがるぜ。生け捕りにすれば、いい値で売れるんじゃねえか？」

別の一人が言うと、他の者もげらげらと笑った。一歩踏み出しかけた一秀を制し、四人を睨《にら》み据える。男たちの笑い声に混じって、佐代と交わした数少ない言葉が耳の奥に蘇《よみがえ》る。

一歩前に出ると、笑い声が消えた。

「言っておくが、上の許しならもらってるぜ。この店は襲っても構わねえってな」

「申し開きならば、後で聞こう。もう一度だけ言う。得物《えもの》を捨て、縛《ばく》につけ」

こちらに引く気がないと悟ると、男たちは俄《にわ》かに殺気を放ちはじめる。張り詰めた空気の中、元長は太刀を抜き放った。

「縛につくか、ここで斬られるか。好きな方を選べ」

「面倒だな。生け捕りはやめだ」

男たちは視線を交わし、こちらを囲むように動いた。

「叩《たた》き殺せ！」

四人同時に飛び出してきた。元長は、正面の一人に向かって踏み込み、渾身《こんしん》の力を籠《こ》めて胴を薙《な》ぐ。振り返りざまに太刀を摺《す》り上げ、もう一人の背中を斬り裂いた。倒れる前にもう一太刀振るい、首を飛ばした。

ほんの一瞬だった。残る二人もすでに、一秀が斬り伏せている。

死体が四つ増えただけだった。虚《むな》しさを覚えながら、刃についた血を払い落とす。自分の顔を知らなかったところを見ると、阿波の者ではない。乱捕《らんど》り（略奪）を目当てに加わってきた溢《あぶ》れ者の類《たぐい》だろう。

太刀を納め、佐代に歩み寄った。はだけた小袖を直し、目蓋《まぶた》を閉じてやる。他の二人もやはり、板野屋とその妻に間違いない。之長がもっと軍律を重んじていれば。いや、京の都など望まなければ、誰も死なずにすんだ。

「民草《たみくさ》にとって、大殿は疫病神《やくびょうがみ》以外の何物でもない。大殿がどれほど京を望まれても、都の民は誰一人として、大殿の天下など望んではおるまい」

元長の呟きに、一秀は答えない。ただ静かに、三人の死体に手を合わせているだけだ。

「他にもまだ、誰かおるやもしれん」

回廊に面した縁に出た。他にも死体があれば、共に埋めてやるつもりだった。そのくらいしか、してやれることはない。

庭の奥に、誰か倒れているのが見えた。男が二人、血だまりの中に顔を埋《うず》めている。下帯一つで、手には槍《やり》や刀を握っていた。あの連中の仲間か。だとしたら、誰が。

不意に、視界の中で何かが動いた。そう感じた次の刹那《せつな》、庭の植え込みから人影が飛び出した。

影は縁に上がり、凄《すさ》まじい勢いで目の前に迫ってくる。童。思った時、いきなり刃が突き出された。咄嗟《とっさ》に身を翻《ひるがえ》してかわす。頬《ほお》に鋭い痛みが走った。

「よせ。危害を加えるつもりはない」

短刀を構えこちらを睨む童は、無言のまま荒い息をついている。歳《とし》の頃は十前後か。身なりからすると、この家の小間使いか、奉公人の子だろう。

だが、その身のこなしは尋常ではない。全身から放つ殺気も、童のものとは思えなかった。信じられないが、庭で死んでいる二人を殺したのは、この童なのだろう。

「ここはそれがしが……」

刀を抜いて近づこうとする一秀を目で制した。

「この家の者か？」

できる限りやわらかい声で訊ねた直後、童が床板を蹴《け》った。短刀の切っ先は、喉元を正確に狙《ねら》ってくる。二度、三度と突き出される短刀を辛《かろ》うじて避け、童の腕を取ろうとした。

その瞬間、童は体を引き、するりと横へ逃れる。

距離を取って向き合った。童は腰を低く落とし、こちらの隙《すき》を窺っている。

「若殿！」

「手を出すな」

言いながら、童から視線を外した。誘い。乗ってきた。床板を蹴り、懐《ふところ》に真《ま》っ直《す》ぐ飛び込んでくる。

喉を狙った突きを、首を捻《ひね》って避ける。かわしながら、その手首を掴《つか》んだ。そのまま逆に捻り、童の体を床に押しつける。

「誰から学んだか知らんが、お前の攻めは正確すぎる。だから、相手にとっては読みやすい」

童は獣《けもの》のような唸《うな》り声を上げながら、必死で抗《あらが》う。手首をさらにねじ上げると、ようやくその手から短刀が離れた。

「縄をもて」

童は激しく抵抗を続けたが、身じろぎもできないほどきつく縛り上げると、ようやく大人しくなった。

「爺、この童は陣屋まで連れていくぞ」

「しかし、若殿」

「……殺せ」

はじめて、童が言葉を発した。

「ほう、人の言葉が話せるのか」

「こんな目に遭わされるくらいなら、死んだ方がましだ」

「その言い草はあるまい。いきなり襲いかかってきたのはお前の方だろう」

苦笑しながら言うと、童はぎらついた眼差しで見上げてきた。

「侍なんか、みんな死ねばいい……」

ありったけの憎悪を籠めた呪詛《じゆそ》のように、その言葉は禍々《まがまが》しく響いた。


元長の手勢が宿舎としている寺まで、童を連行した。

特に意図があったわけではない。ただ何となく、この童が気になったというだけだ。引き立てられる間、どれほど話しかけても童は一言も答えなかった。

庫裏《くり》の一室で、元長は童と向き合った。

無言のまま、童は刺すような視線を向けてくる。後ろ手に縛られていても、その目には強い光が宿っていた。

境内では、輜重《しちよう》の兵が慌ただしく動き回り、夕餉《ゆうげ》の仕度に追われていた。米を炊く匂《にお》いが漂ってくると、童は犬のように鼻をひくひくと動かしはじめた。

「腹は減っているようだな。大した物は出せぬが、欲しければ食っていけ」

微笑しながら言うと、童はすぐに目を逸《そ》らした。

「意地を張らずともよいぞ。恩を売るつもりはない」

従者に食事を運ぶよう命じ、童の縄を解いた。逃げ出すかと思ったが、童は大人しく食事が運ばれるのを待っていた。この寺には、五百人の元長の麾下《きか》がいる。逃げられないと判断したのだろう。

「そろそろ、名を教えてはくれぬか。兵糧《ひょうろう》は、あり余っておるわけではないからな。どこの誰とも知らぬ者に振舞うわけにはいかんのだ」

「……久一郎《きゅういちろう》」

ぼそりと呟くように、童が名乗った。

「いくつになる？」

「十一」

その若さであれほどの体術を身につけている。やはり、驚くべきことだった。

「あの屋敷に奉公に出ておったのか。親はいかがした？」

「おらん。一年前、いきなり村を襲ってきた侍どもに殺された。おっ父《とう》は強かったけど、弓で射られて死んだ。俺は捕まって、あの家に二束三文で売り飛ばされた」

よくある話だ。阿波でも京でも、この手の話は掃いて捨てるほどある。

「足軽連中を襲ったのは、主人の仇討《かたきう》ちか？」

「あの家の主人は、殺されて当然だ。朝から晩までこき使って、何かあるとすぐに俺を木の棒で殴った。それに、あいつは夜になると……」

うつむき、久一郎は顔を歪《ゆが》めた。

一言わずともよい」

よく見ると、端整な顔立ちをしている。あの商人が久一郎に何をさせたのかは、聞くまでもない。

「でも、佐代様は違う。あの人は、俺なんかにも声をかけてくれた。怪我《けが》したら、薬を塗ってくれた。だから、佐代様が奴らに斬られた時、わけがわからなくなって、気づいたら一人刺してた」

視線を落としたまま、自分の身に起きたことを確かめるように、久一郎はぽつりぽつりと語った。

「庭で死んでいた足軽も、そなたがやったのか？」

久一郎が頷く。

「それから庭へ逃げて、追ってきた二人を刺した。戻ったら、あんたたちがいた」

「なぜ、我らにまで襲いかかってきた？」

「侍なんか、みんな同じだ」

自分でさえ、感情を抑えきれずあの雑兵らを斬った。佐代を殺された久一郎の怒りは察して余りある。

しばし考え、訊ねた。

「久一郎。侍が憎いか？」

「当たり前だ。おっ父も昔は侍だった。けど、嫌になってやめたって言ってた。侍なんかがおるせいで、戦がなくならんのだって」

「そなたの父上は正しいな。侍など、いなくなってしまえばいい」

「何言ってんだ。あんたも侍だろう」

久一郎の目に、また憎しみの色が浮かぶ。

戦に出るようになって、之長のやり方はつぶさに見てきた。祖父は、民の苦しみなど見ようともしていない。祖父にとって、民は銭や兵糧を搾《しぼ》り取るための存在でしかないのだ。だから、三好軍が京の庶人《しょじん》にどれほど憎まれているのか気づきもしない。

「そうだ。わしはお前の父上のように、侍をやめるわけにはいかん。だがわしは、侍などおらずともよいような世の中を作れたらいいと思っている」

怪訝《けげん》な表情の久一郎を見据え、続ける。

「どうだ、久一郎。わしの家来になる気はないか？」

「あんたの家来だと？」

「そうだ。侍と戦うには力がいる。その力を、与えてやる」

「それで俺に、あんたの敵を殺させるつもりか？」

「そういうことだ」

久一郎はしばし床の一点を見つめ、やがて口を開いた。

「あんたに与えられた力で、俺はいつか、あんたを殺すかもしれないぞ」

「そなたがそうすべきだと思ったのなら、やってみるがいい。だがわしも、黙って殺されてやるつもりはない」

答えると、久一郎はにやりと笑った。

「わかった。その話、乗ってやる」

好きなだけ侍を殺せる、そう解釈したのかもしれない。

それならそれで構わない。憎しみは力になる。それも、疑いようのない事実だ。

年端《としは》もいかない童を利用する。そのことに対する呵責《かしやく》はあった。それでも、放《ほう》っておけばこの童は、野盗か野伏《のぶ》せりの類にまで身を落とすしかない。

「夕餉をお持ちいたしました」

廊下からの声に、久一郎はほんの少しだけ顔を綻《ほころ》ばせる。はじめて見せる童らしい表情だと、元長は思った。

二

陣幕の内には、重苦しい気が満ちていた。

永正十七（一五二〇）年五月四日。上京《かみぎよう》三条一帯に布陣した阿波勢の本陣である。阿波や讃岐《さぬき》、淡路《あわじ》に加え、摂津や和泉《いずみ》といった畿内の諸将も小具足姿で床几《しようぎ》に腰を下ろしていた。

二日前、近江を出陣した細川高国の軍勢が都の東、如意《によい》ケ岳《たけ》に姿を現した。同日、北方の船岡《ふなおか》山にも高国に与《くみ》する丹波の内藤貞正《ないとうさだまさ》、波多野稙通《はたのたねみち》らの軍勢が陣取った。近江の六角《ろっかく》定頼《さだより》や京極高清《きょうごくたかきよ》の軍勢を加えた高国方は、総勢五万と称していた。物見の報告によれば、実数は三万弱といったところだが、それでも阿波勢の三倍を優に超えている。

敗色は濃厚だった。兵力差もさることながら、味方の士気がまったく奮《ふる》わないのだ。

昨年十一月の摂津上陸直後から、澄元は長く病に臥《ふ》せっていた。三十二歳という若さだが病は重く、摂津伊丹城から動くことができない。之長に担がれた神輿《みこし》に過ぎないが、総大将が陣頭に立てないほどの重病では、将兵の士気が上がるはずもなかった。

戦の原因はつまるところ、京兆《けいちょう》家と称される細川本家の家督争いである。幕府管領《かんれい》として権勢を振るっていた細川政元《まさもと》の死後、澄元と高国という二人の養子が、家督と管領の座を奪い合っているのだ。

発端は十三年前、政元が謀反《むほん》人に暗殺されたことにある。それから間もなく、阿波守護家から養子に入った澄元を擁《よう》する之長が謀反人を討伐し、京を制した。

一度は澄元の家督継承を認めた高国だが、一年と経《た》たないうちに兵を挙げ、之長と澄元は京を追われた。その後も、両者は幾度となく干戈《かんか》を交え、京の争奪を飽くことなく繰り返している。この争乱の渦中で元長の父、長秀も命を落とした。

この戦に、いったい何の意味があるのか。そうした思いを抱えながら、元長はこの十数年を生きてきた。

そもそも、誰が京兆家の当主になろうと、この国の大多数の人間には何の関わりもない。

そして、京を治める者こそが天下人であるという幻想が、多くの民を苦しめている。

「誰か、ええ思案はあれへんのか？」

鎧直垂《よろいひたたれ》の上に派手な色遣いの十徳《じっとく》を羽織った之長が、還暦を過ぎているとは思えない眼光で一同をねめつけた。肥満した体が支え難《にく》いのか、之長が身じろぎするたびに毛氈《もうせん》を敷いた床几がぎしぎしと音を立てる。

居並んだ諸将は一様に沈鬱《ちんうつ》な表情で、顔をうつむけている。敗戦を目前にしたかのような雰囲気に、一人之長だけが、苛立《いらだ》たしげに膝《ひざ》を揺すっていた。

応仁《おうにん》の乱での初陣以来、祖父の戦場での武勇譚《ぶゆうたん》は枚挙に暇《いとま》がない。若い頃には自ら土《ど》一《いっ》揆《き》を企て、京で乱妨《らんぼう》狼藉を繰り返したという。その頃の無頼な物言いや野武士のような態度は、今も抜けていない。

その後も之長は、阿波守護家の家宰《かさい》として数多《あまた》の合戦に加わってきた。勇猛さだけでなく、戦場での駆け引きにも長《た》けている。だが、その粗暴な振る舞いと冷酷さから、敵味方を問わず悪鬼のごとく恐れられてもいた。

「大殿」

元長は意を決し、重い沈黙を破った。

「三万の敵に対し、我らは一万足らず。勇猛果敢なる阿波兵と大殿の采配をもってしても、まともに戦ったのではこちらの犠牲も大きゅうございましょう」

之長が大きな目を剝《む》き睨みつけるが、怯《ひる》まずに続ける。

「ここは、足利尊氏《あしかがたかうじ》公を破った楠木正成《くすのきまさしげ》の故事に倣《なら》い、京を明け渡してはいかがでしょう。我が本隊は山崎あたりまで退き、別働隊が敵の糧道を断てば、敵はいずれ、大軍の重みに耐えかねて自壊いたします。我らは悠々と、敵が崩れるのを待てばよろしいのです」

敵の糧道を断つことは容易ではないが、この状況で他に勝つ手立てはない。

「戦わずして勝てるとあらば、これにこしたことは……」

「黙れ、このど阿呆《あほう》がっ！」

突然の怒声に、再び陣内が張り詰めた。

「賢《さか》しらに『太平記』なんぞ持ち出しおって。そのくらい、このわしが知れへんと思うとるんか！」

人生のほとんどを戦陣で過ごしてきた之長は、読み書きができない。そのことに、祖父はいまだに負い目を感じているのだろう。

「元長。お前も三好家の跡取りやったら、如意ヶ岳に攻め上って高国めの首を獲《と》るくらいのことは言えへんのか。それを小賢しくも、戦わずして京を明け渡せなどと……」

「されど、大殿」

一秀が割って入ろうとするが、之長は聞く耳を持たない。怒声の矛先《ほこさき》は、居並ぶ諸将の全員に向けられた。

「高国ごときの率いる烏合《うごう》の衆に恐れをなしたのであれば、早々に立ち去るがよい。だが、このわしに背を向けるなどと申す輩《やから》は、誰であろうとその素《そ》っ首《くび》叩き落とす──

言い捨てるや床几を蹴って立ち上がり、之長は陣幕をくぐって出ていく。

諸将の何人かが、安堵《あんど》とも諦《あきら》めともつかない息を吐《つ》いた。

敵が動いたのは、翌五日の早朝だった。如意ヶ岳を下って船岡山の丹波勢と合流した高国は京に入り、土御門《つちみかどだいり》内裏の南に陣を敷いた。こちらが陣を張る三条からは目と鼻の先である。

ぶつかり合いはすぐにはじまった。本陣の備えを命じられた元長が前線に出ることはなかったが、最も激しい戦が行われた等持院《とうじいん》のあたりからは、絶え間なく喚声が響いてきた。数回槍を合わせ、決着のつかないまま日没を迎えた。今日のところは様子見で、敵の本格的な攻撃は明日以降だろう。

その夜、元長は意を決して陣屋を出た。

「どこ行くんだ？」

久一郎が声をかけてきた。出会って十日ほどが経つが、言葉遣いはまだ直ってはいない。この戦が終わるまでは従者として側に置くつもりだったが、護衛を務めているつもりなのか、このところどこへ行くにも勝手についてくる。

「本陣だ。ついて来い」

之長が陣屋として使っているのは、三条のとある公家の屋敷だった。屋敷の者たちは、戦を前に追い立てられたという。久一郎を庭で待たせ、主殿《しゅでん》に上がった。

「何の用や」

之長は盃《さかずき》を傾けながら肥満した体軀《たいく》を脇息《きょうそく》にもたせかけ、濁った目で元長を睨んだ。傍らには、空になった瓢《ふくべ》がいくつか転がっている。

夜襲があるかもしれないというのに。元長は内心で嘆息した。敵を侮《あなど》っているのか、それとも恐怖を酒の力で紛らわしているのか。どちらにしろ、祖父はどうにもならないほど老いている。

「献策いたしたき儀があり、参上いたしました」

祖父の正面に腰を下ろして言った。

「言うてみい」

「今日のところは何とか持ちこたえることができましたが、明日になれば敵は全力で攻めかかってまいりましょう。三倍の敵と正面からぶつかって押し返すは至難の業かと」

「……何が言いたい？」

之長の目が、すっと細まった。全身が強張《こわば》りかけるが、拳《こぶし》を握り締めてこらえ、先を続ける。

「幸い、我らのもとには公方《くぼう》様が身を寄せておられます。将軍家の名をもって、和睦《わぼく》の仲介を依頼してはいかがかと」

将軍足利義稙《よしたね》は、元々高国に擁立された名ばかりの将軍だったが、之長の入京時にこちらに寝返っていた。義稙のいる三条第は、本陣から指呼《しこ》の距離にある。

「ここはいったん和議を結び、阿波で捲土重来を期すべき……」

言い終わる前に、鼻面に衝撃が走った。一瞬、視界が白く染まり、流れ出した血が床板を汚していく。之長の投げつけた脇息が顔面を捉《とら》えたと理解した時には、祖父は目の前に立っていた。顔を上げた途端、胸倉を摑んで引き倒される。

「この、ど阿呆《あほ》がっ。わざわざまかり出て何を抜かすかと思うたら、和議を乞《こ》えやと？」

喚《わめ》くや、仰向《あおむ》けに倒れた元長を何度も蹴りつける。

「小賢しいところばかり長秀に似おって。ほんな性根《しょうね》で、三好の当主が務まるか。お前も父親のように、どこぞで野垂れ死にでもせえ！」

いきなり、全身を憤怒が駆け巡った。ゆっくりと体を起こし、祖父の顔を見据える。

「十一年前の京での戦の折、大殿が父上の進言を容《い》れて速やかに撤退していれば、父上は死なずにすんだのではありませんか。何度、同じ過ちを繰り返すおつもりか」

「長秀が死んだのが、わしのせい言うんか？」

之長のこめかみが、びくりと震えた。構わず、元長は声を張り上げる。

「三万を超える敵方に対し、味方は一万足らず。逃亡も相次ぎ、士気は地に堕《お》ちております。このままぶつかったところで、勝てる見込みはございませぬ」

「やかましいっ」

襟元を摑まれ、横面に拳を叩きつけられた。口の中に、血の味が広がる。

「お前のような若造に何がわかる。戦は数やない。高国の下に集まっとる軍勢なんぞ、所《しょ》詮《せん》烏合の衆や。わしの用兵と阿波兵の勇猛さをもってすれば、敵ではないわ」

見通しが甘過ぎる。歳のせいで、判断力が衰えているとしか思えなかった。元長は、襟を摑む祖父の手を払いのけた。

「どれほど戦に勝とうと、民の心はすでに大殿から離れておりまする。禁制を出した商家さえ守れぬ軍勢に、誰も心から従おうとはいたしませぬぞ」

「板野屋のことか」

之長が、にやりと笑う。

「あの店を襲わせたんはわしや。この頃、銭を出し渋るようになりよったけんな。わしに逆ろうたらどんな目に遭うか知らしめた上に、これまで借りた銭も帳消しになる。どうや、ええ策やろ」

一瞬、祖父が何を言っているのか理解できなかった。武家と商家とはいえ、軍資金の提供には当然返済の義務が生じる。その義務から逃れるために借りた相手を襲うなど、盗賊以下の所業だった。

「たったそれだけのために、罪なき者を……」

「罪ならあるやろ。銭を出し渋るちゅう、立派な罪が。わしが出せ言うたら、大人しゅう出せばええんや」

この男が、佐代を死に追いやった。いや、佐代という女がいたことさえ、知りはしないだろう。

「お前の目」

酒臭い息がかかるほど顔を近づけ、之長が言った。

「あの女によう似とるわ。あれも、ほんな目でわしを睨んどったな」

之長があの女と呼ぶ女子《おなご》。心当たりは一つしかなかった。今も家中で囁《ささや》かれる、自分の出生にまつわる噂《うわさ》。

「大殿、あなたはやはり……」

そこから先は、言葉にならなかった。之長は粘ついた笑みを浮かべながら続ける。

「抱くには、京の女が一番やな。お前の母は、京の公家の出だけあって、腰抜けの長秀などにはもったいないほどの女やったぞ」

「大殿……」

言ってから、自分の声に明らかな殺意が籠っていることに気づいた。感情に衝《つ》き動かされるまま、言葉をぶつける。

「あなたは、人の上に立つべき器ではない。いや、生きているべきでもない。あなたがおられる限り、誰も彼も、不幸にしかならん」

「やかましいわっ！」

再び繰り出された拳を、掌《てのひら》で受ける。力を籠めると、之長の顔が醜く歪んだ。

「おのれ……」

押し返そうとする力を、元長は左腕一本で受け止めた。弱い。これが本当に、物心ついた頃から畏怖《いふ》をもって仰ぎ見てきた三好之長なのか。こんな老人を、自分は恐れていたのか。理不尽とも言える怒りが、腹の底で熱くたぎった。

母を犯し、佐代を死なせた。己の栄華のために無駄な戦を繰り返し、数えきれない命を奪った。その報いは受けるべきだった。たとえ、自分の本当の父親だったとしてもだ。

この場で殺す。決意して脇差《わきざし》に手を伸ばした時、不意に廊下から足音が響いた。

見ると、之長の近習が縁に立ったまま、どうしたらよいのかわからず呆然《ぼうぜん》としている。

「どうした。敵が動いたか」

手を放し、元長は訊ねた。近習が慌てて膝をつく。

「あ、いえ。されど、一大事にございます。海部《かいふ》様、久米《くめ》様、安富《やすとみ》様の軍が、陣を払っております」

「まことか」

元長も思わず声を上げた。三人とも阿波、讃岐の有力な国人である。それが、下知《げじ》もないままに撤退をはじめているのだ。味方に与える影響は計り知れない。

「大殿、いかがなされるおつもりか」

之長は座り込み、唇を噛み締めてこちらを睨んでいる。

「申し上げます！」

今度は、庭に使い番が駆け込んできた。

「夜襲にございます。すでに、お味方の前衛は崩れ立っておる由《よし》」

「おのれ高国、謀りおったなっ」

叫ぶや、之長は力任せに床を殴りつける。

「備えを固めえ。何があっても、敵を食い止めるんや。三条第に人をやって、義稙をここへ連れてこい」

之長が下知を出す間にも、使い番が次々と駆け込んでくる。

「敵の先鋒《せんぽう》は柳本賢治《やなぎもとかたはる》。凄《すさ》まじい勢いにて、お味方は次々と突き崩されております！」

柳本賢治の名は、元長も知っている。丹波の有力国人波多野稙通の弟で、その戦ぶりを唐土《もろこし》の項羽《こうう》や呂布《りよふ》にも喩《たと》えられるほどの猛将だった。

「石成大膳正《いわなりだいぜんのかみ》様、新開安芸守《しんがいあきのかみ》様、お討死に！」

「川村《かわむら》様、東条《とうじょう》様、戦わずして兵を退いております」

注進の惨憺《さんたん》たる内容に、之長は呆然と立ち尽くす。

「阿呆な……」

誰ともなく呟く祖父の姿に、つい先刻の殺意が急速に冷めていく。一礼し、元長は祖父に背を向けた。

最《も》早《はや》、勝敗は決した。あとは、どれほど損害を抑えて阿波まで退くかだ。

味方は完全に浮き足立っている。敵の先鋒がすぐそこまで迫っているのか、喚声はかなり近い。

方々で、火の手も上がっているらしい。戦乱で荒れ果てているとはいえ、都の中である。

火を放つ家や寺社には事欠かない。

庭に出ると、ぶつかり合いの声はさらに大きくなった。塀《へい》の向こうから間断《かんだん》なく火矢が射込《いこ》まれ、屋敷を固める味方の間には混乱が広がっている。

「うろたえるな。水を汲《く》み、一本ずつ確実に火を消していけ。手の空いている者は、門を……！」

言い終わる前に、派手な音とともに屋敷の門が破られ、敵の軍兵が雪崩《なだ》れ込んできた。

「柳本賢治、見参《げんざん》。三好之長殿、出会え！」

先頭で大薙刀《おおなぎなた》を振り回している男が叫んだ。

襲いかかる味方の兵が、間合いに入った瞬間に斬り伏せられていく。味方は厚い壁を作ってどうにか押さえているが、崩れるのも時間の問題だろう。

「敵には、とんでもない奴がいるな」

駆けつけた久一郎が、呆《あき》れたように呟く。

屋敷はまだ、完全には囲まれていない。今が最後の機だ。束の間考え、決めた。

「この屋敷を抜けるぞ。麾下と合流した後、伊丹城の澄元様と共に、阿波へ撤退いたす」

「大将を見捨てるのか。あんたの祖父様だろう？」

祖父ではない、という言葉を飲み込み、答えた。

「見捨てる。あの男はそろそろ、舞台を下りる潮時だ」

麾下を率いて京を脱[redacted]、その日のうちに伊丹城に入り、澄元を連れて北へ向かった。

摂津、兵庫の海岸線にはすでに敵兵が展開していて、船を出すことができない。六甲《ろっこう》山の北を迂回《うかい》して播磨《はりま》へ出て、そこから阿波を目指すしかなかった。街道を使うわけにはいかず、敵の追撃や落ち武者狩りにも絶えず脅かされ、輿《こし》に乗せられた澄元の体調は日に日に悪化していく。

播磨の明石浦《あかしのうら》に入ったのは、京を出て十日目だった。麾下はすでに、半数にも満たない。激しい追撃で討たれた者もいれば、深い山中ではぐれた者もいる。

「船の手配が整いました。出発は明朝。それまで、しかとお体をお休めくださいますよう」

懇意にしている商人の屋敷で、澄元に向かって言った。床に横たわったままの澄元は、三十二とは思えないほど痩《や》せ衰えている。

「之長が死んだというのは、まことなのだな？」

「はい。間違いございませぬ」

町の者から聞いた話だった。之長は、合戦の翌日に近在の寺へ逃げ込んだものの捕縛され、上京百万遍《かみぎょうひゃくまんべん》において腹を切らされた。之長の子の芥川長光《あくたがわながみつ》、長則《ながのり》兄弟も自刃し、他にも多くの将が討たれている。

「此度《こたび》も、多くの者が死んだ。之長は討たれ、わしの命もじきに尽きるであろう」

「お気を強く持たれませ。病など……」

「よい。己の体のことは己がいちばんわかっておる。わしはもう、長くはあるまい」

澄元は蒲柳《ほりゅう》の質《しつ》で、穏やかな人柄も武人に向いてはいない。その澄元を、之長は強引に戦に連れ出し、命を縮めさせた。

「最期にせめて、六郎《ろくろう》に一目なりとも会いたいものよ。あれは、そなたのことを兄とも慕うておる。しかと導いてやってくれ」

「ははっ」

六郎は、七歳になる澄元の唯一の男子で、今は阿波の勝瑞城にあった。

「高国にしろ之長にしろ、望みは己の権勢のみ。それがわかっていながら、わしは之長の担ぐ神輿として生きる他《ほか》なかった。だが、そなたは違う。そなたは……」

不意に、澄元は激しく咳《せ》き込んだ。胸の病で、血を吐くこともしばしばある。背中をさすろうとした元長を制し、澄元は続けた。

「我が生涯で目にしたのは、人の世の醜さばかりであった。だがわしは、それだけではないと信じたい。高国を打ち倒し、この乱れた世を正してほしい。六郎と共に、新たな世を切り開いてほしい」

澄元は荒い息を吐きながら、元長に縋《すが》るような目を向けてくる。

「これが、わしの望みじゃ」

それだけ言うと、[redacted]ように微笑し、目を閉じた。

六月十日、ようやく辿《たど》り着いた阿波勝瑞城で、澄元は六郎に看取《みと》られながら、眠るように息を引き取った。

ほんのわずかの間とはいえ、最期の時を共に過ごせたのはせめてもの救いだろう。泣きじゃくる六郎の背を見つめながら、元長は羨望《せんぼう》にも似たものを感じていた。

元長が父と信じていた長秀は、自分に疑いの目を向けたまま死んでいった。実の父だったかもしれない之長は、戦場に置き去りにした。それどころか、自分の手で殺そうとまでした。だがその呵責よりも、長く肩にのしかかっていた荷を下ろせたという思いの方が強い。

自分には、父などいない。そう、元長は自身に言い聞かせた。

「元長」

葬儀を終えると、六郎が泣き腫《は》らした目で切り出した。

「私はこれより、そなたを父とも兄とも思おう。そなたと共に、父上の望まれた新たな世というものを目指したい。力を貸してくれるか？」

汚れを知らない澄んだ目はいずれ、世の醜さを否応《いやおう》なく見せられることになる。躊躇《ためら》いを覚えつつ、答えた。

「承知仕《つかまつ》りました。この身に代えましても」

高国を倒し、新たな世を切り開く。そんなことが、本当にできるのか。それまでに、この手はどれだけ汚れるのだろう。

之長という荷は下ろせたが、もっと重く、とてつもなく大きなものを背負うことになった。之長の死よりも、その思いの方が何倍も重く心にのしかかっている。

第一章　堺《さかい》公《く》方《ぼう》府《ふ》

一

左右の木々が、見る間に後ろに流れていく。

初夏の心地よい風が頰《ほお》を打つのを感じながら、足利義賢《あしかがよしかた》は愛馬を駆けさせていた。

前を走る葦毛《あしげ》の馬を見据《みす》える。乗り手の手綱さばきは見事なもので、美しいとさえ思えた。だが、距離は三間《さんげん》（約五・四メートル）足らず。追いつけないほどではない。

いや、今日こそは追い抜いてみせる。手綱を持つ左手の力を緩め、右手で鞭《むち》を振るった。

ぐんと、体が浮き上がるような感覚。馬の末足に力が籠《こも》るのをはっきりと感じる。振り落とされないよう、しっかりと腿《もも》で踏ん張った。

だが、葦毛の馬も同時に足を速め、あと一歩のところで義賢を引き離していった。いったい何が違うのか、人を乗せているとは思えないほど軽やかな足取りで、葦毛の馬は見る見る遠ざかっていく。

不意に左右の木々が途切れ、視界が開けた。青く澄み渡った空の下に、白い砂浜と碧色《みどりいろ》の海が広がる。

阿波勝瑞城《あわしょうずい》に程近い、小さな浜だった。どこに刺客が潜んでいるかわからないため、少人数で出かけられる場所はほとんどない。その中で、義賢はここがいちばん好きだった。

「また、それがしの勝ちですな、大樹《たいじゅ》」

馬の足を緩めながら、三好元長が振り返った。

大樹とは、将軍家の尊称である。義賢はいまだ無位無官の身だが、阿波の武士たちは誰もが自分のことをそう呼ぶ。

「あと少しで追いつけると思ったのだが」

「なんの。まだまだ負けるわけにはまいりません」

元長が白い歯を見せて笑う。

温和な印象を与える顔立ちだが、切れ長の目の奥では意志の強さを感じさせる強い光を放っている。これが武人の顔なのだと、義賢は思う。

汗を拭《ぬぐ》い、義賢は馬を下りた。海からの風が、濡《ぬ》れた体に心地いい。

後ろから、馬蹄《ばてい》の響きが聞こえた。土煙を上げながら、こちらに向かってくる。

「大人げないぞ、元長。少しは手加減したらどうだ」

荒い息をつきながら、馬上の若者が文句を垂れる。その手綱さばきは、元長に較《くら》べれば少し危なげだった。

細川六郎《ほそかわろくろう》。十八歳になる義賢より五つ歳下《としした》で、主従の間柄とはいえ、この阿波で兄弟のように育ってきた。

「何を仰《おお》せられます。大樹も六郎様も、すでに元服《げんぷく》をすませた身。一人前の武人として扱わねば無礼になりましょう」

「そうだな。六郎も、ずいぶんと上達した。毎日落馬して泣いておったのが嘘《うそ》のようではないか」

「泣いてなどおりませぬぞ、大樹。あれは、砂が目に入っただけじゃ」

「そうか。まあ、そういうことにしておこう」

六郎は憮然《ぶぜん》とした顔で馬を下り、元長に向き直る。

「それにしても、あれほど飛ばしたのにまるで追いつけないとは納得がいかん。やはり、馬の力の差ではないのか？」

「ならば、今度は馬を取り替えますか」

微笑《ほほえ》む元長に、六郎は顔をしかめた。

「いや、やめておく」

六郎は以前、せがんで元長の馬に乗ったことがあるが、何度も振り落とされ、蹴《け》りを入れられそうにもなっていた。あれ以来、元長の馬には近づこうとしない。

「技は後からでもついてまいります。まずは、己《おのれ》の馬と心を通わせることにござる」

それぞれの馬の鞍《くら》を外し、藁《わら》で体を拭《ふ》いてやる。それから、手拭《てぬぐ》いで自分の汗を拭う。

義賢も六郎も、馬の世話は従者に任せず自分の手で行っている。

流寓《りゅうぐう》の身にあるといってもいい義賢に、信頼できる相手は多くはいない。その中にあって、元長は臣下とはいえ、兄にも等しい存在だった。

七歳で父を失った六郎も、暇を見つけては馬や剣を教えてくれと元長にせがんでいる。その教え方に甘いところはなかったが、見ていれば、六郎を思ってのことだとわかる。六郎も、どれほど厳しくされても元長には心を許しているようだった。

「元長、わしは疲れたぞ。少し休もう」

子供じみたところが抜けない物言いに苦笑いしながら、浜辺の岩に並んで腰を下ろした。

昼下がりの海は穏やかで、日の光を照り返して眩《まぶ》しいほどだ。その先に見える大きな島が淡路島《あわじしま》で、その先に堺《さかい》、そして京の都《みやこ》がある。

等持院《とうじいん》合戦での大敗から、六年が経《た》っていた。あの敗戦で、三好之長《ゆきなが》、芥川長光《あくたがわながみつ》ら主立《おもだ》った将が討たれ、多くの兵を失った。阿波では国人《こくじん》の離反が相次ぎ、しばらくは戦《いくさ》が絶えなかった。

この苦難を乗り切ることができたのは、元長の力量あってのものだった。動揺する家中をまとめるや、迅速に兵を出して離反した国人たちを再び服属させ、讃岐《さぬき》と淡路も取り戻した。その一方で領国経営にも力を注ぎ、商いを奨励している。今では、税収は之長の頃よりも増加しているほどだ。三好家の本拠芝生《しぼう》城と阿波の首府勝瑞城を行き来する元長の多忙さは、義賢の目から見ても尋常なものではなかった。

そうした努力がようやく実を結び、阿波は二年ほど前から落ち着きを取り戻している。こうして三人で遠乗りに出られるのも、そのおかげだ。

「この海のずっと向こうに、京の都があるのだな」

睨《にら》むような目をしながら、六郎が言う。その声には、どこか切迫したものがあった。高国《たかくに》を討ち、京の都を取り戻す。それが、六郎の望みだった。元々気の短いところのある六郎がつらい武芸の稽古《けいこ》や学問に耐えているのも、全《すべ》ては亡き父の仇《かたき》を討つためだ。

最大の敵である之長を倒した高国の権勢は、絶頂を極めていた。自らが擁立《ようりつ》した将軍を意のままに操り、その版図《はんと》を畿内《きない》全域から丹波《たんば》まで拡《ひろ》げている。細川家の庶流《しょりゅう》に生まれた高国は、今や事実上の天下人《てんかびと》として京に君臨していた。

「焦ってはなりませんぞ、六郎様」

京のある方角に目を向けたまま、元長が言った。

「高国の天下を快く思うておらぬ者も多くおります。いずれ、時はまいりまする。その時までに、どれほどの力を持てるか。今は、それだけを考えればよいのです」

「まことに、時はくるのであろうか」

「必ず、まいりまする」

元長の口調は、穏やかなものだった。兄にたしなめられた弟のように、六郎は素直に頷《うなず》く。

「高国を討てば」

ぽつりと、元長が口を開く。

「大樹が真の征夷大将軍《せいいたいしょうぐん》となり、六郎様が幕府管領《かんれい》となられる日も、そう遠くはございませぬ」

細川京兆《けいちょう》家と同様、足利将軍家も長らく二つに割れていた。

義賢は、母が戦乱を避けて逃れていた播磨で生まれた。父義澄はその間も京にあり、一度も対面する機会のないまま、義賢が三歳の時に没した。その後間もなく、母も他界している。

物心ついた時には、近くにいたのは乳母《うば》やわずか数人の近臣《きんしん》だけだった。幕府というものがあって、自分はその頂点に立つべき人間なのだと聞かされても、実感などあるはずもない。自分は他の子供たちとは違うのだということが、おぼろげに理解できただけだ。

やがて義賢は、高国に担がれた十代将軍の義稙《よしたね》に養子として迎えられ、京に上った。だが、義稙は等持院合戦の翌年に高国と不和になり、義賢を連れて阿波へと逃れる。義稙の代わりとして高国が擁立したのは、義賢の異母兄、義晴《よしはる》だった。

阿波へ逃れた義稙は、高国をひたすら恨み、都に返り咲くことを夢見ながら、三年前にこの地で没した。

この乱世を終わらせるという夢を元長がはじめて語ったのは、義稙が死んで二月ほどが経った頃のことだ。

分裂した足利将軍家と細川京兆家をそれぞれ一つにまとめ、幕府を再興する。守護大名の均衡《きんこう》の上に戴《いただ》かれた、かつての幕府ではない。強い武力を持った、新たな幕府である。

それまで、一人で考えに考えていたのだろう。頰はやつれ、目の下にはくまが浮かんでいた。

それでも、元長が訥々《とつとつ》と語るその言葉に義賢は心を動かされた。

「この日《ひ》の本《もと》を一つの家と見做《みな》すならば、政《まつりごと》を統《す》べる征夷大将軍は、父親に当たります。されど、今の将軍家に力はなく、家中の不和を収めることすらできません。大樹には、強き父となっていただきとうございます」

「強き、父」

「さよう。この国の全ての武士と民の上に立ち、天下に和をもたらす、この国の強き父にございます」

言われて、義賢は戸惑《とまど》った。

実父は顔も知らず、実子のない義稙は自分のことを駒《こま》としてしか見ていなかった。自分には、父の記憶などない。父親というものがどんなものなのかもわかりはしないのだ。

不安を見透《みす》かしたように、元長は続けた。

「ご安心ください。我ら三好一党、大樹と六郎様の御為《おため》、力を尽くす所存にございます。手となり足となり、大樹を天下人へとお導きいたしましょう」

天下人と言われたところで、まるで想像はつかない。三好や細川に担がれるだけの、人の形をした神輿《みこし》として、生を終えると思っていたのだ。

それから元長はしばしば、義賢と六郎を密《ひそ》かに城外に連れ出した。野伏《のぶ》せりに襲われ焼かれた村。不作で満足に食べることもできず、疫病《えきびょう》に苦しむ民《たみ》。野辺に打ち捨てられた、自分と変わらない年頃の童《わらべ》の骸《むくろ》。

そうした光景を目にするうち、元長に全てを託してみようという気に義賢はなった。自分にとれだけのことができるかはわからない。それでも、望まずして足利家の血を引いて生まれたことを嘆いてばかりだった自分が生きる意味を、元長が見出《みいだ》してくれたのだ。六郎にしても同じ思いだったのだろう。

その頃から、元長が抱いた夢は、三人のものになった。

いつかこの二人と共に兵を挙げ、高国を倒す。頭では理解しているが、その時のことを想像しようとしても上手《うま》くいかない。十八になる今でも戦の場に出たことはないし、元々高国に恨みがあるわけでもない。

それでもこの身は、足利将軍家の血を引いている。歴代の将軍にもっと力があれば、乱世など来なかったかもしれない。己の権勢に胡坐《あぐら》をかくだけの高国に、乱世を終わらせることなどできはしない。ならば、自分たちの手で天下を平定するしかないのだ。

「元長、もう一勝負じゃ！」

見ると、六郎がどこかから拾ってきた流木を二本、手にしている。今度は剣で勝負を挑もうというのだろう。苦笑しながら、元長は腰を上げた。

木と木がぶつかる音と六郎のはしゃいだ声を聞きながら、義賢は目の前に広がる海を眺めた。

一艘《そう》の船が横切っていく。たぶん、阿波勝浦《かつうら》から出た商船だろう。積荷は、阿波産の藍《あい》か木材といったところだ。積荷は上方《かみがた》に運ばれ、着物を仕立てる材料や誰かの家の建材に使われる。そして、京で仕入れた細工物《さいくもの》が、いつか誰かの髪を飾ることもあるだろう。

人の暮らしというものを想像するのが、義賢は好きだった。自分には望むべくもない、平凡だが人間らしい暮らし。だがこの乱世では、平凡な生を送ることさえ困難だった。

船はゆっくりと視界を横切り、やがて岬の陰に隠れて見えなくなった。

目を転じると、元長が軽々と六郎を投げ飛ばしているのが見えた。今度は、相撲《すもう》の勝負らしい。

いつの間にか、日がだいぶ傾いている。振り返ると、西の空は赤く染まりはじめていた。

「そろそろ戻るといたしますか。城の者たちも心配いたしておりましょう」

袴《はかま》についた砂を払いながら、元長が言った。もう行くのかという顔で、六郎が見上げている。

打ち寄せる波の音が耳を優しく撫《な》で、潮の匂《にお》いを含んだ風が昂《たか》ぶった体を程よく冷ます。もうしばらく、このままこうして過ごしていたい。その思いを抑え、義賢も腰を上げた。


勝瑞城の大広間には、直垂《ひたたれ》に烏帽子《えぼし》という出で立ちの男たちが十数人集まっていた。

大永《だいえい》六（一五二六）年の夏も盛りを迎え、庭から聞こえる蟬《せみ》の声が鳴り止《や》むことはない。誰もが直垂の胸元をはだけ、扇子を使っている。

「大樹、並びにお館《やかた》様のお成りである」

小姓《こしょう》の甲高《かんだか》い声が響くと、全員が一斉に平伏した。義賢は上座、六郎は一段低い場所にそれぞれ腰を下ろす。

れ月初めに行われる、定例の評定だった。近隣諸国の動静や、領内の各地から持ち込まれる訴訟についての報告を聞き、今後の方針を話し合う。

広間には、様々な立場の人間が集まっている。細川家の有力な分家である阿波守護家当主の持隆《もちたか》と、元長を筆頭とするその家臣や国人衆。加えて、澄元《すみもと》の代から仕える京兆家の被官《ひかん》に、高国の権勢を嫌い阿波へ逃れてきた幕府の元吏僚《りりょう》。義賢も六郎も、そうした出自《しゅつじ》も考え方も違う者たちの寄り合い所帯の上に担がれている。それが偽らざる現状だった。

「して、上方の様子はどうか、元長」

細々とした訴状の決裁を終えると、細川持隆が訊《たず》ねた。

この三十歳になる六郎の従兄弟《いとこ》が、元長の直接の主君だった。政務も軍の采配《さいはい》もほとんどを元長に委《ゆだ》ねてはいるが、決して凡庸《ぼんよう》ではない。温厚で思慮深く、信の置ける人物だ。

自前の武力を持たない義賢と六郎にとっては、最大の庇護者《ひごしゃ》である。

「高国は近々、摂津中嶋《せっつなかじま》に城を築くとの由《よし》にございます」

「ほう、中嶋にか」

「はい。我らの渡海《とかい》に対する備えであることは明白です」

之長が上方へ渡る時は、決まって兵庫《ひょうご》を上陸地としていた。兵庫に近い中嶋に城を築けば、上陸した敵を牽制《けんせい》できる。

「つまり、高国は我らに恐れを抱いておるということか」

六郎が口を挟んだ。

「高国もう四十三。攻めよりも守りに心を砕くようになるは、人の常にございましょう」

「では、城が完成する前に渡海いたそう。兵は拙速を尊ぶと言うではないか」

「お言葉ながら、我らに今の高国と戦って勝つ力はありません。高国の権勢は磐石《ばんじゃく》にて、従う大名も多うござる。今兵を挙げれば、近江《おうみ》の六角《ろっかく》や越前《えちぜん》の朝倉《あさくら》、若狭《わかさ》の武田《たけだ》などとも矛《ほこ》を交えねばなりません」

「では、このまま敵が備えを固めるのを、指をくわえて見ているしかないということか！」

戦場《いくさば》嗄れした声は、之長の甥にあたる三好勝長《かつなが》だった。まだ二十四と若いが、すでに戦場でいくつもの武勲《ぶくん》を挙げている。その隣に座る弟の神五郎《じんごろう》も、元長をじっと見据えていた。

「控えよ、勝長」

元長はいつになく低い声で言って、一瞥《いちべつ》する。気圧《けお》されたように、勝長は黙り込んだ。

この兄弟と元長の間は、あまり上手くいっていない。元長が三好の家督を継いだことが不満なのだ。

元長は、長秀《ながひで》の正室《せいしつ》と之長の間に生まれた不義の子である。その噂《うわさ》は、義賢の耳にも入っていた。

真偽のほどはわからない。訊ねようと思ったこともなかった。実の父が誰であろうと、元長が元長であることに変わりはないのだ。

「いった、元長」

搾《しぼ》り出すような声で、六郎が言う。

「いつまで待てばいいのだ。我らはもう、六年も待った。本当に、時など来るのか」

「六年待ったのです。軽々《けいけい》に動いて全てを水泡に帰すような真似《まね》はいたしますまい」

その言葉に、持隆も賛意を示す。

「元長の申す通りじゃ、お館。今は時を見極めることこそ肝要ぞ」

年長の二人にたしなめられ、六郎はうなだれた。

口惜《くや》しさを滲《にじ》ませる六郎を横目に、義賢は一同を見渡す。

内衆《うちしゅ》や幕府の元吏僚たちは、六郎の出兵案が却下されて落胆を露《あら》わにしている。その一方で、四国に所領を持つ持隆の家臣や国人衆は一様に安堵《あんど》の表情を浮かべていた。彼らにとっては、上方への出兵など重荷以外の何物でもないのだろう。

評定が散会すると、六郎と元長が義賢の居室に集まってきた。義賢は夕餉《ゆうげ》の仕度《したく》を命じ、従者を遠ざけた。

「さっきはすまなかった、元長」

六郎が、小さく頭を下げた。

「このまま阿波で何十年も待ち続けることになったらと思うと、恐ろしくなってしまった。父上の仇も討てず、阿波で無為《むい》に生きるのかと」

そう語る六郎に、普段《ふだん》の明るさはなかった。色々なことに思い悩む年頃なのだろう。義賢にも経験があった。

「わしは、何も持ってはおらん。あるのは、細川京兆家の血筋だけだ」

「それを言うなら、私とて同じことだ」

義賢が言うと、六郎は恐縮したようにうつむいた。

「大樹も六郎様も、血筋だけの男などではございませぬ。少なくとも、己の権勢しか頭にない今の将軍家や高国などとは較べようもありません」

元長の声は確信に満ちていて、六郎はかすかに頬を上気させている。

「お二方《ふたかた》とも、新たなる幕府の頂点に立たれる器と、それがしは信じております」

本当にそうなのだろうかと、義賢は思う。人より武芸や学問が優れているわけでも、多くの兵を抱えているわけでもない。

自分の中に流れる足利の血も、何の力もないという現実も、すべて受け入れたつもりだった。それでも、心の底に燻《くすぶ》る不安が消えてなくなることはない。

「難しい話はここまでだ」

何かを振り切るように、義賢は言った。

「酒でも運ばせよう。六郎、そなたももう元服をすませた身だ。たまには付き合え」

「それがしは、あまり酒は好みませぬ。大樹と元長二人で愉《たの》しまれませ」

「そうか。では、六郎には甘酒でも頼もう」

「滅相もございませぬ。それがしも、酒を頂戴《ちょうだい》いたしまする」

六郎に怒ったように言うが、その顔にはようやく笑みが戻っていた。

下女たちが、酒と夕餉を載せた膳《ぜん》を運んできた。将軍家や管領の血筋に連なる者が口にするにはあまりに質素だが、民の暮らしを思えば不平などない。

「一つ、誓いを立てよう」

それぞれの盃《さかずき》に濁り酒を注ぐと、義賢は二人に言った。

「我ら三人の手で天下を平定し、民を安んじる。その時まで常に心を一つとし、一人たりとも欠けることなく志を遂げる、とな」

「御意《ぎょい》」

「承知いたしました」

腰の脇差《わきざし》を抜くと、二人もそれに倣《なら》った。鯉口《こいぐち》を切り、三人同時に刃を戻す。小気味いい音が三つ重なった。金打《きんちょう》と呼ばれる、誓いの儀式だ。

「では、誓いの盃とまいろう」

満たされた酒を、一息で呷《あお》る。いつもと同じ酒だが、今日は格別に感じた。

「高国と戦になったら、こうして三人で酌み交わすことも少なくなろう。今宵《こよい》は呑《の》み明かそうではないか」

「あまり過ごされませぬよう。酔い潰《つぶ》れた大樹を床まで運ぶは、なかなか手がかかりますゆえ」

苦笑しながら元長が言う。義賢は、酒があまり強くなかった。しかも、かなり酒癖が悪いらしい。

「口うるさい母親のようじゃな」

「何とでも仰せられませ。直垂に反吐《へど》をかけられた恨みはこの元長、忘れてはおりませぬ」

「わかった、わかった。気をつけよう」

「まことにございますぞ。あの時は、わしも蹴飛ばされてひどい目に遭《お》うたのじゃ」

六郎が顎《あご》をさすりながら言うと、元長も声を上げて笑った。

二

書院に面した庭から、甲高い気合いの声が聞こえてきた。

勝瑞城下に構えた、元長の屋敷である。三好家代々の所領である三好郡は山深く、行き来するのは何かと不便だった。勝瑞城にいることの多い元長は、妻子もこの屋敷に置いている。

書見《しょけん》の手を止め、縁に出た。平伏する侍女たちに頷き、声の主《ぬし》に目をやる。

七月も半ばにさしかかっていた。本来ならまだ残暑が厳しいはずだが、ここ数年の例に漏れず、外は羽織《はおり》が必要なほど冷え込んでいる。それでも、近習《きんじゅ》を相手に子供用の短い木剣《ぼっけん》を振る千熊丸《せんくままる》の額には玉の汗が浮かんでいた。

我が子の懸命な姿に、元長は思わず頬を緩めた。

「この寒い中、熱心なことだな」

片膝《かたひざ》をつこうとする近習たちに「よい、続けよ」と声をかけ、縁に腰を下ろす。

嫡男《ちゃくなん》の千熊丸は、五歳になっていた。家督《かとく》を継いだ翌年に、淡路に所領を持つ国人の家から迎えた正室との間にできた子である。上方に進出するには、淡路はどうしても押さえておかなければならない。

「たまには、稽古《けいこ》の相手をしてやってくださいませ」

正室の菊《きく》が、手ずから白湯《さゆ》の入った碗《わん》を運んできた。

政略のために迎えた妻だったが、夫婦仲は悪くはない。大人しいが気立てはよく、芯《しん》の強さも持っている。

「稽古と申してもな」

近習の構える木剣に向かって打ちかかっているだけで、遊びの延長のようなものだった。

「父上に相手をしてもらうということが、大切なのでございます」

「そういうものか」

父に剣の稽古をつけてもらったことなど、一度もなかった。つけてほしいと思ったこともない。苦い記憶が蘇《よみがえ》りそうになって、碗に手を伸ばした。

父として我が子とどう接すればいいのか、今でもよくわからない。千熊丸が生まれた時も、何か不思議なものを見ているような気分になっただけだ。

この国の、強き父になってほしい。義賢にそんなことを言いながら、自分は父という存在を本当のところでは理解していない。軽く自嘲《じちょう》しながら、残った白湯を飲み干す。

腰を上げ、庭に降りた。近習から木剣を受け取り、構えを取る。

「千熊。まいれ」

中腰になって視線を合わせると、千熊丸は嬉《うれ》しそうに笑った。


夕餉を終えると、書院で訴状に目を通した。

村の境界を巡るいざこざや水争い、地侍《じざむらい》同士の喧嘩《けんか》沙汰《ざた》まで、実に様々な訴えが届く。煩雑な仕事ではあるが、おざなりにはできない。特に、この数年続いている冷害で、年貢《ねんぐ》減免の訴えが相次いでいた。

民が領主に納める年貢は、紛争を調停し、外敵から民の命や田畑を守るための担保である。それができなければ、民はいとも容易《たやす》く領主から離反する。訴えを公正に裁くことでしか、政に対する民の信頼は得られないのだ。時折、自身に有利な裁定を得ようと賂《まいない》を贈ってくる者もいるが、それらは全て突き返していた。

訴状の決裁がひと段落した頃、板戸の向こうに気配を感じた。

「源六《げんろく》か」

「はい」

音もなく板戸が開くと、下男姿の小柄な男が控えていた。

代々にわたって三好家が抱える忍びの一団の頭領だった。剣山の一帯に根を張る一族で、剣衆《つるぎしゅう》と呼ばれている。元は南朝方に仕える武士とも、平家の落人《おちうど》とも言われているが、確かめたことはない。

元長は行商人や山伏《やまぶし》、歩き巫女《みこ》に扮《ふん》した剣衆の男女に諸国の動静を探らせている。源六は、集めた情報を十日おきに元長へ報告することになっているが、今日はその日ではなかった。

「京で、何かあったか」

「御意。高国に対して謀《む》反《ほん》を企てたとして、香西元盛《こうざいもともり》が誅殺《ちゅうさつ》されました」

「まことか」

高国に与《くみ》する、丹波の有力国人だった。波多野稙通《はたのたねみち》の弟で、柳本賢治《やなぎもとかたはる》の兄に当たる。

「香西が謀反を企てたのは事実か？」

「いえ、おそらくは……」

源六が言うには、香西元盛と犬猿の仲にある細川尹賢《ただかた》の讒言《ざんげん》によるものらしい。尹賢は高国の従兄弟で、摂津欠郡《かけぐん》の守護に任じられている。

きっかけは些《さ》細《さい》なものだった。高国が中嶋に城を築く際、香西元盛の人足が、尹賢の人足と諍《いさか》いを起こした。これを恨んだ尹賢が、高国に香西の謀反を訴え出たのだという。それを信じた高国は、香西を屋敷に招き、討ち果たした。

丹波衆が一斉に離反しかねない、信じられない暴挙だった。長く頂点の座にあったせいで、高国の心にも驕《おご》りが生じているのだろう。

「それは、いつのことだ」

「七月十三日にございます」

「三日前か。波多野、柳本の動きは？」

「拙者が京を発《た》ったのが昨日の夕刻。その時点で、まだ動きはありませなんだ」

腕組みし、思案を巡らせた。畿内近国の情勢を考慮に入れながら、起こり得る事態を想定する。

波多野稙通が起《た》つかどうかは、微妙なところだった。話を聞く限り、猛将と名高い弟の柳本賢治とは正反対の、万事に慎重な男だという。弟を殺されたとはいえ、二万や三万の軍を動かせる高国に対して兵を挙げれば、家そのものの存続が危うくなる。

だがそこに、阿波、讃岐、淡路三国の軍が加わればどうか。高国の世に不満を持つ者は少なくない。そうした者たちが義賢の旗の下に結集すれば。

「まずは、波多野を動かすことだな」

呟《つぶや》き、腕組みを解いた。

「源六。いずれ、そなたに一仕事頼むことになる」

「はっ。何なりと」

内容を伝えると、源六はわずかに表情を動かした。笑っているらしい。この男が感情を表すことはめったにない。いつも変装して現れるので、何歳なのかも知らない。

「して、猶予はいかほど」

「恐《おそ》らく、三月《みつき》から四月《よつき》。状況次第では、もっと早まるやもしれん」

「承知いたしました。一つ城下にやり残した仕事がございますゆえ、それを片付け次第、すぐにかかりましょう」

再び板戸が開き、源六の姿が消えた。

翌朝、元長は登城《とじょう》し、義賢の居室を訪《おとな》った。

集まったのは義賢の他《ほか》、六郎と持隆のみである。従者も遠ざけ、元長は事の顚末《てんまつ》を語った。

「香西元盛の殺害が、蟻《あり》の一穴《いっけつ》になるということだな」

呻《うめ》くように、義賢が言う。

「だが、まことに波多野は起つであろうか」

「それがしが自《みずか》ら丹波に足を運び、説得いたしまする」

「待て」

それまで黙っていた持隆が口を開く。

「そなた自ら出向く必要があるのか。放《ほう》っておいても波多野は兵を挙げるやもしれん」

「波多野が起つにしても、大樹を奉《ほう》じてでなければ意味がありません。ここはしかと、高国打倒の盟約を結んでおくことが肝要かと」

「しかし、波多野に起つつもりがなければ、そなたの首を獲《と》って高国に差し出さんとも限らん」

「確かに、その危険はございます。されど、我らが本気であることを示すには、それがしが出向くより他にありますまい」

言うと、持隆も口を閉ざして考え込んだ。

元より、賭《か》けのようなものだ。だが、一度天下への道を歩き出せば、さらに際《きわ》どい綱渡りを強いられることもあるだろう。波多野に討たれる程度の運なら、高国の打倒などただの夢でしかない。

「わしは、元長の運を信じる」

決意を滲ませた声は、六郎だった。後を受けて、義賢が言う。

「試されるのは、元長の運だけではない。我らの夢が天意にかなったものかどうかじゃ。元長、必ずや生きて帰ってまいれ」

持隆も、無言のままで頷く。

「よろしゅうございますな。一度兵を挙げれば、もはや後戻りはかないませぬぞ」

「戦向きのことは元長、全てそなたに委ねておる。しかと、大樹とお館をお助けいたせ。わしは阿波にあって、足場が揺るがぬよう目配りいたそう」

「ははっ。ありがたき幸せ」

元来、持隆は戦を好む性質《たち》ではない。平穏な世であれば名君と讃《たた》えられただろうが、乱世には不向きな人物である。それでも、持隆が後方を支えてくれるのは力強い。

「私も無論、覚悟はできている。もしも元長が討たれるようなことになれば出家いたし、残る生を元長の菩提《ぼだい》を弔《とむら》って過ごそう」

「大樹の頭を丸めた姿は見ものにございますな」

「何を言うか、六郎。そなたも一緒に決まっておろう」

「それがしも、にございますか」

二人のやり取りに、元長は声を上げて笑った。

この賭けは勝てそうだ。理由もなく、そんな気がしてきた。

三

包囲の輪は、徐々に狭まっていた。

吹き荒れる風の中に、湿り気が混じりはじめている。もう間もなく降り出すだろうと、久一郎《きゅういちろう》は思った。

雷鳴が轟《とどろ》き、草木のざわめきが大きくなった。足場にしている太い枝も風に軋《きし》んでいるが、地面に降りれば罠《わな》や鳴子《なるこ》が張り巡らされているだろう。久一郎は枝を蹴り、別の木に飛び移った。忍び装束の下に鎖帷子《くさりかたびら》を着込み、籠手《こて》や脛当《すねあ》てもつけているが、動きに支障はない。

梢《こずえ》の合間に、目指す寺の輪郭がぼんやりと浮かんでいる。月は厚い雲に隠れているが、土塀《どべい》や本堂ははっきりと見てとることができた。

勝瑞城下の東の外れ、応正寺《おうしょうじ》という廃寺だった。付近に人家はほとんどない。寺を囲むのは、源六以下二十八名。剣衆のほぼ総力を挙げた奇襲である。中には、久一郎と同じ年頃の者も何人かいる。

さらに枝から枝へと飛び、寺のすぐ手前まできた。眼下には朽ちかけた土塀が見える。境内《けいだい》に人の姿はない。雨戸を閉め切った本堂に籠り、野分《のわき》が過ぎるのを待っているのだろう。

事前の情報では、中にいるのは十三人。牢人《ろうにん》や田畑を捨てた百姓を装っているが、いずれも相当な手練《てだ》れだという。全員が、この一月ほどの間に勝瑞城下に流れてきた者たちだった。その中に、忍びの技を使う者がどれほどいるのかはわかっていない。

細川高国の放った刺客《しかく》だった。狙《ねら》いは、阿波の要人の暗殺。これまでにも同じようなことが何度かあったが、そのたびに剣衆に阻止されたという。

稲妻が走り、周囲が明るくなった。

隣の木の枝に立つ忍びの姿が、束《つか》の間《ま》露《あら》わになる。ほんの一瞬、視線を交わした。覆面で口元を覆っているが、切れ長の目と背格好から凛《りん》だとわかる。十七歳になる久一郎の一つ下で、襲撃に加わる中では最も若い。

六年前、元長とともに阿波へ逃れた久一郎に課された修業は、過酷などというものではなかった。

剣山にほど近い山間の里だった。切り立った崖に挟まれた里は周囲と隔絶され、逃げることもかなわない。聞いたところでは、剣衆の先祖はかつて京で栄華を誇ったが、戦に敗れてこの地に潜むことになった。そして、数百年にわたって忍びの技を磨き続けてきたのだという。

そこには、同じ年頃の男女が十人以上いた。里で生まれ育った者もいれば、どこかから連れてこられた孤児もいる。四人一組で狭い小屋に押し込まれ、与えられる食事も必要最低限のものでしかなかった。

里での日々は全て、忍びの技を習得することだけに費やされた。夜明け前から日没まで、時には夜中に指南役の下忍《げにん》が襲いかかってくることもある。

学ぶことは多かった。変装や薬草の見分け方にはじまり、あらゆる種類の錠前《じょうまえ》の外し方、毒の調合に尾行、潜入、そして暗殺。食糧も与えられず、まったくの徒手で七日間山中に放り込まれたこともある。自らの手で食糧を確保しながら、同じ山に潜む別の組の相手を倒さねばならなかった。

懐《ふところ》に入れた小さな土器《かわらけ》を奪われれば、死んだと見做される。火を使えば居所が知れるので、兎《うさぎ》や鼠《ねずみ》を獲《と》っても食べることはできない。野草や掘り起こした蕨《わらび》を同じ組の者たちと分け合って飢えを凌《しの》ぎながら、相手の隙《すき》を窺《うかが》う。結局、久一郎は一人で五人の敵を倒し、組の中でただ一人、最後まで生き残った。

稽古に一切の情けはなく、当然のように死人も出た。体術《たいじゅつ》の稽古で頭を打って死んだ者。

縄一本で崖から降りる途中、手を滑らせた者。錯乱して下忍に斬《き》りかかり、返り討ちに遭った者もいる。結局、残ったのは久一郎と凛の他に五人だけだった。

剣衆の一員としての力量を身につけたと判断された者から、里を下りて任につくことになっていた。久一郎が里を下りたのは、一年前のことだ。ともに修業していた者の中では最も早い。それからは密偵として、諸国を巡ってきた。

自分の仕事が何の役に立つのか、考えたことはない。ただ、力が欲しかった。強くなって、父や母、そして佐代《さよ》を殺した武士たちを一人でも多く殺す。それが、ただ一つの望みだった。

再び轟いた雷鳴が、久一郎を現実へと引き戻した。

「ぼんやりするな」

一瞬の稲光の中、覆面を下げた凛が、口の動きだけで伝えてくる。

「うるさい」

声に出さずに答え、再び眼下の寺に意識を集中する。

やがて、ぽつぽつと雫《しずく》が頬を濡らしはじめた。それからすぐに、激しい横殴りの豪雨へと変わる。

雨と風の音に混じって、鳥の鳴き声が聞こえてきた。耳を澄まし、声の調子や長さを確かめる。行動開始の合図だ。

枝から土塀に飛び移り、境内に降り立つ。他にも、いくつかの影が林から飛び出してきた。

境内を駆け抜け、背中の忍刀《しのびがたな》の鞘《さや》を払った。別の者が、苦無《くない》を使って雨戸を外す。五寸（約十五センチ）ほどの棒状の手裏剣《しゅりけん》だが、戸を外したり穴を掘る時にも使うことができた。

本堂の四方から、一斉に踏み込んだ。中には灯《あか》りが三つ。酒盛《さかも》りでもしていたのだろう、横になっている者もいる。誰かが放った苦無が、立ち上がろうとした男の眉間《みけん》を打ち抜いた。

吹き込んだ風で、灯りが消えた。さして広くもない本堂の方々で斬り合いがはじまり、足音と剣戟《けんげき》の音が交錯《こうさく》する。久一郎の前にも、一人が立ちはだかった。

手練《てだ》れだが、忍びではないことは発する気でわかる。腕を買われて雇われた武士だろう。

男の目は、まだ暗闇《くらやみ》に慣れていない。闇雲《やみくも》に上段から打ち込んでくる。久一郎は、低く沈み込むように前へ出た。男の横を駆け抜けながら、脛を狙《ねら》って斬りつける。骨を断つ硬い手応《てごた》え。片膝《かたひざ》をついた男の背後から、心《しん》の臓《ぞう》を一突きした。

覚えず、頰に笑みが浮かぶ。

視界の隅で、凛が別の相手の首筋を切り裂くのが見えた。凛にとっては初陣《ういじん》のはずだが、激しく噴き出した血にも動じることなく、次の敵に向かっていく。

激しい斬り合いの末に、本堂は制圧された。床に広がる血の海を、炎が照らし出している。立っている敵は一人もいない。味方の死体もいくつか見えた。

「数を確かめろ」

灯りを手にした源六が、低い声で命じた。素早く視線を走らせ、敵の死体を数える。十三まで数え終えたところで、視界の隅に異変を感じた。天井板。わずかだが、間違いなく動いた。

「お頭《かしら》、まだいるぞ！」

その刹那《せつな》、天井から何かが落ちてきた。激しい轟音《ごうおん》が響き、煙があたりを覆う。猛然と立ち込める煙の向こうから悲鳴が三つ、折り重なって聞こえた。

不意に、うなじのあたりがひりつく。次の瞬間、目の前に人影が現れた。煙を割って、刀が突き出される。とっさに首を捻《ひね》ってかわし、忍刀を撥《は》ね上げた。

胸のあたりを斬った。が、浅い。横から、二の太刀《たち》がきた。

かわせない。籠手《こて》で受け止め、その隙を狙う。そう決めた時、刀を握る敵の手首が飛んだ。久一郎はすかさず身を寄せ、喉元《のどもと》に切っ先を突き入れた。

手首を斬り飛ばしたのは、凛だった。表情一つ変えず、忍刀の血を拭っている。後ろで束ねた黒く長い髪が、雨に濡れて艶《つや》めいていた。周囲の凄惨《せいさん》な光景の中で、それは奇妙に浮き立って見える。

「余計な真似しやがって」

凛を見据えて言ったが、答えはない。こちらを一瞥すると、無言のまま刀を鞘に納め、踵《きびす》を返す。

あいつはまるで、人を殺すために作られた人形や。里の誰かが凛を評した言葉を、久一郎は思い出した。

屋根裏には、他にもう一人潜んでいたらしい。そちらは味方を二人殺した後、源六に斬り捨てられた。こちらは五人が死に、他にも多くの手負いが出たが、久一郎自身は浅手の一つもない。

「骸の始末は、別の者たちに頼んである。撤収するぞ」

雨も風も、激しさを増していた。降り込んだ雨が、床の血と混じり合っていく。

死者の中には、共に修業に励んだ者もいた。それでも、手を合わせることも成仏を願うこともしない。

死んだその先に何があるかは知らない。それでも、自分たちが今いる場所よりは、ずっとましだろう。


翌朝、久一郎は源六の部屋へ呼び出された。

表向きは土倉《どそう》を営む商家だが、勝瑞城下に詰める剣衆の面々はここで起居している。

十畳足らずで、調度らしい物もほとんどない部屋には、他にも数人の忍びが集められていた。いずれも自分と同じ年頃か、少し上というところだ。中には凛の姿もある。地味だが女物の小袖《こそで》をまとった小柄な体は、どう見ても腕の立つ忍びには見えない。

凛は無言のまま、顎で隣を指した。早く座れということだろう。

まったく、可愛《かわい》げの欠片《かけら》もない女子《おなご》だ。胸中で毒づきながら、他に場所もないので、仕方なく凛の横に腰を下ろした。

「久一郎、凛。昨夜のそなたたちの働き、見事であったぞ」

「はっ。ありがたき幸せ」

軽く頭を下げながら、横目で凛を窺った。同じように頭を下げてはいるが、やはり無言のままだ。色白の端整と言ってもいい細面《ほそおもて》だが、誉《ほ》められるのは当然だと言わんばかりの、どこか不満げな表情さえ浮かんでいる。

女の忍びは、男に媚《こび》を売って情報を得るのも重要な任の一つだ。こう無愛想で役目に支障はないものだろうかと、他人事《ひとごと》ながら思う。

「そなたたちに集まってもらったのは他でもない。京で、大きな仕事を果たしてもらう」

「では、ついに高国と」

勢い込んで言ったのは、藤太《とうた》という久一郎と同い年の忍びだ。父も同じく剣衆の忍びで、高国との戦で命を落としていた。

「急《せ》くな。まだそうと決まったわけではない。近々、元長様が丹波に発たれ、波多野、柳本らと高国打倒の盟約について談合いたす。戦になるかどうかは、その話し合い次第よ」

「では、我らは京で何を」

「高国との戦を見据えた元長様の策を成就《じょうじゅ》せしめるための仕事よ。その策について、これより話す」

元長が波多野や柳本を味方につければ、ついに高国との決戦となる。天下の情勢などに興味はないが、戦となれば忍びの出番は多くなる。つまらない密偵や間諜狩りなどよりよほどやり甲斐《がい》があるはずだ。

この手で思う存分武士を殺せる。そんな役目を、久一郎は待ち望んでいた。

四

大きく息を吸い込むと、強い潮の香りが鼻を衝《つ》いた。

元長は船縁《ふなべり》に手をつき、遠ざかる湊《みなと》を眺めた。阿波別宮浦《べつくうら》まで見送りにきた義賢や六郎の姿はもう見えない。

船は、三好家がかねてから懇意《こんい》にしている商人のもので、主な積荷は藍と木材である。

阿波の気候は藍作に適していて、競合相手もいないため、これを上方まで運ぶだけでかなりの利が出た。阿波産の木材も、上方では重宝される。鎌倉の世で阿波守護を務めた小笠《おがさ》原《わら》氏の支流にすぎない三好家が大きな力を持つようになったのも、藍と材木の産地である三好郡を領していたことが大きい。

銭は力だった。この数年打ち続いている冷害で、米による年貢収入は目減りし続けている。山がちで耕地の少ない阿波では、田畑から上がる年貢だけでは多くの軍勢は養えない。

そのため、元長は家督を継いで以来、商人たちを保護し、物流をさらに活発にすることに腐心していた。

船が兵庫に入ると、元長はそのまま北上した。

元長は、葛籠《つづら》を背負った行商人に扮《ふん》している。供は源六と二人の近習のみだが、五人の忍びが離れたところから警護に当たっている。

摂津の北からは深い山が続いたが、源六の案内で迷うこともなく進めた。摂津には野伏《のぶ》せり山賊の類《たぐい》が多いが、丹波に入ればほとんどいないという。

丹波八上《やかみ》城についたのは、兵庫を発って二日目の昼過ぎだった。

遠望して、元長は唸《うな》った。八上城は十一年前、波多野稙通が丹波富士とも呼ばれる高城《たかしろ》山に築いた広大な山城である。

一旦《いったん》城下に取った宿に入り、衣服を改めた。訪問はすでに先触れを出して伝えてある。

香西元盛の誅殺《ちゅうさつ》からほぼ二月。その間、稙通をはじめとする丹波の国人たちは兵を挙げるでもなく、高国に改めて恭順を誓うでもなく、ただひたすら息を潜めていた。恐らく、稙通と高国との間に何らかの交渉が持たれていると、元長は見ている。

その一方で、稙通は元長とも幾度か書状のやり取りをしていた。挙兵と臣従の合間で揺れているのは明らかだった。元長との会見に応じるとの返答がきたのは、数日前のことだ。

挙兵を決意したのか、あるいは罠《わな》か。いずれにしろ、会って話すまではわからない。

城を訪れると、丁重《ていちょう》な扱いで山頂の本丸まで案内された。城兵は訓練が行き届き、城の造りもよく考えられている。

高国との緊張が高まっているせいか、城内の空気は肌を刺すほど張り詰めていた。広間に通されても、それは変わらない。

背後の襖《ふすま》の向こうに、いくつかの気配がある。命があればいつでも飛び出せるよう、武者たちが待機しているのだろう。背中に、じわりと汗が滲む。

「遠路はるばる、ようおいでになられた」

しばらくして現れた波多野稙通が、城内の緊張とは対照的に穏やかな声で言った。

隣の大柄な男が、末弟で丹波神尾山《かんのおさん》城主の柳本賢治だろう。等持院合戦での戦ぶりは、今思い出しても肌に粟《あわ》が立つ。

あまり似ていない兄弟だと、一目見て思った。稙通は当年三十一。中肉中背、物腰は穏やかで思慮深そうな目をしている。賢治の方は、大柄でいかにも猛将然とした風貌《ふうぼう》だった。正確な歳は知らないが、元長とほとんど変わらないだろう。

事前に調べた限りでは、二人の意見は割れている。賢治は積極的に仇討ちを唱えているが、稙通がそれを抑えているという形だった。

「はじめて訪れましたが、よい国です。山が多いところは、阿波によく似ている」

まずは、当たり障りのない話題からはじめた。

「城下の様子も拝見いたしましたが、貧しい身なりの者がほとんどおりませんでした。波多野殿の政《まつりごと》が行き届いているおかげにございましょう。ここへ来る途中も、野伏せりの類《たぐい》には出会いませんでした」

「この数年は大きな戦もなく、平穏でしたからな。働き者もいれば怠惰《たいだ》な者もいる。だが、戦さえなければ、民は概《おおむ》ね豊かに暮らせるものです」

「なるほど。されど、今ある平穏はいつ破れるかわかりません」

「それを破らぬように繕《つくろ》うのも、為政者の務めにござろう」

穂通は、高国との妥協点を探っているのかもしれない。弟を討たれたとはいえ、戦になれば民は苦しみ、疲弊する。もしも戦に敗れれば、民だけでなく、一族の滅びにも繋《つな》がりかねない。元長が同じ立場なら、性急な挙兵にはやはり反対するだろう。

「ここで取り繕ったところで、いずれは別の場所が綻《ほころ》びてまいりましょう。無数の綻びを繕い続けるよりも、いっそ新しい布で天下を覆ってしまえばいい」

思い切って踏み込んだ。これ以上の腹の探り合いに、意味などない。

「つまりは、三好殿の天下獲りに、我らに協力しろと？」

「三好ではござらん。足利義賢公を頂点とした、新たな幕府を築くのです。そこに、波多野殿、柳本殿にもご協力願いたい」

「新たな幕府？」

「帝《みかど》があり、武門の棟梁《とうりょう》たる将軍がいて、その下で管領をはじめとする有力な大名が合議で政を為《な》し、各地の守護がそれぞれの任国を治める。それが、長きにわたるこの国の形でした。しかるに現状は、管領が政をほしいままとし、将軍の首さえ挿《す》げ替える。戦は絶えることなく、民の苦しみは増すばかり」

「して、いかがいたすと？」

──ここまで形骸と化した以上、古き幕府は倒れるべきでしょう。土台から腐りきった家は叩《たた》き壊し、新しい家を一から築くしかありません」

稙通が、値踏みするような目を向けてきた。

「新たな幕府と言われるが、それはこれまでの幕府とどこが違うと？」

「この乱世は、守護がそれぞれの任国を世襲し、己の領地のごとくにしてしまったことに原因がござる。そのため、家督争いは熾烈《しれつ》なものとなり、各地に戦乱が巻き起こった」

「それで？」

「ならば守護は廃し、幕府の派遣する代官がそれぞれの任地を治めればよい。任期は数年に限り、親の役職を子が継ぐことは認めませぬ」

稙通の眉根《まゆね》が曇った。世襲を認めず、土地とも切り離す。それは、武士の根幹を揺るがす考え方だった。

「それが、この国の武士たちに受け入れられるとお思いか」

「無論、異を唱える者は多くおりましょう。それを許さぬほどの強大な武力が必要です。利害に左右されず、領地に縛られることもない、将軍家直属の軍が」

「領地も持たずに、どうやって兵を養うと？」

それまで黙っていた賢治が、口を開いた。

「武士でも百姓でもいい。家を継げない次男、三男や牢人《ろうにん》、仕事にあぶれた者たちを集め、銭で養います。この国が一つになり、異国との交易をさらに活発にすれば、十万や十五万の軍勢は維持できましょう。各地の武士には私戦を禁じ、反した者はその軍が討伐する。いずれ武士たちも、わずかな領地を巡って争うことの無意味さを知る」

そして、戦がなくなれば、武士も必要なくなる。叛乱《はんらん》や外敵には幕府の軍が備えればいい。民は戦に怯《おび》えることなく、商いや耕作に励むことができる。

家督を継いで以来、考えに考えて出した答えだった。だがそれも、この国の全土を平定しないことには絵に描《か》いた餅《もち》にすぎない。

元長を見る稙通の目は鋭い。家名を守り、領地を守ることだけを考える武士ならば、元長の考え方は危険なものに映る。この場で殺せと命じたところで、不思議はなかった。

やがて、稙通は破顔《はがん》し、声を上げて笑った。

「いや、ご無礼仕《つかまつ》った。しかし、よくぞそこまで考えたものよ」

「絵空事と思われますか」

「そうは言わぬ。だがその志を実現するには、高国を倒し、全国の諸大名を屈服させねばならん。それまで、何十年とかかろう」

「我らの子、あるいは孫の代までかかるやもしれません。されど、この国のありようを根本から変えるには、それだけの時はかかりましょう」

「三好殿！」

元長の言葉を遮《さえぎ》るように、賢治が床を叩《たた》いた。

「何十年も先の話など、今はどうでもよい。いかにきれい事を並べ立てたところで、公方《くぼう》など所詮は飾り物、何の力もありはせぬ。そうなれば実際に力を持つのは三好殿だ。要は、貴殿の野心に我らを利用する魂胆《こんたん》ではないのか」

「賢治、言葉を慎め」

「いや、兄者《あにじゃ》。これればかりは、この場ではっきりさせておかねばならん」

抜き身で斬りつけるように言って、元長を睨む。ただ、思ったことを率直に口にしているだけなのだろう。不思議と嫌な感じはなかった。家臣や兵たちにずいぶん慕《した》われているという話も、噂《うわさ》だけではなさそうだ。

「確かに今の公方は、高国の飾り物に過ぎません」

元長は、賢治に向き直った。

「それがしの祖父之長も、同じように公方や亡き澄元公を飾り物といたしました。そして、京の都という幻を追い続けた。待っていたのは惨《みじ》めな敗北と、都のさらなる荒廃のみです。人を人として扱わない者に、信はありません。いずれ、必ずや滅びましょう」

「戦の勝ち負けは、兵の数と、それを動かす者の将器《しょうき》だ」

「どれほどの将器があろうと、信なき者に兵は集まりません」

「領地があれば、兵は集まる。戦に勝てば、領地は手に入る。戦に勝つ力量さえあれば、信など二の次、三の次ぞ」

「もうよい。控えよ、賢治」

兄の制止に、賢治は渋々頭を下げた。

「弟を討たれてなお、高国に従う。そんな不甲斐《ふがい》ない男に兵はついていかない。そう、三好殿は申されたのかな」

「そのように聞こえたのであれば、無礼を申しました」

「いや、腹を立てているわけではない。それがしも今、そう思ったところだ」

「では、兄者」

賢治が身を乗り出した。

「早まるな。わしが考えておるのは、今兵を挙げたとして、勝てるかどうかだ。当主として、一族の滅びに繋がるような戦ははじめるわけにはいかん。三好殿には悪いが、子の代、孫の代の天下がどうなっているかより、今を生き延びることのほうがよほど重大事だ。そこで、三好殿」

「はい」

「貴殿のことだ。すでに戦の絵は描けているのだろう。畿内を制し、さらには越前朝倉や近江の六角からも援軍を得られる高国に対し、我らはせいぜい丹波半国。阿波、讃岐の軍勢を併《あわ》せたとて勝ち目は薄い。貴殿がどう戦うつもりなのか、聞かせてはくれぬか」

「承知いたしました。まずは、これを」

懐から、小さく折り畳んだ書状を取り出した。

受け取り、中身を開いた稙通が目を見開く。

「いつの間にこのような物を」

丹波守護代、内藤国貞からの書状だった。高国が丹波を攻めた場合、自分は加担しない。そう明記し、花押《かおう》の上に血判《けっぱん》まで入っている。

「祖父が死に、家督を継いでからの六年間、高国を討つための手は全て打ってまいりました。内藤殿への内応工作も、その一つに過ぎません」

稙通から書状を受け取った賢治が、呻《うめ》くように言った。

「内藤殿が高国から離反するとなれば、我らにも勝ち目は十二分にある」

腕を組んで思案していた稙通が、口を開いた。

「三好殿。貴殿は、敵に回したくはないな」

「お褒めに預かり恐悦《きょうえつ》ですが、それだけではありません。絵図《えず》をご用意願えますかな。畿内全域が描かれたものです」

「では、ついでに酒肴《しゅこう》も運ばせよう。賢治」

「はっ」

素直に答えると、童のように顔を綻ばせて立ち上がる。戦場で見るのとはまるで別人だった。喧嘩好きの童がそのまま大きくなったような男なのだろう。

「酒も肴《さかな》もたんとある。今宵は呑み明かそうぞ」

厨《くりや》から戻った賢治が言った。襖の向こうの気配も、いつの間にか消えている。

すでに、日が落ちかけている。長い夜になりそうだった。

翌日、八上城を出た元長は京へと足を向けた。

六年ぶりに訪れた京は、町全体に張り詰めた気が漂っていた。通りは武装した軍兵や兵糧《ひょうろう》を積んだ荷車が行き交っている。

椿屋《つばきや》という、祇園《ぎおん》の外れに建つ遊女屋に宿を取った。遊女が数名いるだけの何の変哲もない小さな店だが、主人は源六の配下である。

部屋に酒を運んできた奉公人に、元長は声をかけた。

「しっかりと働いているようだな、久一郎」

久一郎に会うのも、六年ぶりだった。歳のわりに小柄なのは相変わらずだが、骨柄はたくましくなり、面相にも精悍《せいかん》さが増している。これまで、相当な修羅場《しゅらば》をくぐってきたであろうことは、その目つきを見ればわかった。

「里での修業に較べれば、遊女屋の小間使いなどどうということもありません」

「その格好も、なかなか板についているではないか」

「俺は見目《みめ》がいいですから。何を着てもそれなりに似合います」

悪びれることなく、久一郎は答えた。

「それで、首尾は?」

「若い連中の間には、不満が渦巻いています。悪童の中で名の知られた何人かと誼《よしみ》を通じ、協力を約束させました。一声かければ、二百から三百人を集められます」

「それだけいれば、最初の勢いをつけるには十分だな」

久一郎をはじめとする若い忍びたちには、京の悪童たちを束ねる役目を与えていた。不遇をかこつ武家や商家の次男、三男に加え、土地を捨てた百姓たち。それらを糾合《きゅうごう》すれば、大きな力になる。

「丹波攻めを見越して、商人の中には米を売り惜しむ者が多くいます。一度火を点《つ》ければ、一揆《いっき》はすぐに都中《みやこじゅう》に広がりましょう」

思いがけず、久一郎には先を見る目があった。元は武士だった父から読み書きを教わり、商家で働いていたため世情にも通じている。この短期間で悪童たちを味方に引き入れたところを見ると、弁も立つのだろう。

「よし。明日から毎晩、主立った者たちを一人ずつここに連れてこい。目立たぬようにな」

「元長様が、ご自身で話をされるのですか？」

「ああ。場合によっては命を落とす者も出るだろう。顔も知らぬまま死なせるようなことは、わしにはできん」

「元長様は甘い。力を持て余して暴れたいだけの連中ですぞ」

「それでも、いずれは新たな幕府を支える民となる者たちだ」

「わかりました。お好きなようにすればよい」

言葉遣いこそいくらかましになったが、主に対して遠慮がないところは出会った頃と変わっていない。

「それよりも」

あからさまに不満そうな顔で、久一郎が言う。

「戦になれば、武士が殺せる。そう思うておったのに、与えられた役目は悪童どもの相手だ。いつ、武士が殺せるのです？」

過酷な修業を経て少しは丸くなったかと思ったが、心の底の武士に対する憎しみはまるで消えていない。それどころか、力を手にしたことでそれは激しさを増している。束《つか》の間《ま》芽生えかけた後悔を振り払い、諭《さと》すように告げた。

「すぐに、好きなだけ殺せる。殺す相手は、わしが教えてやる。それまで辛抱いたせ」

「はっ」

思いの外《ほか》素直に聞き分け、久一郎は部屋を後にした。

忍びによる暗殺。これまでにも何度か、源六に命じて敵対する国人を密《ひそ》かに殺させたことがあった。卑怯《ひきよう》だとは思わない。兵を失わず、民を苦しめることもなく戦に勝てる手段なのだ。それでも、暗殺を命じる時はいつも苦い思いに駆られた。

小さく息を吐き、元長は盃に手を伸ばした。

次の日から、元長は毎晩、町の悪童たちと会って話をした。

ほとんどが十代半ばから二十歳くらいで、それぞれ十人、二十人と手下を抱えている。親に棄《す》てられた者、人買いに売られた先から逃げ出した者、飢饉《ききん》や疫病で村を離れざるを得なかった者。童たちは、それぞれ様々な事情を抱えていた。そして皆、世を恨む気持ちが強い。

童たちだけではない。都には、高国に対する怒りが満ち満ちている。それは、民の暮らしを顧《かえり》みようとしない武士や商人に対する怒りと言ってもいい。

丹波の波多野稙通と柳本賢治が高国に叛旗《はんき》を翻《ひるがえ》したのは、十月半ばのことだった。高国の従兄弟尹賢を総大将とする討伐軍二万が直《ただ》ちに組織され、十月二十三日に京を出陣した。高国勢が稙通の八上城、賢治の神尾山城を包囲して持久戦に入ると、元長は源六を呼んで命じた。

「はじめよ」

その日の夜、三百を越える群衆が全ての貸借関係を帳消しにする徳政令を求めて一揆《いっき》を起こした。一揆勢は見る見る膨《ふく》れ上がり、その日のうちに二千名以上に達している。

幕府が徳政令を出す気配がないとわかると、一揆勢は上京《かみぎょう》の米商人や酒屋、高利貸を営む土倉などに襲いかかった。

久一郎以下数名の忍びには、京の治安を司《つかさど》る侍所《さむらいどころ》の要人数名の暗殺を命じていた。久一郎たちは手際よく任を果たし、一揆鎮圧の指揮者を失った侍所の対応は後手に回っている。

混乱は瞬く間に洛中《らくちゅう》から洛外へと広がっていった。上京、下京《しもぎょう》のみならず伏見《ふしみ》、山崎《やまざき》の商人までが店を襲われ、米や銭、質物を奪われた。

数千を数える一揆勢は、京と丹波の軍との間を遮断《しゃだん》するように、洛西《らくせい》、洛北《らくほく》の寺社や豪商の屋敷に陣取っている。無論、元長の指示によるものだ。これにより、討伐軍は完全に兵站《へいたん》を断たれる形となった。

丹波攻めに兵を割《さ》かれているといっても、高国の手元にはまだ三千から五千の軍勢が残っている。戦況は膠着《こうちゃく》したまま、一月《ひとつき》が過ぎようとしていた。

「去る十一月三十日、赤井《あかい》忠家《ただいえ》なる丹波の国人が、神尾山を包囲する尹賢の本陣を奇襲いたしました」

椿屋の一室で京周辺の絵図を睨んでいた元長に、源六が報告した。

「それで、どうなった？」

「柳本賢治も城を打って出て、激戦の末に高国勢を打ち破りました。細川尹賢はわずかな供回りに守られ、這《ほ》う這《ほ》うの体《てい》で敗走いたしたとの由にございます」

内藤国貞は、一旦《いったん》は討伐軍に加わったものの、約束通り離脱して居城に引き上げている。八上城を囲んでいる軍勢も、遠からず京へ向けて撤退をはじめるだろう。

「一揆の頭目《とうもく》たちに伝えよ。近く、高国勢が京に戻る。一揆は早々に解散せよと」

「ははっ」

敗残の軍とはいえ、ろくな武装もしていない一揆勢をぶつければ多くの死者が出る。兵站を断ち後方を攪乱《かくらん》する以上のことを、元長は期待してはいなかった。

しかし、勢いづいた一揆勢の中には元長の勧告を無視し、占拠した寺社に居座り続けている者もいるという。幕府はいまだ徳政令の発布に応じていない。徳政を勝ち取るまで解背にしないというのが、その言い分だった。

「得物《えもの》を取ってそれぞれの陣所に立て籠り、高国勢と一戦交えると息巻く始末にて」

「馬鹿《ばか》な」

源六の報告に、元長は声を荒らげた。

「勝てるはずがなかろう。高国勢はいまだ一万を優に超えておるのだ。即刻解散いたせと、いま一度申し伝えよ」

「無駄にございましょう。あの者どもはすでに、我らの手から離れておりまする」

翌日、帰還した高国勢が一揆勢の排除に乗り出した。洛中洛外の諸所で小規模な戦が頻発し、一揆勢に多くの死傷者が出ているという。

打つ手はなかった。一月に及ぶ籠城戦《ろうじょうせん》の直後とあって、丹波勢はすぐには動けない。阿波勢もまだ、国許《くにもと》で渡海の準備に追われている。一揆勢が蹴散らされ、追い立てられるのを元長は傍観するしかなかった。

ものの数日で一揆は鎮圧され、一揆に加わった者たちの首は鴨河原《かものかわら》に晒《さら》された。十間（約十八メートル）近くにわたって設《しつら》えられた首台《くびだい》の上には、まだ年端《としは》もいかぬ若者の首も多く並んでいる。

見物の群衆に紛《まぎ》れて、元長はその光景を見届けた。

「わしが愚かだった」

椿屋へ戻ると、源六に向かって呟いた。

「目先の勝利を欲するあまり、民を戦に巻き込むなど」

「されど、此度《こたび》の一揆がなければ、丹波衆の勝利はありませんでした。非難されるべきは元長様ではなく、解散を拒否した者たちにございましょう」

「いや。何があろうと、民を戦に巻き込んではならなかったのだ」

見通しが甘かった。一度燃え上がった民の怒りの火は、誰にも御《ぎょ》することなどできない。

「このような策は、二度と用いぬ」

自分に言い聞かせるように言って、元長は筆を執った。今回の一揆の顛末を、国許《くにもと》に報告しなければならない。

塞《ふさ》ぎ込んでいる暇《ひま》などなかった。畿内の高国方の国人に対する調略。軍費と兵糧の調達。渡海してくる義賢と六郎の受け入れ準備。やるべきことは、それこそ山のようにあるのだ。

「明日には京を発つぞ。摂津、河内、和泉の国人衆のもとを回る」

「では、道中の手配をいたします」

答えると、源六は音もなく消えた。

五

父が死んだのはいつのことだったろう。十年、いや、もっと前だったか。柳本賢治は指折り数えてみたが、いま一つはっきりと思い出せない。

自分には冷淡な父だった。兄は二人とも優秀で、賢治は何一つ勝てるものがなかった。だから、十歳の時に厄介払いのように他家に養子に出されたのも、致し方ないことだと思う。

その自分が、万余の軍勢を従えて京の都に攻め入ろうとしている。あの世で父が聞いたら、どんな顔をするだろう。

「三好勝長様、ご着到《ちゃくとう》にございます」

近習の声に、賢治は頭から感傷を追い払った。

「わかった、本陣へ呼べ。すぐに軍議だ」

大永七（一五二七）年二月十一日。賢治は京の喉首《のどくび》を押さえる山崎に陣を置いていた。

丹波に侵攻した高国の軍勢を撃退して、二月が経っている。その間、兄の稙通から全軍の指揮を委ねられた賢治は山城《やましろ》と摂津を転戦し、高国方の諸城を次々と攻略していった。

高国を見限った畿内の国人が続々と馳《は》せ参じ、兵力は一万を大きく超えている。

とはいえ、桂川《かつらがわ》東岸に布陣する高国軍は、若狭守護武田元光《もとみつ》の援軍を加え、二万に近い。

三好勝長の軍と合流しても、兵力的には劣勢である。

「三好勝長にござる。これなるは、我が弟の神五郎。よろしくお引き回しのほどを」

諸将を集めた軍議の席で、三好軍の先鋒《せんぽう》四千を率いた三好勝長が頭を下げた。

三好の一門衆《いちもんしゅ》で、戦に長《た》けた男だと聞いている。二十六歳の賢治と、歳はそれほど変わらないだろう。いかにも戦場の勇士といった、いかめしい風貌《ふうぼう》だ。

それよりも、賢治は弟の方が気になった。兄とはまるで似ない細面《ほそおもて》で整った顔立ちは、伝え聞く阿波侍の勇猛さとはほど遠い。

「神五郎殿と申されたな。いくつになられる？」

「この正月で、十九になりました。いまだ若輩《じゃくはい》ではありますが、精一杯働く所存にございます」

口ではそう答えながら、気負いはどこにも見られない。どこまでも涼しげな目つきが、どこか信用できないものを感じさせる。

「では、早速軍議をはじめる」

中央の卓に、絵図が広げられた。京周辺の地形と敵の布陣が、詳細に描き込まれている。

「明朝、この山崎を発つ。決戦は、明日の夜か明後日だ」

賢治が言うと、勝長が口を挟んだ。

「待たれよ。三好の本隊を待たず決戦を挑むおつもりか」

「さよう。戦には機というものがある。いまだ阿波も出てへん元長殿を待っとっては、機を失う。それに、元長殿と合流して戦に勝ったとしても、手柄は全て元長殿のものとなろう」

そこまで言うと、勝長と神五郎の表情が動いた。

「せっかく馳せ参じていただいたのだ。お二人には、功名《こうみょう》の立てどころをご用意しよう。

「お気遣いいただき、かたじけない」

二人はもう、元長を待てとは言わなかった。三好一族の全てが元長に心服しているわけではない。その情報を届けてきたのは、兄の稙通だった。おそらく、阿波に間者《かんじゃ》でも放っているのだろう。

「やはり、三好は一枚岩というわけではないようですな」

軍議を終えると、赤井忠家が近くにきて言った。

丹波黒井《くろい》を領する国人で、まだ三十をいくつか過ぎただけだが、巧みな用兵の手腕と智《ち》略《りゃく》を兼ね備えている。直接の主従関係はないが、これまで幾度も戦陣で轡《くつわ》を並べた、賢治が片腕とも頼む男だ。

「二人とも、元長の名を出した途端、目の色が変わり申したぞ」

「やはり、例の噂が原因か」

元長は、長秀の子にあらず。そんな噂が、阿波ではまことしやかに語られているという。真偽のほどは定かではないが、元長が生まれた頃から陰で囁《ささや》かれていたらしい。

「あるいは」

忠家が声を低くした。

「あの二人に先鋒《せんぽう》を任せたは、自身の手を汚さずに反抗的な一族を討たせるためやもしれませんな」

「ほう」

妙案だと、賢治は思った。戦場での駆け引きにしか興味のない自分には、決して思いつかない策だ。

「それがまことなら、恐ろしい男だ」

元長の顔を思い浮かべた。顔つきこそ柔和《にゅうわ》さを漂わせているが、その双眸《そうぼう》は強い光を放っていた。一度しか会ったことがなくとも、鮮明に脳裏《のうり》に焼きついている。

京で徳政一揆を起こして高国軍の糧道《りょうどう》を断つというのも、元長の策だった。そんな姑息《こそく》な真似をしなくても勝てる。そう思っていたが、あれで戦が楽になったのも事実だった。

高国打倒後の主導権争いは、すでにはじまっている。丹波を出陣する賢治を見送る際、稙通は言った。高国の没落後は足利義賢が将軍となり、阿波の細川六郎が管領となる。新たな幕府で丹波衆の発言力を確保できるかどうかは、賢治の戦いぶりにかかっているのだと。

稙通には、幼い頃から何をやっても敵《かな》わなかった。兄と較べられるのが嫌で、城を抜け出しては近所の悪童を集めて遊び回った。喧嘩《けんか》を繰り返し、相手を半殺しにしたことが何度もあった。そんな自分にも、兄は父のように冷たく接することはなかった。そのことが、また賢治をいたたまれない気分にさせた。

柳本家に養子に出されると、さすがに悪童じみた真似はしなくなったが、その代わり武芸に打ち込んだ。初陣で敵の大将首を挙げた時は、全身が震えた。恐怖からではない。これで兄を超えられると思ったのだ。

だがすぐに、戦場でどれだけ手柄を立てたところで兄を超えられはしないのだとわかった。家督を継いだ兄は、見事な手腕で領内を平穏に保ち、領地を豊かにした。家臣や民に慕われ、その声望は他国にまで鳴り響いている。

人としての器が違うと、賢治は思った。兄を超えようなどという思いは、とうに捨てた。自分には、戦場で働くことしかできないのだ。

陣屋で一人になると、愛用の大薙刀《おおなぎなた》を手入れした。京の名のある刀匠《とうしょう》に打たせたもので、十年近く使っていても、切れ味は落ちるどころか増していく。

手入れをしながら、目前に迫った戦に思いを馳せた。兄のことも、新たな幕府のことも、頭から消えていく。

賢治は、静かな昂《たか》ぶりだけを感じていた。


翌朝、山崎を出陣した賢治は桂川の西岸《せいがん》に陣取った。双方共に鶴翼《かくよく》の陣を敷き、そのまま睨み合う形となっている。

対岸に布陣する敵主力の後方、六条に置かれた本陣には、高国と共に将軍義晴の姿もあるという。本陣の北には、高国と義晴を守るように、武田元光の手勢三千が置かれていた。

日が落ちると、少数の兵を前に出して矢を射掛《いか》けさせた。川を挟んで矢戦《やいくさ》が続いたが、敵は誘いに乗って川を渡ってはこなかった。

「さすがに慎重だな」

前線からの報告を受けて呟いた賢治に、忠家が言った。

「賢治殿の勇猛さは、高国も骨身に染《し》みて知っておりましょうからな」

直接言葉を交わしたことはほとんどないが、かつての主君である。戦ぶりは知られていて当然だった。

高国は、臆病《おくびょう》な男だった。肥満した体は馬に乗るのも難儀するほどだが、臆病がゆえの慎重さが、高国の地位を揺るぎないものとしていたと言っていい。

「ここは、あの兄弟に働いてもらうしかないな」

「若さに任せて、無謀《むぼう》な戦をせねばよいのですが」

「兄の方はともかく、あの弟がおる。心配あるまい」

「あの神五郎という男、それがしはどうも好きになれません」

「気が合うな。俺もだ」

言って、賢治は笑った。

払暁《ふつぎょう》、敵陣の後方で喚声が湧《わ》き起こった。はるか上流を渡河《とか》した三好兄弟の軍が、武田勢に奇襲を仕掛けたのだ。

背後に回り込まれたと知った敵の前衛に動揺が広がる。すかさず、賢治は合図の法螺《ほら》を吹かせた。あらかじめ命じていた通り、全軍が鶴翼の陣から鋒矢《ほうし》の陣に素早く移行する。

「端武者に構うな。高国の首だけを目指せ！」

賢治も大薙刀を摑《つか》み、騎乗した。

押し貝が吹かれ、全軍が動き出す。賢治は馬廻り衆の精鋭を率い、自ら先頭を駆けて川に飛び込んだ。敵の矢が集中するが、周囲の兵が楯《たて》を高く掲げ、矢を防ぐ。止まることなく対岸に上がり、敵の前衛に飛び込む。立ちはだかる敵の足軽に薙刀を叩きつけ、次々と馬蹄《ばてい》にかけていく。

「囲め。囲んで討ち果たすのだ！」

派手な具足《ぐそく》を着込んだ男が、馬上で喚《わめ》いた。

唸りを上げ、矢が耳元を掠《かす》めていく。一つ間違えば死。その緊張感が、たまらなく心地いい。生きていると、心の底から思える。

雄叫《おたけ》びを上げ、馬腹を蹴った。群がる敵を薙《な》ぎ払い、血の臭《にお》いを思いきり吸い込む。抑え難《がた》い高揚が、腹の底から突き上げてきた。鎧《よろい》の重みさえ感じない。どれほどの美姫《びき》と床《とこ》を共にしても、こんな快感は得られないだろう。

「退《ひ》くな。敵の大将はあれにある。討ち取って手柄とせよ！」

喚き続ける騎馬武者に馬を寄せ、薙刀を振るう。驚いた表情のまま、騎馬武者の首が宙を舞った。噴き出した熱い血が、全身に降り注ぐ。

遠巻きに槍《やり》を向けていた敵の足軽たちが、得物を捨てて逃げはじめた。

「どうした、もう終わりか？」

振り返る者はいない。衝動のまま馬腹を蹴り、疾駆《しっく》した。背を向けた敵を五人、六人と斬り伏せていく。

気づくと、笑い声を上げていた。戦況はすでに眼中にない。目の前の敵を狩る。頭の中にあるのは、ただそれだけだ。

やがて、遮る者がいなくなった。敵陣の後方に出たのだ。中央を破られた敵はほとんど総崩れとなり、算を乱しての敗走がはじまっている。

「殿、あれに」

家臣の声に、賢治は我に返った。

正面に、敵の本陣が見えた。その手前に、一千ほどの敵が陣を組んでいる。北に目を転じると、三好兄弟が武田元光の軍を押しまくっていた。

「高国はあれにある。続け！」

本陣に向かって駆け出した。自身で選びに選んだ五百の馬廻り衆は、遅れることなくしっかりとついてくる。

本陣に掲げられた二つ引き両の旗が、見る見る近づいてくる。勢いを止めず、本陣を守る一千とぶつかった。脆《もろ》い。瞬《また》く間《ま》に敵は崩れはじめた。

馬を下り、陣幕を斬り落として叫んだ。

「細川高国殿、御首級《みしるし》、頂戴《ちょうだい》しにまいった」

周囲に視線を走らせ、賢治は舌打ちした。すでに、陣内に人の姿はない。

またしても、高国の臆病さがあの男の命を救った。

「まったくもって、見事な逃げ足にござるな」

追いついてきた忠家が、感嘆するように言う。

「こちらの損害は？」

「主立った者の中に、討死《うちじに》はありません。三好勝長殿が深手を負われましたが、神五郎殿が采配を引継ぎ、武田勢を敗走に追い込まれました」

「そうか。将器も兄を凌《しの》ぐか」

「敵はすでに総崩れ。高国も、京に踏みとどまることはできますまい。おそらく、将軍家と共に近江あたりに逃れるでしょう。我らは勝者として、悠々と都に入るといたしましょう」

高国は討ち漏らしたものの、圧倒的な勝利であることは疑いない。

「勝者か。なかなかいい響きだ」

薙刀を肩に担ぎ、賢治は声を上げて笑った。

六

細川六郎は舳先《へさき》に立ち、仲春の陽光を照り返す水面の先に目を据えていた。

頬を打つ潮風に飛ばされないよう、烏帽子《えぼし》を押さえる。将軍家から拝領した二つ引き両の家紋を染め抜いた紺《こん》の直垂に侍烏帽子、腰の太刀には黄金《こがね》作りの細工が施されていた。

細川京兆家の当主にして、次期幕府管領たる自分に相応《ふさわ》しい身なりだ。

六郎の乗る船の前後左右は、多数の軍船が固めていた。そのほとんどが、阿波や淡路の水軍衆だ。先行した元長のもとには、すでに一万を超える軍勢が集結しているという。

「いよいよだな、六郎」

隣にきた義賢が、海を見つめながら言う。やや下膨《しもぶく》れでどことなく気品の漂う顔立ちだが、前に向けた双眸には力が漲《みなぎ》っている。

「はい、大樹」

「高国は都を落ち、畿内の武士たちは寄る辺《よるべ》を失った。いや、武士だけではない。この国に暮らす誰もが、秩序を求めている。我らは一刻も早く新たな幕府を打ち立て、この国に安寧《あんねい》をもたらさねばならん」

自分に言い聞かせるように言う義賢に、六郎は頷いた。

桂川原の合戦に勝利した柳本・三好の連合軍は、義晴を奉じて近江に逃げた高国を追うように京に入った。義晴とともに幕府の奉行《ぶぎょう》や役人たちも京を退去し、幕府は実質的に崩壊している。義賢と自分が京に入れば、新たな幕府が樹立されることになるのだ。

目指す堺の湊《みなと》が近づくにつれ、胸が高鳴るのを覚えた。失意のうちに父が没してから、すでに七年近くが経っている。その間六郎は、高国を倒し、新たな幕府を作ることだけを夢見て武芸に学問に励《はげ》んできた。

義賢が船室に戻ると、六郎は腰の脇差を抜いてしばし見入った。父から譲り受けた、細川家伝来の脇差だ。

父澄元が死んだのは七歳の時だったが、その頃のことは今でもはっきりと覚えている。

等持院の敗戦後、元長に伴われて阿波に戻った父は、まるで幽鬼のような形相《ぎょうそう》だった。顔は蒼白《そうはく》で頬も痩《や》せこけ、虚《うつ》ろな目からは生気が消えていた。父はもう死ぬのだと、子供心に覚悟を決めたものだ。

およそ武人には似つかわしくない、穏やかで優しい父だった。それが、子のいない京兆家当主細川政元《まさもと》の養子に迎えられ、その死後は血で血を洗うような家督争いを演じることとなった。之長と共に幾度も京都奪回の戦を挑み、そのたびに敗れた。元々頑健ではない父にとっては、過酷すぎる日々だったのだ。

之長が処刑されたと知ったのは、父と元長が戻った時のことだ。それから半月と経たず、家中の混乱を横目に、父はひっそりと死んだ。高国を討ち、新たな世を築《きず》け。それが、父の最期の言葉だった。

義賢、元長と共に京に入り、近江に攻め入って高国の首を挙げる。その瞬間に思いを馳せながら、脇差を見つめた。父の形見であると同時に、三人で立てた誓いの証《あかし》でもある。

脇差を腰に戻し、視線を海に転じる。

彼方《かなた》の水面を、大小様々な船が行き交っていた。漁師の小舟もあれば、二本も三本も帆柱を持つ見上げるほど大きな船もある。堺商人の中には遠く琉球《りゅうきゅう》や大陸まで船を出して交易を行う者もいるという話だった。逆に、大陸や南の国々から船がやって来ることもあるらしい。

大陸にはこの国よりはるかに大きな国々があると知ってはいるが、六郎には上手《うま》く想像できなかった。日の本六十六州を平定することさえ、とてつもなく遠い道のりなのだ。

甲板では、可竹軒周聡《かちくけんしゅうそう》が上陸の仕度《したく》を慌ただしく下知《げじ》している。父の代から仕える直臣《じきしん》で、澄元の死後に出家して頭を丸めたが、還暦に近い今も六郎の側近を務めている。直臣の中では筆頭の地位にあるが、六郎にとってはただの口うるさい年寄りだった。

「堺へ入る前に、一つだけ申し上げておきまする」

六郎が一人になったのを見計らって、周聡が側《そば》にきた。

「今、畿内の武士たちの目はお館様と大樹に注がれております。くれぐれも、主従の別はおわきまえくださいますよう」

「わかっておる」

元長のことだった。周聡をはじめとする京兆家直臣の多くが、六郎が元長や義賢と親しくすることを快く思ってはいない。周聡らにしてみれば、元長は分家である阿波守護家の被官にすぎない。義賢も、あくまで担ぐべき神輿と考えているのだ。

「だが、此度《こたび》の渡海は元長の働きあってのものということも、忘れるでないぞ」

「それは、とくと承知いたしておりまする。されど、人の上に立つお方は筋目《すじめ》を正さねば……」

「説教ならば後で聞こう。少し疲れた。船室に戻る」

元長との間柄に口を挟まれるのは不愉快だった。自分と元長、そして義賢は、主従以上の絆で繋がっているのだ。

しばらく横になっていると、船はようやく湊に入った。

船着場には、多くの武士が居並んでいる。先行した家臣や、義賢に恭順した畿内の国人衆だ。無論、元長の姿もある。

「足利義賢様、細川六郎様、ご着到」

周聡が声を張り上げると、武士たちから歓声が上がった。晴れがましい気分で渡し板を歩き、船着場に立つ。

元長と視線が合った。無言で、頷きを交わす。

これまでの道のりが長かったとは思わない。高国を討ち、新たな幕府のもとに天下を一つにする。旅はまだ、はじまったばかりなのだ。

「お待ちいたしておりました」

元長が片膝をつくと、武士たちも一斉にそれに倣《なら》った。

「足利義賢である。皆の者、出迎え大儀《たいぎ》」

頭を垂れる一同に向け、義賢は続ける。

「知っての通り、長きにわたって天下の政をほしいままにしてきた細川高国は没落し、京を逐《お》われた。全ては、天道に背《そむ》きし報いである。高国に担がれし現将軍義晴にも、征夷大将軍たる資格はない」

普段の穏やかな声音《こわね》とはまるで別人の、力の籠った声だった。

「これより、余とここにある細川六郎の名のもとに、新たなる幕府を打ち立てる」

再び、歓声が上がった。戸惑う六郎を振り返り、義賢が微笑を浮かべて囁く。

「胸を張れ、六郎」

小さく頷き、胸を反らせる。

これまで味わったことのない心地よさが全身を包んでいくのを、六郎は感じていた。

堺はその名の通り、摂津と和泉《いずみ》の国境にまたがり、摂津側の北庄《きたのしよう》と和泉側の南庄《みなみのしよう》という二つの町からなる。堺湊は、その両庄のちょうど中間に位置していた。

この数十年で急速に発展した堺は、幕府や守護の介入を受けず、町政も納屋衆《なやしゆう》と呼ばれる有力商人の合議によって行われる。阿波を本拠とする細川家としては、多くの人や物が集まる堺は、畿内での拠点とするのに格好の場所だ。

宿所への道中は、義賢や元長と馬を並べて進んだ。輿《こし》も用意されていたが、義賢が乗ることを拒んだのだ。

征夷大将軍は武家の棟梁《とうりよう》である。輿で担がれるために渡海してきたのではない。そう言った義賢に、輿を用意した近臣はひたすら恐懼《きようく》していた。

堺湊を出ると、堺を南北に貫く熊野大路《くまのおおじ》を北上し北庄に入った。沿道では、群衆が鈴なりになって行列を見物している。誇らしさと見世物《みせもの》にでもなったような気恥ずかしさを同時に感じながら、馬を進めた。

道は広く、通りの両側は様々な店が軒を並べている。酒屋や土倉のみならず、着物や刀剣を売る店もあれば、鍛冶屋《かじや》の工房まであった。棚に並ぶ品々も、勝瑞城下とは比べ物にならないほど豊富だ。

立場を忘れて沿道を眺めていると、元長が馬を寄せてきた。

「しかと前を見据えられませ。民が見ておりますぞ」

「わ、わかっておる」

慌てて胸を張り、背筋を伸ばす。

そうだ。自分は物見遊山《ものみゆさん》にきたのではない。高国打倒の戦の第一歩を踏み出したにすぎないのだ。

宿所は堺北庄四条にある、金蓮寺《こんれんじ》という寺だった。敷地は広大でかなりの兵が収容できる。四方には壕《ほり》が巡らされ、堅固《けんご》な土塀も備えた要害である。

「ようやく、ここまできたな」

旅の垢《あか》を落として一息ついた義賢が、くつろいだ面持ちで言った。寺の一室にいるのは、六郎と義賢、元長だけだ。こうして三人で顔を合わせるのはずいぶんと久しぶりな気がする。畿内を飛び回っていた元長とは、ろくに話す機会もなかったのだ。

「だが、我らの夢はまだ端緒《たんしょ》についたばかり。これから先も頼みに思うぞ、元長」

「はっ」

軽く頭を下げた元長の顔からは、渡海前の厳しさは消えている。六郎たちが無事に堺に入ったことで、張り詰めたものもかすかに緩んでいるのだろう。

小姓が運んできた茶に、義賢が手を伸ばす。

「酒でも呑みたい気分だが、今日はまだ、やらねばならんことが山ほどある。ここは茶で我慢するか」

「それがよろしゅうございますな」

六郎が答えると、元長も同意した。

「さよう。着到して早々、畿内の武士たちに大樹の醜態《しゅうたい》を見せるわけにはまいりませぬからな」

「そうじゃ、そうじゃ。あのような姿を晒せば、将軍家の沽券《こけん》に関《かか》わるというもの」

元長と二人で、声を上げて笑った。義賢は、憮然とした顔で茶を喫している。先刻、武士たちに見せた表情とはまるで違った。二人がこんな顔もするということを知っている自分が、どこか嬉しくもある。

「それにしても、この堺を我らの拠点とすることに、よく納屋衆が賛同したものよ」

義賢が、元長に訊ねた。

「納屋衆のみならず、堺では法華宗《ほっけしゅう》が強うござる。我が三好家は法華宗の大檀那《おおだんな》ゆえ、利害がぶつかることはございませぬ」

「なるほどな。して、京へはいつ入る？」

「お二人には、しばらくこの堺に腰を据えていただきます。しかとは言えませんが、京へ入るのは半年から一年先と思し召しいただきたく」

「ちょっと待て」

思わず、六郎は口を挟んだ。

「すぐにでも京へ入り、高国を討つのではないのか？」

「都落ちしたとはいえ、高国はいまだ現管領であり、将軍家を擁しております。間者によれば、朝倉や六角といった諸大名へしきりと援軍を要請しておるとの由。うかつに戦を挑めば、手痛い反撃に遭うやもしれませぬ」

「畿内の武士の多くは我らに恭順を誓っておる。高国の下に集まる烏合《うごう》の衆など、物の数ではあるまい」

「いえ、他の大名はともかく、朝倉の力は侮《あなど》れません」

越前朝倉家のことは、六郎の頭にも入っている。当主孝景《たかかげ》は名君の誉《ほま》れ高く、配下の越前兵は剽悍《ひょうかん》さをもって知られていた。一族の結束は強く、勇将も多く抱えている。中でも朝倉宗滴《そうてき》は、十万とも二十万とも称する一向一揆《いっこういっき》をたった一万の軍勢で打ち破ったほどの名将だった。

「朝倉は、動くか？」

義賢が訊ねると、元長は小さく首を振った。

「まだ何とも。こちらからも使いを送ってはおりますが、いまだ旗幟《きし》を鮮明にしてはおりませぬ」

「そうか。では、京へ入るは今しばらく待った方がよさそうだな。六郎、焦ることはないぞ。我らにあって高国にないもの、それは若さだ。我らには十分な時がある。いたずらに逸《はや》ることはあるまい」

高国は四十四歳。確かに、人間五十年と言われる世にあっては若いとは言えない。だが、高国の首だけはこの手で獲りたかった。病や老衰などで死なれては、父の仇を討ったことにはならない。

義賢に向かって頷いてみたものの、全てに納得がいったわけではなかった。

翌日から、伺候《しこう》した大名や国人衆に順に会っていった。誰から会うかは、元長がすでに段取りを組んである。

「丹波八上城主、波多野稙通にございます。これなるは我が弟にて」

「柳本賢治じゃな。桂川原合戦での戦ぶりは、余も聞き及んでおる。見事であった」

直衣《のうし》に立烏帽子《たてえぼし》という衣装の義賢が、上座から声をかけた。稽古でも積んでいたのかと思うほど、声音も所作《しょさ》も堂に入っている。これが、将軍家の血のなせる技なのかもしれない。

「ははっ。ありがたき幸せ」

平伏した柳本賢治は、いかにも猛将然とした風貌《ふうぼう》だった。いかつい顔立ちに髭《ひげ》を蓄え、目の光は猛々《たけだけ》しい。兄の稙通の方は、義賢や六郎の器量を見定めているかのように、こちらをじっと窺っている。

──そなたたち兄弟が起ったことで、思いがけず早くに、高国を都から追い落とすことができた。没収した高国の所領の内、十分な恩賞を出そう。死んだ元盛の供養《くよう》と思うてくれ」

「は、勿体《もったい》なきお言葉にございまする」

二人が再び頭を下げる。香西元盛の名が出るとは思わなかったのか、賢治はかすかに声を詰まらせていた。見かけによらず、情には脆《もろ》い男なのかもしれない。

他にも、河内《かわち》守護の畠山義堯《はたけやまよしたか》、丹波守護代内藤国貞、摂津の有力国人茨木長隆《いばらきながたか》らを引見した。

元長は他の家臣をさしおいて、茨木長隆を筆頭奉行人に任じる意向だった。それほど、長隆の能力には見るべきものがあるという。不惑《ふわく》を迎えたばかりの働き盛りで、切れ長の目と鋭い顎からは、いかにも切れ者といった印象を受けた。

いずれにしても、堺に集まった武士たちは、誰もが油断ならない目つきをしていた。六郎や義賢を若輩と見ている者もいるだろう。元長に担がれた神輿に過ぎないと思われたかもしれない。機を見るに敏な畿内の武士たちは、形勢が変われればいとも簡単に離反していく。

この連中を御《ぎょ》して、新たな幕府を打ち立てる。本当にそんなことができるのだろうか。今は元長に全てを委ねる形だが、いずれは自分と義賢が幕府の舵取《かじと》りをしなければならない。

義賢の将軍宣下《せんげ》はまだだが、実質的な幕府はすでに動き出していた。義賢の名で、武士や寺社の所領を安堵する文書が発給され、都の差配《さはい》を委ねた茨木長隆もすでに入京している。誰が言い出すでもなく、義賢は堺大樹と呼ばれるようになり、この新しい政庁は堺公《く》方府《ぼうふ》と称されるようになった。

全てが動き出していく中、六郎は一人取り残されていくような漠然《ばくぜん》とした不安に駆られていた。

「案ずることはございません」

ある日、居室を訪れた元長が、六郎の内心を見通したように言った。

「大樹も六郎様も、まだ十代。政も戦も、学べる時は存分にあります。何も、焦る必要はございません」

「元長も、十代の頃に多くを学んだのか？」

「それがしは、十五の時から戦に出されました。落ち着いて学問に励むことはできませんでしたが、合間を縫って、貪《むさぼ》るように書物を読んだものです」

元長の十代は、決して明るいものではなかったはずだ。三好家には之長という絶対的な当主が君臨していた。元長が之長の嫡孫《ちゃくそん》ではないという噂も影を落としていたのだろう。学ぶ環境が用意されているだけ、自分は恵まれているのかもしれない。

「わしは、幕府管領に相応しい人物になれるだろうか」

「天下を安寧《あんねい》に導く御方《おかた》。それがしは、そう信じておりまする」

物心ついた頃から、追従《ついしょう》など口にしない男だった。

「不思議なものだな。そなたにそう言われると、本当にそんな気がしてくる」

「立派な管領になるには、学問は欠かせませぬ。そろそろ、書見の刻限にござるぞ」

「やはり、書見は続けねばならんのか。四書五経《ししょごきょう》も、『孫子《そんし》』も『六韜《りくとう》』も、もう読んだぞ」

難しい書物を読むのは苦手だった。それよりも、剣を振ったり馬を責めたりするほうが自分には合っている。

「それらは初歩の初歩。『塩鉄論《えんてつろん》』に『資治通鑑《しじつがん》』、『貞観政要《じょうがんせいよう》』。読まねばならぬ書物はいくらでもありますぞ」

思わず顔をしかめた六郎を見て、元長が笑った。

第二章　同床異夢

一

堺《さかい》上陸から五月が過ぎ、畿内《きない》の情勢は徐々に安定しつつあった。

元長《もとなが》は七月に山城《やましろ》守護代に任じられたが、堺に腰を据えたまま動いていない。

京の支配に関しては、筆頭奉行人の茨木長隆《いばらきながたか》がその手腕を発揮していた。公家や寺社、商人と繋《つな》がりをつけ、戦乱を避けて逃げ散った民には還住を呼びかけている。京にようやく治安が戻ったことで、丹波《たんば》勢の多くを国許《くにもと》に戻すこともできた。今は、阿波《あわ》勢が京の守りについている。

長隆は摂津《せっつ》の国人《こくじん》で、元は高国《たかくに》方に属していたが、桂川原《かつらがわら》での合戦の後に帰順してきた。高国の下では目立った活躍はないが、茨木家の所領がよく治まっていることには前々から目をつけていた。帰順後、何度も話し合って領国経営の才を認めると、元長は長隆を筆頭奉行人に取り立てたのだ。

阿波衆の中には、畿内の国人を必要以上に取り立てるべきではないという意見もあったが、全《すべ》て撥《は》ねつけた。複雑極まる畿内の政局に対処するには、長隆のような人材は必要不可欠だった。

他にも、かつての幕府の役人を多く取り立て、訴訟や文書作成に当たらせている。新たな幕府を打ち立てる上で、文を受け持つ人材は揃《そろ》った。武の方は、柳本賢治《やなぎもとかたはる》がいる。外様《とざま》だけでなく、阿波衆には三好一秀や鎌田光久といった勇将もいた。

今のところ、全ては順調に運んでいる。摂津、和泉《いずみ》、山城はほぼ掌握した。河内《かわち》の守護畠山義堯《はたけやまよしたか》とも、六郎《ろくろう》の姉との縁組がまとまっている。

「元長。まだ、京には上らんのか？」

呼び出された金蓮寺《こんれんじ》の六郎の居室に顔を出すと、待ちくたびれたといった面持《おもも》ちで言われた。

「この半年近くの間、高国は近江《おうみ》に逼塞《ひっそく》したままではないか。何ゆえ、いつまでも堺にとどまっておるのだ？」

「一度は破ったとはいえ、高国は虎視眈々《こしたんたん》と京の奪回を狙《ねら》っております。京は攻めるに易《やす》く、守るに難《かた》い土地。うかつに乗り込んでは火傷《やけど》いたしますぞ」

「だが、大樹《たいじゅ》は従五位下《じゅごいのげ》、左馬頭《さまのかみ》に任じられた。あとは、京に入って将軍宣下《せんげ》を受けるだけではないか」

義賢《よしかた》の任官は、七月のことだった。左馬頭は、次に将軍の座に就く者が貰《もら》う官位である。朝廷から、正式に将軍跡目として認められたということだ。義賢はそれに伴い、名を義維《よしつな》と改めている。

「将軍宣下を受けたとて、力が備わっていなければ意味はありません。大樹には、歴代の公方《くぼう》と同じ飾り物ではなく、力を持った征夷大将軍《せいいたいしょうぐん》となっていただかねばなりません」

「それはわかっているが」

「六郎様も、いずれは正式に管領《かんれい》となっていただく身。今のうちに様々な書物を読み、経験を積まれませ。新たな幕府の管領は、生半可《なまはんか》な役目ではございませぬぞ」

堺へ来てからというもの、何度同じことを言ったかわからない。辟易《へきえき》した様子で、六郎は腰を上げた。

元長の見るところ、六郎は人の上に立つ資質を確かに備えていた。書見《しょけん》は苦手でやや気の短いところはあるが、阿波での暮らしで耐え忍ぶことも学んでいる。

それでも六郎は、まだ十四歳だった。ことさらに入京を言い立てるのは、元長への甘えがあるからだろう。

自室に戻ると、元長は家臣の塩田《しおた》胤光《たねみつ》を呼んだ。家中きっての知恵者《ちえしゃ》で、之長《ゆきなが》の代には疎まれ遠ざけられていたが、祖父の死後は側近に取り立てて重用している。武辺者《ぶへんしゃ》の多い三好家中では、貴重な人材だ。

西は中国、四国、東は関八州《かんはっしゅう》までを描いた絵図《えず》を床に広げ、向き合って情勢を分析した。

胤光は、ほとんど黒いものの残らない髭《ひげ》を撫《な》でている。深い皺《しわ》と細い髭は、武人というよりどこかの老いた学者といった風情《ふぜい》だ。

「さて、畿内はほぼ我らの掌中《しょうちゅう》に入ってござりまする。次なる一手を、殿はいかがお考えですかな？」

穏やかな微笑を浮かべながら、胤光は弟子に問うような口ぶりで訊《たず》ねた。

「そうだな—

絵図を眺め、しばし思案する。

間者《かんじゃ》は畿内のみでなく、東海、北陸、中国にも放っていた。もたらされた情報は、全て元長のもとに届けられる。

五畿内の過半を押さえたといっても、天下は広い。どこに強大な力を持つ者が現れるとも限らないのだ。可能な限り、目配りはしておくべきだった。

今のところ、畿内近国で脅威となり得そうなのは、南近江の六角《ろっかく》と越前《えちぜん》の朝倉《あさくら》くらいのものだった。中国筋では、主家の赤松《あかまつ》家を傀儡《かいらい》として備前《びぜん》、美作《みまさか》を制した浦上村宗《うらがみむらむね》が勢力を伸ばしているが、ぶつかるとしても数年先だろう。

「しばらくは地盤固めに専念すべきだろうが、気がかりなのは朝倉の動きだな」

朝倉家はいまだ両端を持したまま、沈黙を保っている。積極的に高国に与《くみ》するということはないものの、こちらに恭順してくる気配もなかった。

「朝倉孝景《たかかげ》にしてみれば、大樹も殿もまだまだ嘴《くちばし》の黄色いひよっ子じゃ。従わせるにはそれなりの力を見せつけねばなりますまい。されど、その力はまだ我らにはござらぬ」

「相変わらず手厳しいな」

「おかげで、亡き大殿にはずいぶんと嫌われました」

細い目を一本の皺のようにして、胤光が笑う。

「いずれにしろ、まだ京に入るわけにはいかんな」

「致し方ありますまい。高国の力を完全に殺《そ》ぐまでは、堺に腰を据えるしかございませぬ」

元長は頷《うなず》いた。もとより、京に固執するあまり全てを失った之長の轍《てつ》を踏むつもりなどない。

「一つ、考えていることがある」

「何でございましょう」

「この堺に幕府を開く、というのはどうだ」

「何と」

絵図から顔を上げた胤光は、目を見開いている。

「堺公方府《くぼうふ》の名は、上下を問わず畿内近国に知れ渡っている。あえて、京にこだわる必要はあるまい」

この数ヶ月、ずっと思案していたことだった。

今年も冷夏で、米の収穫は見込めない。となると、今後はますます商業が重要になる。阿波に加え、京、堺も版図《はんと》に加えた今、物の流れは活発になり、堺には諸国から物、銭、人が集まっている。地理的に見ても京と阿波の中間にあり、本拠地とするには格好の材料が揃っていた。

さらに堺に幕府を開けば、同じ足利《あしかが》将軍を戴《いただ》いていても、これまでとは別の物だということを天下に知らしめることができる。

「殿のお考えはわかり申した。されど、今の時点で堺に幕府を開けば、京を保てぬがゆえと思われかねませんぞ。高国の首を挙げるまでは、朝廷も大樹に将軍宣下を行おうとはいたしますまい」

「確かにな」

堺公方府と高国の争いは、まだどちらに転ぶかわからない。朝廷が将軍宣下を行おうとしないのは、そう見ている証左だった。

京を制した者こそが天下人という意識は、人々の間に根強くある。これまでも数多《あまた》の武将が京を目指し、熾烈《しれつ》な戦を繰り広げてきた。祖父之長も、その一人だった。京という幻は、人の心までも食い尽くす。数少ない、之長から学んだことの一つだ。

焦ることはない。今はまだ、力を蓄える時だ。元長は、自分に言い聞かせた。

九月に入ると、元長は三千の軍勢を率いて堺を出陣した。頑強に抵抗を続ける高国方の摂津伊丹《いたみ》城主、伊丹元扶《もとすけ》を討つためである。

「久しぶりの戦《いくさ》じゃ。腕が鳴るわ」

隣に馬を並べ、三好一秀が言った。

「そう気張るな、爺《じい》。元気すぎる年寄りは嫌われるぞ」

「何を仰《おお》せられる。まだまだ殿のお役に立てるということを、若い者たちに見せつけてやりまする」

家中きっての猛将も、すでに還暦に近い。頭に黒いものは見えず、顔中に刻まれた皺もより一層深まっている。それでもやはり、戦となればもっとも頼みになる。

「あまり力まれると、血の巡りが悪うなりますぞ」

無表情のまま淡々と憎まれ口を叩《たた》くのは、鎌田光久である。元長と同年で、腰の据わった戦をする一秀とは対照的に、鋭い刃物のような用兵を得意としている。長身で端整な顔立ちの美丈夫《びじょうふ》だが、愛想というものが決定的に欠けていた。

「ふん。さような口を利けるんも今のうちじゃ。年寄りに一番手柄を取られぬよう、せいぜい働くがよいわ」

「一秀殿こそ、隠居前にお怪我《けが》などなされぬよう」

「阿呆《あほう》なことを言うな。わしはまだまだ隠居などせんわ」

二人の口喧嘩《くちげんか》はいつものことだ。合戦前の儀式のようなもので、放《ほう》っておいたところで戦に支障はない。

伊丹元扶は城に籠《こも》り、守りを固めている。平城だが、縄張りは巧妙だった。元扶自身も名うての戦上手として知られている。

「城兵はおよそ八百。兵糧《ひょうろう》も潤沢《じゅんたく》にあり、士気は高《たこ》うございます。城内には井戸も多く、水の手を断つこともかないますまい」

城兵に紛れて城に潜入していた久一郎《きゅういちろう》が、本陣を訪れて報告した。

城攻めを長引かせるつもりはなかった。ある程度の犠牲を出しても、伊丹城を落とせば摂津の高国方は総崩れとなる。近江の高国の下に集まった軍勢にも動揺を与えられる。

一方を開け、三方から攻め立てる。〝囲師は周することなかれ〟と言ってな、窮鼠が猫を嚙《か》むのを避けるため、敵に逃げ道を残しておく。これは兵法の基本だ、覚えておけ」

「俺は、兵法などに興味はありません」

冷めた口調で言うと、久一郎は本陣を出ていった。

「明朝、総攻めを開始する」

城を囲んで三日目の夕刻、諸将を集めて下知《げじ》した。摂津の国人たちが参陣し、兵力は五千にまで膨れ上がっている。

軍議の散会を告げた時、注進が飛び込んできた。

「京の茨木様より伝令。高国勢、近江より京へ向かって進軍中との由《よし》にございます！」

「兵力は？」

「およそ二万五千！」

「何じゃと！」

一秀が声を荒らげた。

「今の高国に、それほどの大軍を集められるはずがあるまい」

「敵は高国勢のみにあらず。六角定頼《さだより》、朝倉宗滴《そうてき》の軍勢も加わっておるとの由にございます」

諸将がざわめいた。想像をはるかに越える数だった。京の守りはおよそ三千。まともにぶつかれば、とても持ちこたえられない。

「朝倉が動いたか」

高国の度重《たびかさ》なる要請に、ついに根負《こんま》けしたということだろう。

「いかがなされます、殿？」

訊ねた一秀の声は、さすがに硬い。

「総攻めは中止。伊丹城には抑えの兵を置き、急ぎ京へ向かう。長隆には、戦わず、西岡《にしのおか》あたりまで退《ひ》くよう伝えよ」

「しかし……」

「どうせ守りきれぬ。京など、欲しければくれてやれ」

矢継ぎ早に伝令を出し、堺と丹波に援軍を要請した。それでも、迎え撃つのに十分な兵力が集まるには、あと数日かかるだろう。

即座に陣を払い、京へ向かった。行軍中にも、次々と報告がもたらされる。敵の先鋒《せんぽう》はすでに京に達し、義晴《よしはる》と高国の本隊も瀬田《せた》川を越えて山城に入ったという。

元長が西岡に達した頃には、京は完全に敵の手に落ちた。堺からの増援に加え丹波からは柳本賢治、河内からは畠山義堯が馳《は》せ参じ、兵力は二万に達した。しかし、建仁寺《けんにんじ》、東《とう》寺《じ》、川勝寺《せんしょうじ》を中心に布陣した敵の守りに隙《すき》は見えない。

「さすがは朝倉宗滴の軍だな。発する気が、高国や六角とはまるで違う」

自ら馬を駆って物見に出た元長は、思わず感嘆の声を漏らした。一秀と光久も、目尻《めじり》の皺を深くして対岸の敵陣を睨《にら》んでいる。

一部はすでに防備を整えておりましょう。こちらから仕掛けるのは得策ではありませんな」

「長い対峙《たいじ》になるな、爺」

「御意《ぎょい》」

互いに相手の出方を窺《うかが》うような小競り合いが何度か起こっただけで、本格的な戦にならないまま、息が詰まるような対峙が続いた。

京市中の様子は、源六《げんろく》から逐一報告が入る。敵の規律は正しく、略奪なども行われていないらしい。

「いつまで不毛な睨み合いを続けるおつもりか」

対陣が一月に及ぶと、賢治は軍議の席で怒気を露《あら》わにした。本陣には、丹波の諸将の他に、茨木長隆や三好神五郎《じんごろう》の姿もある。神五郎の兄の勝長《かつなが》は、桂川原の合戦で受けた傷がもとで没していた。

「我らが勝ち取った都《みやこ》を奪われた上、こうしていつまでも手を拱《こまね》いておる。三好殿は、まことに戦う気があるのか？」

「今さら言うまでもないが、戦には機というものがござる。そして、機はいまだ熟してはおらん」

「機とは、己が手で摑《つか》むものでござろう。三好殿に動く気がないのであれば、我ら丹波衆のみでも都を奪い返してご覧に入れよう」

「拙者も、柳本殿のご意見はもっともと存ずる」

丹波衆が口々に賛同する中、それまで黙っていた神五郎が言った。

「殿は少しばかり、敵を過大に評価いたしておるのではござらぬか。兵力はほぼ互角。しかも、守りづらい京に拠《よ》っておるのです。これで攻めぬとあっては、怠惰の誹《そし》りも免れますまい」

かねてから、勝長、神五郎兄弟とは微妙な溝があった。之長の不義の子である元長に、三好家当主の資格はないと考えているのだろう。勝長が死んだのも、元長に使い捨てにされた結果だと思っているらしい。

あの時先鋒を任せたのは、純粋に勝長の能力を買ってのことだった。まさか深手を負うとは思ってもいなかったが、それも功に逸《はや》って突出した結果だという。だが、今そんなことを言ってもはじまらない。

一同を見回し、言い放った。

「それがしは、堺大樹より采配《さいはい》を預けられている。それがしの下知に従えぬとあらば、大樹に二心ありと判断いたす他ござらぬ」

国許《くにもと》の波多野《はたの》稙通《たねみち》からもきつく言われているのだろう、義維の名を出すと賢治は口を噤《つぐ》んだ。

「丹波衆を抑えるのは、そろそろ難しいかと」

散会後、一秀がそばにきて言った。

「まだだ。まだ調略の効果が十分に上がっておらん。仕掛けるのはそれからだ」

敵の入京直後から、京市中に潜伏する間者に流言飛語を撒《ま》かせていた。朝倉が敵と通じている。六角領内で不穏な動きがある。そういった細かい流言でも疑心暗鬼を煽《あお》り、士気を殺ぐことはできる。野伏《のぶ》せりに擬装《ぎそう》して敵の輜重《しちょう》を襲わせたりもしているが、そちらは上手《うま》くいっていない。

初陣以来何度も、之長の無謀な戦を目の当たりにしてきた。その反動で、必ず勝てると踏んでからでないと兵を動かさないようになった。慎重すぎると言われるが、間違っているとも思わない。

「それに、できることなら一戦でけりをつけたい」

「また、民のことをお考えですか」

市中で長く戦が続けば、また町が焼ける。略奪も横行し、無為に命を落とす民が多く出る。

「甘いと思うか、爺《じい》」

「いささか。まあ、そこが殿のよいところでもあられる」

真っ白な髭に覆われた口を開け、一秀は笑った。

久一郎が元長の陣屋に現れたのは、それからさらに一月を経た、粉雪が舞い散る夜のことだった。

「敵の厭戦《えんせん》気分が高まっております。特に六角兵に顕著で、上の者の目を盗んで略奪を働いたり、陣を抜けたりする者も多うございます」

「そうか。朝倉勢は？」

「さすがにそれほどの乱れはありませんが、国許《くにもと》を遠く離れ、雑兵たちは苛立《いらだ》ちを見せております」

「そろそろ、時か」

翌十一月十八日、本陣に諸将を集め下知を出した。

「戦機は熟した。夜明け前に、総攻めを開始いたす。我ら阿波勢は、川勝寺村に陣取る六角勢を攻め申す。こちらに、畠山殿も加わっていただきたい」

「承知した」

畠山義堯は、興奮を抑えきれない面持《おもも》ちで答えた。六郎の姉を娶《めと》ることが決まっているが、まだ二十歳をいくつか過ぎただけの若者である。

「柳本殿には、丹波勢六千を率い、高国と将軍義晴の拠《よ》る東寺を攻めていただく」

「それがしが、高国の首を挙げてもよろしいのですな？」

賢治の問いに、元長は頷いた。

「賢治殿以下丹波衆の面々には、これまでよく耐えていただいた。その返礼と思っていただいて結構。ただし、将軍家は殺さず、生け捕りにしていただきたい」

名ばかりの将軍とはいえ、討てば諸侯の反発を招く。そのあたりは賢治も心得ているのだろう、反論はなかった。

「しかし三好殿、建仁寺の朝倉勢はいかがするおつもりか？」

「摂津衆に防いでもらう。摂津衆の兵は三千と少ないが、戦場は狭い市中。柵《さく》を築き、守りに徹すれば、いかな越前兵といえど容易には突破できまい。その間に六角勢を蹴散《けち》らし、高国の首を獲《と》る」

絵図を指し示しながら言うと、賢治は不敵な笑みを浮かべた。

深更を過ぎ、阿波勢、河内勢の計八千は行動を開始した。

冷え込みは強いが、幸い雪は止《や》んでいる。月は雲に隠れ、数少ない松明《たいまつ》の灯《あか》りだけが頼りだった。

身を切るように冷たい桂川を越えた頃、前方で喊声《かんせい》が上がった。先鋒の鎌田光久が敵にぶつかったのだろう。

「進め。一気に片をつけるぞ！」

全軍に突撃を命じた。

すぐに、敵の前衛を突破したという伝令がきた。易々《やすやす》と奇襲を許した敵の士気は、やはり高くはなかった。東寺の方角からも、かすかにぶつかり合いの音が聞こえてくる。

村の数ヶ所から、火の手が上がっていた。炎に煽られるように、味方は激しく攻め立てる。名のある武者を討ち取ったという報《しら》せが相次いだ。丹波勢も、押し気味に戦を進めている。

いつの間にか、東の空が白みはじめていた。防戦一方の敵の様子がはっきりと見て取れる。

「敵の左翼に攻撃を集中しろ。逃げる兵は放っておけ。物頭《ものがしら》、侍大将《さむらいだいしょう》を狙うのだ」

次々と下知を飛ばした。畠山勢も奮闘している。幾重にも巡らせた柵のほとんどが破れ、先鋒の鎌田隊は本陣の目の前まで迫っている。

「殿。あと一押しで、六角勢は崩れます」

「よし。一秀、旗本を率いて前線に向かえ。六角定頼の首を挙げよ」

「承知」

一秀が駆け出そうとした時、東から地鳴りのような音が響いてきた。音のする方に顔を向け、元長は目を疑った。数百の騎馬を先頭に、軍勢が津波のように押し寄せてくる。旗印は三《み》つ盛木瓜《もりもっこう》。朝倉家の紋だった。

「阿呆《あほ》な。摂津勢は何をしとった！」

一秀が怒声を上げる。

考えるまでもない。すでに蹴散らされたのだ。伝令など、出す暇もなかったのだろう。

背中に冷たい汗が流れる。周囲に残る兵は、旗本を中心とした二千弱。敵は、五千はいる。川勝寺の前線まではおよそ五町（約五百五十メートル）。六角勢に向かっている味方が戻るまで、持ちこたえられるのか。

「弓隊と飛礫衆《つぶて》は前へ。槍《やり》隊は、槍衾《やりぶすま》を作れ！」

法螺が吹かれ、周囲が慌ただしく動き出す。顔つきを見れば、兵たちの動揺がはっきりとわかる。

「放てぇ！」

狙いをつけさせる余裕はなかった。十人程度を倒しただけで、敵は勢いを止めずに向かってくる。瞬く間に、距離を詰められた。

「槍隊、出ろ。弓隊は左右に分かれ、矢を浴びせ続けよ」

態勢が整う前に、敵の騎馬が突っ込んできた。槍の穂先を掻《か》き分けるようにして馬を乗り入れ、馬上から槍で足軽を突き伏せていく。

「一秀、この場の采配は任せる」

「殿はいかがなされる？」

「敵の陣形は長く延びている。その横腹を衝《つ》く」

「いかん、危険すぎる。ここはそれがしに」

一秀の制止に耳を貸さず、馬腹を蹴った。従うのは、騎馬百、足軽が二百ほど。味方を回り込むようにして、敵の左翼に出る。気づいた敵が矢を射かけてくるが、数は少ない。

長く延びた敵の中ほどで采配を振るう、白馬に乗った将が見えた。敵兵は、その将を守るように動いている。

願ってもない獲物《えもの》だった。穂先を向け、声を上げる。

「朝倉宗滴はあれにある。討ち取って手柄とせよ！」

宗滴が采配を振る。宗滴の前に、瞬く間に兵の壁が出来上がった。

「止まるな。このまま突っ込め！」

壁は、それほど厚くはない。この勢いなら突き破れる。槍を握り直した時、再び宗滴の采配が動いた。

あと十間（約十八メートル）ほどでぶつかるというところで、いきなり壁が後ろに下がった。いや、下がったのは正面だけだ。柔らかい布に石をぶつけたように、敵が両翼に回り込む。

「左右の敵に構うな。正面の敵だけ見据えろ」

ぶつかった。足軽が突き出す槍を払いのけ、蹄《ひづめ》にかける。三人、四人と突き伏せながら、宗滴の姿を探した。

突然、天地が回った。馬が足を折ったのだ。その拍子に、槍が手から離れた。太刀を抜き《き》、槍を向けてきた足軽を斬り倒す。近くにいた敵の騎馬武者の脚に斬りつけ、引き摺《ず》り下ろした。

奪った馬で、さらに駆けた。

気づくと、壁を突き抜けていた。味方はすでに、半数ほどに減っている。いつの間にか宗滴は後方に下がり、さらに厚い壁に守られていた。

ほんの一瞬、目が合った。髭に覆われた口元に、こちらの健闘を讃《たた》えるような微笑を浮かべている。直後、元長に向けて采配を振り下ろした。

ここまでか、思った時、宗滴を囲む人の輪が揺れた。

宗滴の背後から、味方が攻めかかっている。六角攻めの先鋒を任せた、鎌田光久だった。

元長も配下に突撃を下知したが、宗滴は前後に敵を受けたまま、整然と横へ移動していく。つけ入る隙は見当たらず、元長は鎌田隊と合流した。やがて戦場に法螺が響き、他の朝倉勢も後退をはじめた。距離を置き、素早く陣を組み直している。

「よく戻ってくれた。危ういところを助けられたな」

全軍を一つにまとめると、光久に礼を言った。先鋒で六角勢と戦い続け、さらに元長の救援に駆けつけたのだ。鎌田隊の損耗は激しい。

「なんの。久しぶりの大戦で、力はあり余っておりましたゆえ」

光久は傷だらけの顔で笑った。兜《かぶと》を失い、鎧《よろい》の袖《そで》には矢も何本か突き立っている。

「それより、今のうちに我らも退くべきかと。これ以上この地にとどまるは、ちと難しゅうござる」

「そうだな」

槍の穂先を朝倉勢に向けたまま、撤退を開始した。追ってくる気配はない。敗走寸前まで追い込まれた六角勢も、陣容を整え直すのに手一杯だった。

そのまま桂川を渡り、西岸に陣を布《し》いた。

「東寺の柳本殿より伝令。高国本隊は敗走させたものの、朝倉勢の援軍に阻まれ、高国は討ち漏らしたとの由にございます」

宗滴は、東寺にも別働隊を救援に向かわせていたらしい。もしも全軍でこちらに向かっていたら。そう思うと、今さらながら肌に粟《あわ》が生じた。

「朝倉宗滴。見事な采配やったな、一秀」

「痛み分けといったところですな。こちらも、六角と高国の本隊にはかなりの打撃を与えましたわ」

「やはり、一戦でけりをつけられるほど甘《あも》うはないか」

「それより、あのような無茶な戦はおやめくだされ。見ていて胆《きも》が冷え申したぞ」

「わかった。以後、気をつけよう」

日が傾き、空の一角が赤く染まりはじめていた。戦がはじまったのは夜明け前だ。

それだけ長く、激しい戦だった。かなりの兵を失い、生き残った者もどこかしらに傷を受けている。

京を奪い返すまで、血は流れ続ける。愚かとしか言えない戦だが、ここで引くわけにはいかなかった。

二

目を覚ますと、いつもとは違う天井が見えた。同じ建物の中ではあるが、普段《ふだん》寝起きしている部屋とは違う。

やわらかい女の声が耳朶に触れ、久一郎は耳を澄ました。唱えているのは念仏である。いつものことだった。

「あら、起こしてもうた？」

夜具を出た久一郎に気づき、しずが振り返る。

「堪忍な」と悪戯《いたずら》を見つかった童《わらべ》のように、照れ笑いを浮かべた。

祇園《ぎおん》の外れで遊女宿を営む椿屋《つばきや》の一室である。椿屋では、久一郎の他にも数名の忍びが起居していた。

しずは、店で働く遊女だ。この正月で十九歳になった久一郎より二つ上で、いつしか、客がいない時にはしばしば床を共にするようになっていた。顔はそこそこだが気立てがよく、気をつかわないですむのが楽だった。

とはいえ、朝も早くから南無阿弥陀仏《なむあみだぶつ》の声で起こされるのは勘弁してもらいたい。

「その念仏、毎朝唱えているのか？」

「そや。ちゃんと念仏を唱えてたら、うちらみたいな遊女でも極楽に行けるんやで」

この店の遊女には、熱心な一向門徒《いっこう》が多かった。久一郎は、地獄も極楽も信じてはいない。一向宗の『他力本願《たりきほんがん》』という教えも性に合わない。

「久一郎はんもどうや？」

「いや、俺はいい」

「もう。ろくに仕事もせんと遊び回って、地獄に落ちても知らんで」

出来の悪い息子を詰《なじ》る母親のような口ぶりで、しずが言った。この店で働く下男や下女が忍びだということは、遊女たちには知らされていない。

しずは窓を開け、大きく伸びをした。

「ううん、今日もええ天気やわ。そろそろ桜も咲きはじめる頃やね」

朝日が斜めに射し込んできた。その眩《まぶ》しすぎる光から、久一郎は目を逸《そ》らす。

「もう春やゆうのに、いつまで戦なんか続ける気ぃやろ」

うんざりしたように、しずが嘆息する。

年が明けてひと月以上が経《た》っても、京周辺では合戦が続いていた。全面的なぶつかり合いはなく、互いに小勢を出し合っての局地戦だが、全体としては義維方の優勢で進んでいる。

昨年十一月の戦で義理を果たしたと考えているのか、朝倉勢が前面に出てくることはほとんどない。高国勢、六角勢は方々で敗れ、柳本賢治の軍が京の奥深くまで進出してくることもしばしばだった。このまま攻め続ければ、いずれ高国方は京を追われることになるだろう。

それでも元長は、水面下で和睦《わぼく》の話し合いを進めていた。戦で高国を破ったところで犠牲が大きく、民はさらなる苦しみを味わう。

すでに物流は滞り、戦火で焼け出された民も多い。家を失い食べる物すら手に入れられない。そんな民が、市中にも鴨川原《かものかわら》にも溢《あふ》れていた。

高国としても、これ以上戦が長引くのは避けたい。話し合いは順調に進んでいたが、それを知った賢治の強硬な反対に遭い、和睦は流れていた。それをきっかけに元長と賢治の間には溝が生じ、雑兵《ぞうひょう》同士の刃傷沙汰《にんじょうざた》まで起こっている。

久一郎の仕事は、相変わらず市中の探索である。敵兵の様子や民の感情、公家や商人の動きを探り、報告を上げる。直接元長に会うことはほとんどなく、文に認《したた》めて送っていた。読み書きは、元は武士だった父に習っていたし、阿波にいた頃にも叩き込まれた。

「しずは、どっちに勝《か》ってほしい？」

訊《たず》ねると、小首を傾げ、考える顔になった。

「どっちでもええなあ。何の心配もせんと通りを歩いたり、祭りを見物できたりすれば、うちはそれでええ」

久一郎は苦笑した。京の民にとって大切なのは、日々の暮らしであって、誰が天下を取るかではない。戦など、迷惑以外の何物でもないのだろう。

「戦なんかさっさとやめて、みんな仲良うしたらええのに」

「餓鬼《がき》同士の喧嘩じゃあるまいし、そう上手くいくか」

声を上げて笑うと、しずは怒ったように頬を膨らませた。

自分の部屋に戻ると、文机《ふづくえ》に向かって元長に送る文を認めた。

報告すべき事柄はほとんどない。それでも、三日に一度は文を寄越《よこ》すよう命じられていた。

京で徳政一揆《いっき》を煽動《せんどう》した時には、侍所《さむらいどころ》の役人を何人も消した。それがすむと、京の悪童たちに混じり、先頭に立って土倉《どそう》や酒屋を襲った。利を貪《むさぼ》る商人の店を打ち壊し、用心棒を叩きのめした。

あの時と較《くら》べれば、単調で退屈な仕事だった。それでも、役目は役目だ。与えられた任を果たし、報酬を得る。それ以上のことなど、望んではいない。

四半刻《しはんとき》（約三十分）ほどで文を書き上げると、思わぬ人物が店を訪ねてきた。

「これは」

「どうだ、似合っているだろう？」

そう言って、元長は悪戯っぽく笑う。

元長は、商家の番頭のような格好をしていた。奉公人に扮《ふん》したふたりの供は、相当に腕が立ちそうだ。それでも、危険なことに変わりはない。

「そなたに一つ、頼みたいことがあってな」

「ならば、誰かを遣《つか》わしていただければ」

「この目で直《じか》に、京の町を見ておこうと思ってな。とりあえず、そなたの部屋に案内してくれ」

供を一階で待たせ、部屋で向き合って座った。

「して、いかなる役目を？」

「まあ待て」

元長が言うとすぐ、障子の向こうに人影が現れた。

「お呼びでしょうか」

凛《りん》だった。元長に促されて部屋に入り、久一郎の隣に座る。

「これを、ある男に渡してほしい」

元長は、懐《ふところ》から一通の書状を取り出した。

「その男は今、建仁寺にいる。名は、朝倉宗滴」

「何と」

朝倉軍一万の総大将だった。昨年の川勝寺の戦いでは、互いにあと一歩で首を獲られるかどうかというほどの激しい戦をしていた。

「和睦は流れた。しかし、いつまでも戦を続けているわけにもいかん。ゆえに、朝倉と単独で和議を結び、兵を引いてもらう。朝倉勢が去れば、敵も崩れるだろう」

「しかし、たった一通の書状で、宗滴が撤兵に応じるでしょうか」

「説得は、わしが直接会ってする」

「元長様が？」

「その書状の中に、刻限と場所が記してある。久一郎、そなたの役目は宗滴に書状を渡し、その場所にまで連れてくることだ」

「承知いたしました」

「凛と申したな。見かけによらず相当に腕が立つと、源六から聞いている。そなたには、

「はい」

久一郎の護衛を頼む」

相変わらずの無表情で、凜が答えた。

護衛など必要ない。そう思ったが、口にはしなかった。命じられた以上、久一郎がどう言おうと凜は役目を果たそうとするだろう。

凜のことは置いて、元長に訊ねた。

「建仁寺の奥深くまで忍び込むとなると、これは容易ではありませんが」

「宗滴にはすでに渡りをつけてある。建仁寺の近くまで行けば、宗滴配下の忍びが案内してくれよう」

「それならば」

四月以上の在陣で、越前の兵もさすがに厭戦《えんせん》感が高まっている。建仁寺に近づくのは難しくはないだろう。

「宗滴が同行を拒んだ場合は？」

斬るのか。言外にそんな意味を込めたが、元長は頭を振った。

「宗滴は殺すな。高国を勝たせて古い幕府を守ったところで、民の苦しみは増すばかりだ。そのことを、理をもって、言葉を尽くして訴えるのだ」

「俺に、宗滴を説くことなど」

「そなたの書状は、実によく書けている。敵の配置から世情、物流にいたるまで、感情を交えずに簡潔にまとまっていた。そなたには、忍びにしておくには惜しいほどの才がある」

その言葉に、凛がちらとこちらを見た。

見たもの、聞いたことをまとめ、そこから導き出される結果を記しただけだった。奇をてらったつもりもない。

「借り物ではない、そなた自身の言葉で宗滴を説け。それでもなお応じぬようなら、そのまま帰ってくればよい。責めはせぬ」

「わかりました。力を尽くしてみます」

満足げに頷き、元長は店を後にした。


半刻（約一時間）後、久一郎は背に荷を負った行商人に身をやつし、椿屋を出た。隣には男装し、笠《かさ》を目深にかぶった凛がしっかりとついている。

凛とは、これまでも何度か組んで仕事をした。確かに腕は立つが、必要なこと以外は口を開くことがまったくないので、こちらの気分まで鬱々《うつうつ》としたものになる。

黙々と、夕暮れ時の通りを歩いた。道はところどころ、竹で作った柵で塞《ふさ》がれている。兵たちの狼藉《ろうぜき》を防ぐために、公家《くげ》や有力な商人が設けたものだ。

柵や敵兵の目を避けるため、路地を縫うようにして進んだ。住人の多くは、戦を避けて都の外へ逃れているのだろう。町屋はひっそりと静まり返り、人の気配はほとんどない。

出立して四半刻も経たないうちに、凛に袖を引かれた。

「つけられてる」

声を出さず、口の動きだけで伝えてくる。同じやり方で、久一郎も答えた。

「何人だ」

「一人。大した腕じゃない」

「やれるか?」

無言で、凛が頷いた。切れ長の目には、刃物のような冷たい光が浮かんでいる。

次の角を曲がるや十間ばかりを駆け、積み上げられた材木の陰に身を伏せた。凛の姿は、途中で消えている。

顔だけ出し、通りを窺《うかが》う。一人の男が、駆けてくるのが見えた。その直後、塀の上に立った凛が跳んだ。男の背後に舞い降りると同時に、首筋に短刀をあてがう。いくつか言葉を交わすと、男が膝《ひざ》から崩れ落ちた。

死体を無人の店に放り込むと、凛が戻ってきた。

「朝倉の手の者じゃない。たぶん、丹波衆あたりの誰かが雇った忍び」

ありそうなことだった。和睦を何としても阻止するため、元長の動きを張っていたとしてもおかしくはない。忍びの口を割らせるのは容易なことではない。ここは、さっさと始末しておくのが妥当だった。

それからしばらく歩き、元長に指定された店に立ち寄った。元は髪結い屋だったらしい

「三好の使いか」

店の中から声がした。教えられた合言葉を口にすると、朝倉の忍びは先に立って歩き出した。

広い通りに出た。朝倉の忍びも商人の身なりで、手形があるので正面から入っていけるという。言葉通り、建仁寺の中まですんなりと入ることができた。

境内を通り抜け、小さな僧庵《そうあん》の手前で隠し持った得物を差し出した。

「よし。宗滴様はこの僧庵におられる」

頷き、凛をその場に残して縁に上がる。片膝をついて名乗ると、中から声がした。

「話は聞いておる。入れ」

歳《とし》相応に嗄《しわが》れてはいるが、野太い声。襖《ふすま》を開けると、中は明るかった。常より多い燭台《しょくだい》の灯りの中で、小具足姿の男が胡坐《あぐら》を掻いている。敵方の忍びと暗い部屋で会うほど無防備ではないということだろう。

「朝倉宗滴じゃ」

歳の頃は、五十前後か。顔に刻まれた皺は深く、いかにも歴戦の古兵《ふるつわもの》といった面構えだ。鎧直垂《よろいひたたれ》に包まれた体軀《たいく》は引き締まり、久一郎を見据《みす》える目は鋭い。

差し出した書状を、無言のまま読み進める。沈黙を重く感じるのは、宗滴の発する重厚な気配のせいだろう。

書状を読み終えると、宗滴は静かに視線を上げた。

「そなたは見たところ若いな。三好殿と言葉を交わしたことは？」

「はい。幾度も」

「そうか。では訊ねる。そなたの目から見た三好筑前守《ちくぜんのかみ》元長とは、いかなる男か、率直に申せ」

どう答えるべきか。取り繕ったような言葉は、全て見透かされるような気もする。

しばし考え、結局思ったままを口にした。

「不思議なお方です。俺がこれまで目にしてきた武士たちとは、まるで違うように思います」

「ほう」

口元に微笑を浮かべ、宗滴が身を乗り出した。

「何ゆえ、そう思う」

「民のことを、第一に考えておられます。ゆえに、京の都に執着せず、避けられる戦ならば避けようとなされます」

宗滴は、今度は声を上げて笑った。

「なるほど。確かに、三好殿は不思議な御仁《ごじん》よ。そこにも、ずいぶんと面白いことが書かれておったわ」

床に置かれた書状を指して、宗滴が続ける。

一京を奪い合うことがどれほど不毛か。この戦でどれほど民が苦しんでおるか。そんなことを、実に真剣に書いておる。これほど青臭い文は、なかなかお目にかかれぬ」

そう言いながらも、宗滴の顔はどこか愉快そうに見えた。

「民のために、政《まつりごと》はどうあるべきか。天下に平穏を取り戻すには今、何が必要か。そんなことを真剣に論じる者を、わしははじめて見た。どこの大名も、己が版図をどう守り、拡《ひろ》げるかということしか考えてはおらん。我が主君孝景にしても同じよ。もっとも、それが悪いこととは思わんが」

朝倉家の首府、一乗谷《いちじょうだに》は豊かで人も多く、領内は平穏を保っているという。その平穏を守るため、宗滴は戦ってきたのだろう。

「三好の先代之長は、己が権勢を得るため幾度も都を戦乱に巻き込み、多くの民に恨まれていたと聞きます。それを間近で見ていた主《あるじ》は、戦に虚《むな》しさを感じているのやもしれません」

「それで、平穏な世を望むようになったか。それも、己が版図のみならず、天下の」

「それがしの想像にすぎません。実際のところは、主にお訊ねになられませ」

宗滴は腕を組み、束《つか》の間《ま》考えるような顔をした。

「だが、会うことはできんな。わしは一介の武人であり、そして朝倉家の臣だ。軽々《けいけい》に動くことはできん。天下や政について考えることは、己に禁じておる」

「そして不毛な戦を続け、御家を疲弊させせますか」

「言うな。主が高国に味方すると決めたのだ。家臣は従うしかあるまい」

「ならば、朝倉の臣という立場を措《お》いて、一人の人として元長にお会いください。元長も、それを望んでおりましょう」

「それでも拒むと言ったら、いかがする？」

久一郎に向ける視線に、強い光が灯った。殺すつもりか。そう問うているのだろう。

「そなたの腕がどれほどのものかは、身のこなしを見ればわかる。寸鉄も帯びずとも、わしを殺すくらいわけはあるまい」

「宗滴様を討つことは禁じられております」

「だが、わしがそなたを殺せと命じることもある」

「俺には、宗滴様が和睦の使者を斬るようなお方とは思えません」

感じたままを話すと、宗滴は少し笑った。元々、斬るつもりなどないのだろう。今まで、一度も殺気は感じなかった。

宗滴が、再び考える表情を浮かべる。

「そなたは、三好殿の目指す新しい幕府が天下に平穏をもたらせると、本気で思うておるのか？」

「さあ、それはわかりません。与えられた役目をこなすのみで、天下のことなど考えたこともございません。大方の民も、その日の米の心配がなく、安心して外を歩けさえすれば、天下など誰が取ろうと構わないと考えておりましょう」

一身も蓋もない話じゃな」

「ただ俺は、主がどこまで行けるか見てみるのも面白いと、このところ考えるようになりました」

「面白いか」

宗滴がまた微笑《ほほえ》んだ。腰を上げ、刀架《とうか》の太刀を摑んで振り返る。

「確かに面白い。わしのような年寄りの血が、久しぶりに騒いでおるわ」

言いながら、太刀《たち》を腰に差す。

「久一郎と申したな。三好殿のところへ案内願おうか」

供廻《ともまわ》り三人を連れた宗滴を先導し、建仁寺を出た。

深夜の通りを、鴨川を渡ってきた冷たい風が吹き抜けていく。月は雲に隠れがちで、手《て》燭《しょく》の灯りはいかにも心細い。

元長が待つのは、五条河原に建つ小屋だった。普段は、阿波からやってきた踊りの一座が興行に使っているらしい。

周囲に気を配りながら、久一郎は慎重に河原に下りた。

河原には、他にもいくつかの小屋が建ち並んでいる。遊女が客を引く声も方々から聞こえた。元長も宗滴も供はわずかしか連れていないが、こんな場所で三好と朝倉の総大将が会っているとは、誰も思わないだろう。

「よくぞおいでくだされた。三好筑前守元長にござる」

元長が小屋の外まで出迎え、頭を下げた。

「朝倉宗滴にござる」

気づくと、周囲がやや明るくなっていた。見上げると、雲間から月が顔を覗《のぞ》かせている。見事な満月だった。

「月が出てまいりましたな。温めた酒があります。月を眺めながら話しませぬか」

「それはいい。ご相伴《しょうばん》つかまつろう」

「久一郎、凛。二人とも、苦労であった。他の者たちと共に小屋で待つがよい。宗滴殿の供の方々も、中で暖まっていかれよ」

「お気遣い痛み入る。三好殿のお言葉に甘えるがよい」

「では、まいりましょう」

そう言うと、二人は水際まで歩き、岩に腰を下ろした。

何を話し合ったのかはわからない。二人が小屋に戻った頃、夜は明けはじめていた。

建仁寺へ戻る宗滴を見送った後、元長が口を開いた。

「どうだ、久一郎。天下を動かした気分は？」

「天下、ですか？」

「そうだ。これで我らは、新たな幕府へと大きく近づいた。そなたが宗滴殿を説得できねば、戦はいつまでも続いただろうな」

「では、和睦は一

「宗滴殿自ら一乗谷に赴き、孝景殿を説得すると約束してくれた。孝景殿が頷けば、遅くとも三月には朝倉は軍を引く」

「本当に、上手くいくのでしょうか」

「あの朝倉宗滴の約束だ。わしは信じる」

元長の声は、確信に満ちている。

なぜ、それほど容易《たやす》く他人を信じることができるのか、久一郎にはわからない。だが、訊ねはしなかった。答えを聞いたところで、自分には理解できないだろう。

三月に入ると、元長の言葉通り朝倉軍が撤退をはじめた。五月には高国や六角軍も近江へと去っていった。

京の町には、実に八ヶ月ぶりに平穏が戻った。しずも店の遊女たちも、戦が終わったことを無邪気に喜んでいる。

自分の働きが、戦の終結に少しでも貢献したのだろうか。胸の奥にわずかな熱のようなものを感じたが、深くは考えなかった。

自分はただ、命じられたことを果たしたまでだ。

三

本物の剣を振りたかった。

木刀ではなく、細川《ほそかわ》家伝来の太刀を振るい、愛馬を駆って敵陣を目指す。自《みずか》ら戦場に立つことこそ自分の望みなのだと、細川六郎は思った。

十五歳になっていた。早朝から剣や弓の稽古《けいこ》をし、それが終われば書見。必要があれば、義維と連名で堺公方府が発給する文書に署名をする。堺に入ってから、そんな日々が延々と続いている。京に高国方の軍勢が侵攻しても、それは変わることがなかった。

朝倉勢が撤退し、高国が京を去るまで、六郎も義維も堺を一歩も出なかった。義維は、それを特に不満に思ってはいない。

だが、自分は違う。細川家の当主は六郎で、高国は父の仇《かたき》なのだ。堺公方府にはまだ、高国を討つ力はない。六郎にはいずれ、高国を討つ戦の総大将になってもらう。元長はそう言って戦に出ようとする六郎を宥《なだ》めたが、納得したわけではなかった。

結局、大きな戦もないまま高国は兵を退き、京の奪回は成った。高国の撤退から二月が経っているが、元長は京にとどまって戦後処理に忙殺されている。

近江に逃れた高国の下からは、次々と人が離れているという。それでも、近江に攻め入って高国の首を挙げることはできない。長期にわたる対陣で、味方も消耗している。堺上陸前から蓄えていた銭も、底を突きかけているのだ。

戦いたい。金蓮寺に程近い櫛屋《くしや》町に構えた私邸の庭で木刀を振りながら、心の底から思った。いったいいつになれば、戦場に立つことができるのか。日に日に募《つの》る苛立《いらだ》ちを斬り裂くように、ひたすら木刀を振った。

七月もまだ半は過ぎ。残暑があってもおかしくはないが、今年も肌寒い夏だった。それでも、素振りをしばらく続けると体中から汗が噴き出してくる。

「お館様」

縁に腰掛けて汗を拭《ふ》いていると、側近の可竹軒周聡《かちくけんしゆうそう》が声をかけてきた。

「三好元長殿より使いがまいりました。至急金蓮寺にご出仕願いたいとの由にございます」

「そうか」

「しかし、元長殿はいかなる了見にござろう。何ぞ用向きならば、元長殿がお館様を訪《おとな》うが筋というもの。大樹の覚えめでたきをよいことに、少々天狗《てんぐ》になられておるのではございませぬか」

周聡からすれば、義維の陪臣《ばいしん》にすぎない元長が公方府の要職に就いていることが不満なのだろう。相手にせず、六郎は腰を上げた。

「わかった。使いの者に、すぐにまいると伝えよ」

不服げな周聡に構わず、着替えをすませて屋敷を出る。

堺の南北両庄を貫く熊野大路は、常に人で賑《にぎ》わっている。荷を山積みした牛馬や車が行き交い、忙《せわ》しない上方言葉が喧《かまびす》しい。阿波勝瑞《しようずい》城下とは比べ物にならないほどの活気にはじめのうちこそ心が躍ったが、今はこの町があまり好きではない。

堺は商人の町だった。武家の棟梁《とうりよう》たる征夷大将軍が座す場所には、それに相応《ふさわ》しい佇《たたず》まいというものがある。幕府はやはり、京の都にあるべきなのだ。

金蓮寺の本堂に入ると、すでに元長と義維の姿があった。

「来たか、六郎」

義維に頭を下げ、義維の右脇下段に腰を下ろす。

「これで揃うたな。元長、火急の報せとは？」

「は。昨日、近江に放った間者より報告がありました。高国がわずかな供廻りのみを連れ、近江から出奔《しゅっぽん》いたしたとの由」

「出奔だと？」

思わず、六郎は声を上げた。

高国にこちらの手の届かないところまで逃げられては、父の仇が討てなくなる。高国の首だけは、この手で挙げねばならないのだ。

「間違いないのか、元長。出奔とは、いかなることだ」

落ち着いた声で、義維が問い質《ただ》す。

「いくつかの筋から確かめましたが、高国が近江を離れたのは間違いございません。行き先はおそらく伊賀《いが》。守護の仁木《にっき》家に援軍を求めるものと思われます」

「朝倉の支持を失い、六角、武田《たけだ》の助力だけでは我らに抗し得ぬと見たか」

「御意。しかし最早《もはや》、畿内近国に高国を支持する大名家はございませぬ」

「ならば、今こそ大樹が入京いたす時ではないのか、元長」

身を乗り出すようにして訝ねると、元長はゆっくりと首を振った。

「お二人には、引き続き堺にとどまっていただきまする」

「どういうことだ。京に入らんのは、高国を警戒してのことではなかったのか」

「確かに、高国の脅威は去り申した」

「ならば、何ゆえ」

「新たな幕府は、この堺に開きまする」

はっきりと、すでに決定したことのように、元長は言った。

元長の後を受け、義維が口を開く。

「京へ入って将軍となったところで、これまでの幕府と何ら変わりはせぬ。新たな時代がはじまるということを天下の武士と民に示すには、京の都以外の土地に幕府を打ち立てねばならんのだ」

納得がいかなかった。いや、頭では理解できても、心が受け入れられない。京の都に座して朝廷を守護し、諸侯に号令する。それが、天下人のあるべき姿ではないのか。都が目の前にあるというのに、なぜ手を拱いていなければならないのか。

「六郎様。お気持ちはお察しいたしますが、都にばかり目を向けられていては、時の流れを見落とすことになりまする」

心の中を見透かしたような言い方が癇《かん》に障った。父が辿《たど》り着けなかった場所を目指して、なぜ悪いのか。

「六郎。これは、余と元長が幾度も話し合って決めたことだ。受け入れてもらわねばならん」

六郎は、義維と元長の顔を交互に見た。自分のいないところで、これほどの大事を話し合っていた。ゆくゆくは幕府管領となる自分は、意見すら求められなかった。二人の目には、いまだに若輩者と映るのか。それとも最初から、細川京兆《けいちょう》家の血筋以外を求められてはいないのだろうか。

「わかりました。これ以上、否《いな》やは申しませぬ」

搾《しぼ》り出すように言って、六郎は立ち上がった。

「体調が優れませぬゆえ、これにてご無礼仕《つかまつ》りまする」

義維に一礼し、そのまま本堂を後にする。元長の引き止める声が聞こえたが、振り返りはしなかった。

元長は二日の間堺に滞在し、京へ戻っていった。幾度か目通りを願い出てきたものの、具合が悪いと言って全て拒絶した。大人げないとわかっていても、顔を合わせる気にはなれなかった。

阿波にいた頃はあれほど近しい存在だった元長と義維が、今はやけに遠くに感じる。

河内から木沢長政《きざわながまさ》が訪ねてきたのは、それから数日が過ぎた暑い日のことだった。河内守護畠山義堯の被官である。この十年ほどで頭角を現し、今では家中でも筆頭の地位にあった。

書院に入ると、長政が平伏して迎えた。

「六郎様におかれましては」

「挨拶《あいさつ》はよい。用件を申せ」

長政に会ったのは数回だけで、これといった印象はない。当年三十六。どこにでもいそうな中年の男である。物腰はやわらかく、槍働きでのし上がる豪傑《ごうけつ》にはほど遠い。この男がどうやって家中筆頭の地位まで上り詰めたのか、六郎にはよくわからなかった。

「では、早速。書状にも認めました通り、高屋《たかや》攻めについてお許しをいただきたく」

河内畠山家は、長らく内訌《ないこう》を抱えていた。かつて家督を巡って争い、応仁《おうにん》の乱の一因ともなった政長《まさなが》と義就《よしなり》の家系が、いまだに分裂したまま反目し続けているのだ。義就の後裔《こうえい》に当たる義堯は堺公方府に属し、河内高屋城を本拠とする政長の後裔稙長《たねなが》は、高国に与同していた。

「稙長は河内のみならず、大和《やまと》や紀伊《きい》にも根を張っております。高国が力を失ったこの機を逃さず、稙長を討ち滅ぼそうというのが我が主の意向でして」

「それで、わしに何をせよと？」

「戦を仕掛けたところで、我が家の独力では少々不安が残りまする。そこで、柳本賢治殿のお力を拝借いたしたく、こうして参上つかまつった次第にございます」

「元長ではなく、柳本か」

「御意。三好殿は今、京の仕置きに手一杯にございましょう。となると、柳本殿に援軍をお願いするほかありませぬ」

「大樹は何と？」

「戦向きの事は、全て元長に任せてある。許可を得るならば、元長から得よとの仰せにございました。それがしはこれより京に向かいますが、六郎様の口添えもいただければと」

六郎は腕を組み、長政の顔を見据えた。長政の言葉の裏には、何か思惑があるのか。考えたが、温和な笑みを湛《たた》えるその顔からは何も読み取れはしない。

深く考えるほどのこともないのだろう。長きにわたる内訌を終わらせ、河内守護の地位を強固なものとしたい。そのために、賢治の力が欲しいというだけのことだ。

「よかろう。元長の許しを得る必要はない。柳本賢治に宛《あ》ててわしから一筆認めよう。そなたはこの足で、丹波へ向かうがよい」

「よろしいのですか？」

「細川家当主はこのわしだ。元長ではない」

強い口調で言うと、恐懼《きょうく》したように長政が平伏した。

つまらない反抗だった。こんなところで意地を張ったところで、何がどうなるわけでもない。それでも、今の自分にはこの程度の反抗しかできない。自前の兵を持たない六郎には、自ら出陣するという選択肢さえなかった。

込み上げる苦い思いを振り払い、六郎は話題を変えた。

「姉上はご健勝か？」

「はい。我が主との仲も睦《むつ》まじく、闊達《かったつ》なお人柄ゆえ、家臣領民にも慕われておりまする」

「そうか」

三つ上の姉は、昨年の暮れに畠山義堯のもとに嫁いでいる。露骨な政略結婚ではあるが、姉は一言も不服を言わなかった。

美しく、優しい姉だった。それでいて芯《しん》の強さも持ち合わせていて、いつか政略の具にされることは覚悟していたのだろう。母は六郎が物心つく前に病で他界していて、肉親と呼べる相手は姉一人きりだった。

それから、祐筆《ゆうひつ》を呼んで賢治への書状を認めさせると、恭《うやうや》しく受け取った長政はそのまま丹波へと発《た》っていった。

書院を出ると、六郎は厩《うまや》へ向かった。

「遠乗りに出る。仕度いたせ」

命じると、近習《きんじゅ》はかすかに顔を顰《しか》めた。

「今日もでございますか。そろそろ書見の刻限にございますが」

「不服なら、ついて来ずともよい」

突き放すように言うと、近習は慌てて駆け出した。

このところ、三日と置かずに遠乗りに出ていた。義維からは、どこに刺客が潜んでいるとも限らないのでほどほどにしろと釘《くぎ》を刺されていたが、やめるつもりはなかった。屋敷の中にばかり籠《こも》っていると、余計なことばかり考えてしまう。

堺の町を出て、海沿いに南へ向かった。供は十名。近習の中から腕の立つ者を選《え》りすぐっている。多すぎるとは思うが、立場を考えればこれでも少ないのだろう。

しばらく、無心で駆けた。時折、頭に籠《かご》を載せた娘や、浜辺で網の手入れをしている漁師が驚いたようにこちらを見る。戦でもあるのかと勘違いしたのかもしれない。

二里（約七・八キロ）近く走ったところで、六郎は馬を止めた。海辺の、小さな村の入り口である。

一際《ひときわ》大きな家の前で馬を下り、訪いを入れる。

「これは、お武家様。ようこそおいでくださいました」

出迎えたのは、主の吉兵衛《きちべえ》だった。若い頃は名の知れた漁師で、今は村の有力者として、村の漁師たちを取り仕切っている。六郎はこの一月ほど、吉兵衛のもとに足繁く通っていた。

「喉《のど》が渇いた。水を所望《しょもう》だ」

「へえ、ただいま」

吉兵衛は、六郎の名さえ知らない。堺公方府に仕える武士とだけ話してある。

屋敷の縁に座り、海を眺めた。正面に淡路島《あわじしま》が横たわり、その向こうには阿波も見える。

遠くまで来たとは思わなかった。新たな幕府を打ち立て、天下を平定する。まだ、その第一歩を踏み出したにすぎない。今は無理な戦を避け、しっかりと足場を固めるべきだ。頭ではわかっているが、足踏みしているという苛立ちは抑えきれない。細川家の当主は自分なのだと、早く周囲の大人たちに認めさせたかった。

「お持ちいたしました」

背後から声が聞こえた。わけもなく慌てて、六郎は振り返る。

「晴《はる》か。息災《そくさい》であったか？」

「まあ。息災も何も、お会いしたんは三日前やないですか」

「あ、ああ。そうであったな」

晴はくすくすと笑いながら膝を折り、盆を置いて水の入った碗《わん》を差し出した。六郎は大ぶりで無骨な碗を掴み、一息に飲み干す。冷たい井戸水が腹に滑り落ち、ようやく落ち着いた心地になった。

吉兵衛の一人娘の晴は、六郎の姉と同じ歳だった。涼しげな目鼻立ちや闊達な気性も、姉によく似ている。はじめて会った時に感じた胸の奥がざわめくような不思議な気分は、今も続いている。

「堺の公方様のおかげで、このあたりもずいぶんと平穏になりました」

庭に咲いた花に目を細めながら、晴が言った。以前はこの近くでも戦が絶えず、野伏せりや盗賊も横行していたという。

「年貢の取立てが厳しいとか、代官が横暴だとか、そういったことはないのか？」

この村の領主は、桂川原合戦で討死した高国方の地侍だった。今は堺公方府の直轄領として、堺から派遣した代官が治めている。

「いいえ、そのようなことは。戦に出とった村の若い衆も、みんな無事に戻ってきはりましたし」

「そうか。それはよかった」

にこやかに答える晴の言葉に、嘘《うそ》はなさそうだった。

庭を眺めながら、しばらく話をした。と言っても、喋《しゃべ》るのはもっぱら晴のほうで、話題も今年はどの魚がよく獲れるとか、近くの寺に住みついた狸《たぬき》が子を産んだとか、そんな他愛《わい》のないものだ。それでも、晴は嬉《うれ》しそうによく笑う。

民というのは、こんなささやかなことでも幸福を感じられる。堺に籠ってばかりいては、本当には理解できなかっただろう。

全国の平定にはまだ遠く及ばないが、夢は着実に近づいてきている。つい先刻までのささくれ立った気分はきれいに消えていた。

一瞬、自分が何者か打ち明けたい衝動に、六郎は駆られた。目の前にいる男が細川家の当主だと知ったら、晴はどんな顔をするだろう。

その思いを断ち切るように、六郎は腰を上げた。

「そろそろまいる。少し長居しすぎたようだ」

「また、いつでもおいでくだされ。お待ちいたしておりますさかい――」

縁に手をつき、晴が微笑む。

心の臓《しんぞう》が大きく波打つのに戸惑いながら、六郎は頷いた。

四

久しぶりに、戦らしい戦ができる。

出陣の仕度を指図しながら、柳本賢治は込み上げる血の昂《たか》ぶりに身を委《ゆだ》ねていた。

昨年九月からはじまった高国との戦は、一度大きな合戦があっただけで、あとは小競《こぜ》り合《あ》いが続いただけだった。そして、朝倉勢が突然兵を退き、ほどなくして高国も京を退去した。終わってみれば、つまらないだけで戦費ばかりかかる、何の得るところもない戦だったのだ。

閏《うるう》九月に入り、丹波の山々は赤く色づいていた。標高百丈（約三百メートル）を超える山の頂《いただき》に築いた神尾山《かんのおさん》城には、身を切るような冷たい風が吹いている。

城には、三千の軍勢が集まっていた。そのうちの一千が賢治直属の軍で、残りは周辺の国人や兄の配下である。これまで幾度も共に戦ってきた者たちで、不安はない。

畠山稙長討伐に加わるよう要請を受けたのは、二月ほど前のことだ。自ら神尾山城を訪れた木沢長政は、稙長滅亡の暁《あかつき》には、稙長が大和に持つ所領を差し上げたいと言ってきた。

無論、断る理由はなかった。戦ができる上に、大和の所領が手に入れば、京の戦での出費も賄《まかな》える。六郎の許しを得ているのであれば、誰に遠慮する必要もなかった。

「やはり、どうということもない相手にございますな」

賢治の居室を訪れた赤井《あかい》忠家《ただいえ》が、白い歯を見せて言った。懐から、折り畳まれた数枚の紙を取り出す。

「穂長方の国人衆をまとめた物です。ご覧ください」

「相変わらず、ぬかりがないな」

「賢治殿が勘にばかり頼って戦をなされるゆえ、それがしがこういった役目を果たさねばならんのです」

苦笑しつつ、書付を開いた。国人の名から城の備え、予想される兵力などが詳細に書き連ねてある。見たところ、脅威になりそうな相手はいない。

まずは大和の穂長方の国人を討伐し、それから河内へ入るつもりだった。兵糧は大和に入ってから、木沢長政が送ってくる手筈《てはず》になっている。

「穂長はどう出ると思う？」

「戦下手で、臆病《おくびよう》な男との評判です。おそらく、高屋城に籠って備えを固めるのみかと」

賢治は大きく息を吐いた。せっかく心置きなく戦えると思ったが、相手がその程度では、胸のすくような戦はできそうにない。

「落胆はお察ししますが、これも我ら丹波衆の地位を引き上げるまたとない機会にございます——

「政か」

賢治はその手の話が苦手だった。戦であれば敵の考えは手に取るようにわかるが、戦場以外での駆け引きはどうしても面倒に思えてしまう。

「俺は、面白い戦ができればいい。それは、そなたもわかっておるだろう」

「無論、承知の上です。しかしいつまでも三好元長の後塵《こうじん》を拝してばかりでは、死んでいった兵たちが浮かばれません。我らは元長の出世のために戦ってきたわけではありますまい」

いつになく、忠家は言葉が多い。それだけ、元長の立身に思うところがあるのだろう。元長が山城守護代に任じられたのに比べ、丹波衆に与えられた恩賞は微々たるものだった。

昨年の高国との和睦を巡って対立して以来、賢治と元長の不和が噂《うわさ》されているという。それは個人的な諍《いさか》いではなく、堺公方府内における、阿波衆と丹波衆の主導権争いと周囲からは目されている。賢治が自ら堺に出向き、元長を讒言《ざんげん》したという話まで、まことしやかに語られている。

「今、堺公方府の武力は阿波衆を束ねる元長と、我ら丹波衆が担っております。山城守護代の地位を得たことで、今のところ元長が一歩抜きん出ておりますが、戦になれば我らの方が頼りになるというところを、この稙長攻めで義維公や畿内の武士どもに見せつけねばなりません」

高国の反攻を退けたとはいえ、堺公方府は磐石《ばんじゃく》というにはほど遠い。阿波衆、丹波衆の他にも、茨木長隆らの摂津衆、河内畠山家、高国を見限って義維方に転じた幕府の奉行衆と、利害の一致したいくつもの勢力が寄り集まっているに過ぎないのだ。忠家が言うには、朝廷からいまだ将軍宣下がないのも、それが一因らしい。

「阿波衆とて一枚岩ではありません。三好神五郎など、元長に反感を抱いている者も多くおります。この戦で義維公や細川六郎の信を得れば、元長を追い落とすことも不可能ではありませんぞ」

「元長を逐《お》って、いかがする?」

「堺公方府の武力全てを、賢治殿が掌握するのです。稙通様には、若い六郎に代わって政《まつりごと》を担っていただきます。場合によっては、六郎を排除して稙通様が管領の座に就くということも」

「つまりは、丹波衆で公方府を乗っ取るということか。それで、新しい公方府でそなたは何をするつもりだ?」

「それがしはお二人の下で、天下を動かすような仕事をしてみとうございます。一介の国人には分不相応な望みやもしれませんが」

丹波の国人たちは、常に京を巡る争いに振り回されてきた。忠家も、京を奪い合う権力者たちの愚かさに思うところがあるのだろう。

「知らぬうちに、ずいぶんと大それた野心を抱いたものだ」

忠家はにやりと笑ったが、不快ではなかった。野心の無い者を、賢治は信用しない。

公方府の軍勢を自分が指揮する。悪い夢ではない。兄が政を執るならば、誰に気兼ねすることもなく戦ができる。

「賢治殿には、今後はそのことを念頭に置いて戦をしていただきたく」

「わかった、もういい。俺にできるのは、戦場で敵を打ち破ることだけだ」

手を叩き、小姓《こしよう》に酒を命じる。

「難しい話はここまでにして、戦勝の前祝といこうではないか」

呆《あき》れたように息を吐き、忠家は小さく笑った。


閏九月下旬、賢治は丹波衆三千を率い大和に侵攻を開始した。畠山義尭に与《くみ》する大和国人の軍勢も合流し、兵力は五千を大きく超えている。

大和の稙長方の主柱は、筒井順興《つついじゆんこう》と越智《おち》一族だった。

初日に、筒井家の小城を一つひねり潰《つぶ》した。籠っているのは三百足らずだったが、降伏は許さず撫《な》で斬りにした。周辺の村々も兵たちに略奪させると、傍観していた国人衆もこぞって参陣し、恭順を誓った。

一月足らずで、七つの城を落とした。越智一族は降伏し、筒井順興は城を捨てて逃亡している。

残党狩りを名目に奈良《なら》の町でも略奪を行わせたため、戦利品はかなりの量に達していた。陣中には強奪した食糧や牛馬だけでなく若い男女も溢れ、人買い商人が集まって市場の様相を呈している。

「評判に違わぬ、苛烈《かれつ》な戦ぶりにございますな」

信貴山《しぎさん》の近くに置いた陣へ兵糧を届けにきた木沢長政が、阿《おもね》るように言った。具足に身を固めているものの、あまり似合ってはいない。

「大和侍は腰が弱いな。おかげで、だいぶ稼がせてもらったが」

戦場での略奪は、勝者の当然の権利だった。故郷で農耕をしているだけでは食い扶持《ぶち》を稼げず、やむなくこの遠征に参加している兵も多い。家臣や領民を飢えさせないためにも、戦は必要なのだ。

「稙長の動きは？」

「兵を集めてはおりますが、高屋城に籠ったまま出てくる気配はありません。城兵はおよそ二千」

「思ったよりも多いな」

「河内だけでなく、紀伊からも手当たり次第に掻き集めたのでしょう。柳本殿は、いつ河内へ？」

「もうしばらく、大和の稙長方を叩く。時をかければかけるほど、稙長の下から逃げ出す者も増えるだろう」

「承知いたしました。では、それがしは一足先に河内に戻り、柳本殿をお迎えする仕度を整えましょう」

長政の印象は、武人というよりも、温厚な商人のそれに近い。戦場に立って槍を振るうよりも、店棚で女子供を相手に商売をしているほうがよほど似合いそうだ。

長政が陣を出ていくと、忠家が声をひそめて言った。

「あの男、あまり信用なされぬがよろしいかと」

「ほう。陰口か？」

茶化すように言っても、忠家は表情を変えない。

「上手くは言えませんが、あの男からは、どことなく嫌なものを感じます」

賢治は腕を組んだ。確かに、長政は自分を利用しようとしている。だがこの乱世では、力のない者は他人を利用しなければ生き残ることすらできない。

それから数日にわたって大和を転戦したが、大きな戦にはいたらなかった。ほとんどの敵が、賢治の軍が近づくと降《くだ》るか城を捨てて逃げてしまうのだ。

「他愛ないな。戦というより、ただの行軍ではないか」

あまりの呆気《あっけ》なさに、賢治は肩透かしを食った気分で呟《つぶや》いた。

「命懸けで我らに立ち向かうほど、稙長には義理もないのでしょうな」

忠家の口ぶりにも、どこか物足りなさが滲《にじ》んでいる。

「まこと、畿内の国人どもは草の靡《なび》きよ」

「大和国内の敵はほぼ平らげました。そろそろ河内に攻め入りますか？」

「そうだな」

「高屋城は、名うての堅城。敵は十中八九、籠城《ろうじょう》を選ぶでしょう。長くなりそうですな」

「まったく、思うようにはいかん」

城攻めは得意ではなかった。苦手というより、退屈なのだ。自ら槍を振るうような状況にはなかなかならない。

「贅沢《ぜいたく》を仰せられますな。一月足らずで大和一国を平らげた賢治殿の武名は、畿内中に鳴り響いておりましょう」

「歩き回っただけで武名が上がるのなら、楽なものだ」

十月下旬、賢治が河内討ち入りを下知すると、木沢長政の軍勢三千が合流してきた。

「大和での鮮やかなるご戦勝、感服仕りました」

本陣を訪れると、長政が穏やかな笑みで言った。痩《や》せた体に、具足《ぐそく》がまるで似合っていない。

「どうということもない。それより、義堯殿の姿がないようだが」

「主は風邪《かぜ》をこじらせておりましてな、それがしが名代《みょうだい》として采配を預かり申した」

長政と義堯の主従は上手くいっていないという話も耳にしている。今回の戦の発案者は長政だというから、義堯は出陣しなかったのかもしれない。

いずれにしろ、自分には関《かか》わりのないことだ。深くは追及せず、陣立てを告げた。

高屋城は、畿内でも有数の規模を誇る平山城《ひらやまじろ》だった。無数の土塁《どるい》や堀が巡らされた縄張りは、東西四町（約四百四十メートル）、南北は八町にも及ぶ。

城からは脱走が相次ぎ、城兵は一千にまで減っているが、そのぶん士気の高い者が残っているという。兵糧は豊富で、城内には井戸も多い。力攻めで落とすことも不可能ではないが、かなりの犠牲が出る。賢治は城を囲むと、諸将を集めて軍議を開いた。

「一つ、策があります」

最初に、長政が口を開いた。

「城内に十名ほどの忍びを潜ませております。その者らに命じ、兵糧蔵《ひょうろうぐら》に火を放たせるのです」

「火を放った者はどうなる？」

「全員が手練《てだ》れです。混乱に乗じて城を逃れることなど容易いでしょう」

気に入らなかった。それでも、有効な策であることは認めざるを得ない。

「わかった。やってみよ」

「城を囲んですぐは、敵も警戒しておりましょう。十日ばかり置いてから実行するのがよろしいかと」

「それでいい」

三日間、形ばかりの攻撃を続け、それからは持久戦の構えを取った。そして十日目の夜、城内から火の手が上がった。火を放った忍びは、混乱に乗じて首尾よく脱出できたという。

さらに十日ほどで、畠山稙長は音を上げた。使者を立て、和を請うてきたのだ。

交渉には長政が当たり、高屋城は開城、稙長自身は二度と敵対しないという誓書を差し出して河内金胎寺《こんたいじ》城に退去することで話がまとまった。手ぬるいとは思うが、他家の問題である。口出しはしなかった。

結局、血が騒ぐような戦はできなかった。実入りは多く、丹波衆の戦ぶりを畿内の武士たちの心に強く焼きつけることもできただろう。だが、賢治にとってはただ退屈なだけの遠征だった。

堺から使者が送られてきたのは、賢治が神尾山城に帰還して数日後のことだった。

「大和の所領を返せとは、どういうことだ！」

書状を読み終えた賢治は、声を荒らげた。上段に座した斎藤基速《さいとうもとはや》という使者は、体を震わせている。

「俺は公方府の命を受け、はるばる大和まで兵を出した。戦で勝ち取った所領を、何ゆえただで返さねばならんのか、納得いくご説明を願いたい」

「書状にもあります通り、貴殿が逐った筒井以下の諸氏は、大樹に恭順を誓い、所領の返還を求めております」

「今さら恭順を誓ったところで、彼奴《きやつ》らが所領を取り戻した途端に態度を一変させるのは目に見えておろう」

「それればかりではござらぬ。興福寺をはじめとする大和の多くの寺社からも、貴殿の軍勢の乱妨狼藉《らんぼうろうぜき》によって甚大なる被害を蒙《こうむ》ったと訴えが出ておる由。大樹も、貴殿が奈良で略奪を働いたことを遺憾《いかん》に思うとの仰せにござりまする」

「これは、武門の棟梁ともあろうお方の言葉とも思えんな。坊主どもに恐れをなし、配下から土地を取り上げるのか」

言い捨てると、基速の目つきが険しくなった。

「柳本殿、お言葉が過ぎよう。貴殿は京での戦の折も、大樹の乱妨狼藉を禁ずるという下命を無視し、残党狩りと称して略奪を行われた。此度《こたび》の仕置は、貴殿の度重なる行状ゆえと心得られよ」

基速は、痩せた顔を青褪《あおざ》めさせながらも胸を張り、必死に使者としての威厳を保とうとしている。まだ若いが、奉行衆の一人として公方府の実務に携わっている男だ。

こんな男、戦場で出会えば一瞬で首を飛ばせる。その程度の武士が上段に座し、血を流して勝ち取った所領を召し上げようとする。その状況が、たまらなく滑稽《こっけい》なものに思えて仕方ない。

「斎藤殿。それがしは、所領の返還に応じるつもりはない。早々にお引取り願おう」

基速の目を見据え、低く言った。

「大樹のご意向に従えぬと申されますか」

「武士から土地を奪えるのは、戦に勝った者のみ。武家の棟梁たらんとするならば、それくらいはご承知のはず」

「承知いたした。大樹には、ありのままをお伝えいたそう」

基速が出ていくと、賢治は近習に馬を命じた。事の顚末《てんまつ》を、兄に報告しなければならない。

戦になるかもしれないと、馬を駆けさせながら思った。だが、後悔はない。これほど理不尽な要求に唯々諾々《いいだくだく》と従っては、武士として立つことなどできはしない。兄も、きっと許してくれるはずだ。もしも戦になっても、自分が丹波衆の全軍を率い、公方府の軍を迎え撃てばいい。

願わくは、胸躍るような戦になってほしいものだ。

冬枯れの野を疾駆《しっく》しながら、祭りを待ちわびる童のように、賢治の心は浮き立っていた。

五

師走《しわす》も半ばを過ぎ、堺の町には年の瀬特有の忙《せわ》しない空気が流れている。だが、例年に較《くら》べて通りへ出る人の数は少なく、その表情にもどこか翳《かげ》りが見えた。

戦の気配が人々の心に影を落としていると、通りを馬で進みながら元長は思った。

堺金蓮寺では、連日にわたって評定《ひょうじょう》が繰り返されていた。元長は京の守りを三好一秀に任せ、その評定に出席している。

議題は、丹波衆の扱いについてである。大和の所領返還の交渉は引き続き行われたが、いまだ平行線を辿っている。業を煮やした義維が賢治の召還を命じたが、それにも応じる気配はない。戦が近いという雑説《ぞうせつ》は、上下を問わずまことしやかに流れていた。

評定がはじまっても、義維はほとんど口を開かなかった。元長とも、事前に話し合うということはしていない。まずは、諸将の意見にじっくりと耳を傾けるつもりなのだろう。

義維の一段下に座した六郎も、何も言わずに床の一点へ視線を落としていた。自分が何か言ったところで誰も取り合いはしない。そんな諦《あきら》めが表情に浮かんでいる。

堺で幕府を開くと決めて以来、六郎との間にはわずかな溝が生じていた。以前は不満があれば元長に遠慮なくぶつけてきたが、今では鬱屈を内に溜《た》め込んでいるように見える。戦に出たい。軍勢を率い、華々《はなばな》しく京に入りたい。そう願っているのはわかっていたが、聞き入れるわけにはいかない。

いずれ、時が解決してくれる。そう思うしかなかった。

「やはり、所領を返還せよという命は撤回された方がよいのでは。丹波衆の武力を失うは、公方府にとってもかなりの痛手になりまする。もしも戦になった場合、ようやく蓄えた軍費も失うことになるのです」

手元の帳面をめくりながら言ったのは、茨木長隆だった。高国の反攻を撃退してからは堺に移り、管領代《かんれいだい》として公方府の政の頂点に立っている。

「それで、大和の寺社が納得するか？」

「時をかけて説得するしかありますまい、元長殿」

「寺社の支持を失えば、後々厄介なことになる。それは貴殿もわかっておろう」

元長が言うと、長隆はうつむいた。畿内で政権を打ち立てる以上、隠然たる力を持つ寺社勢力を敵に回すのは得策ではない。

賢治に所領を返還させるよう進言したのは、元長自身だった。これ以上、丹波衆に力を与えるべきではない。公方府の武力が阿波衆と丹波衆という二本の柱に支えられている現状は、望ましいものではなかった。

高国が力を取り戻すとしたら、どこかの大大名と手を組んだ時だけだろう。そして、それにはまだ間がある。この機に、内を固めておくべきだった。

「では、三好殿は丹波衆を討つべきとお考えですか？」

訊ねたのは、畠山義堯の名代として列席している、木沢長政だった。

「戦になるのであれば、それもやむを得ない。波多野、柳本を滅ぼすところまでいかなくとも、これ以上増長せぬよう力を削《そ》いだ上で和睦してもよい。そして、それができるのは今、この時しかない」

「畠山家としては、同意いたしかねます。高国を都から逐うことができたは、丹波衆の働きがあってこそ。それを、追い詰めた上で力を削ごうとは、少々義に反するように存ずる」

元長は、淡々と語る長政の顔を見据えた。稙長を降伏に追い込んで以来、家中での発言力は主君の義堯を上回るほどになっているという。

「それがしも、木沢殿に同意じゃ」

茨木長隆が顔を上げて言った。丹波衆が潰されれば、阿波衆の力が強まりすぎる。それを警戒してのことだろう。長隆も、新参者と言ってもいい摂津衆の利害を代表しているのだ。

午《うま》の刻（正午頃）過ぎにはじまった評定は、様々な思惑が絡み合いながら続き、日没を迎えた。本堂に灯りが入れられると、それまで黙って諸将の意見を聞いていた義維が、口を開いた。

「意見は出尽くしたな」

一同が静まり返る。

「決定を申し渡す。交渉の最終期限は大晦日《おおみそか》。同時に戦仕度も進め、決裂した場合は全軍をもって丹波に攻め入る」

「大樹！」

声を上げた茨木長隆に、義維はゆっくりと顔を向けた。

「柳本賢治は、確かに高国を逐った功労者である。されど、いたずらに戦を好み、乱妨狼藉を勝者の当然の権利とうそぶく者に、公方府の軍を任せるわけにはいかん。我らは、この国の全ての武士と民に平穏をもたらすために兵を挙げた。そのことを、忘れてはならん」

義維が本堂を見回すと、一同が平伏した。

堺に入ってからの二年弱で、義維は将軍としての威厳のようなものを身につけはじめていた。足利家の血は、義維の中にも脈々と息づいているのだ。

「細川六郎」

「は、ははっ！」

それまで黙っていた六郎が、何かに打たれたように体を震わせた。

「賢治が召還に応じず戦となった場合、総大将はそなたに命じる」

「何と」

六郎が上ずった声で言うと同時に、一同がざわつく。

「元長を副将としてつける。幕府管領として、見事柳本賢治の首を挙げて見せよ」

「御意！」

興奮と戸惑いの入り混じった面を下げ、六郎が平伏する。

「まさか、六郎様を総大将に据えられるとは」

評定が散会すると、元長は義維に言った。

「不服か？」

「いえ。いささか驚きはしましたが」

「六郎は我が弟も同然。己が弟の不満も汲《く》み取ってやれぬようでは、日の本の父親役など、とても務まるまい」

そう言って笑う義維に、元長は頭を下げた。

「しかと補佐してやってくれ。初陣の若輩者を総大将にしたせいで負けたなどと言われてま、六郎まこれから武士として立っていくことができぬ―

「御意」

翌日、公方府の版図全域に陣触れが出された。

すでに、京は一秀が三千の兵で守りを固めた。摂津、山城国境の山崎《やまざき》にも、塩田胤光に二千の兵を与えて砦《とりで》を築かせている。

十二月二十九日、元長は阿波衆七千を率いて入京した。六郎は摂津衆や河内、和泉の軍の集結を待って堺を発ち、京に入る手筈となっている。

召還を求める使者は、賢治に会うこともできずに追い返されていた。城の周囲には軍勢が溢れ、領内からは大量の物資が掻き集められているという。

懸念されるのは朝倉や六角との連携だが、両家に今のところその動きはない。君側の奸《かん》である三好元長の討伐を大義として掲げているので、近江の義晴を担ぎ出すつもりはないのだろう。

丹波衆が集められる兵力は、どう見積もっても八千を超えることはない。対する味方は、堺の本隊が合流すれば二万五千に達する。

だが、兵力差があるからと楽観はできない。相手はあの柳本賢治である。少しでも隙を見せれば、一気に形勢を逆転されかねない。長期戦に持ち込み、大軍で圧力をかけて配下の国人衆に離反を促す。戦い方としては、そのあたりが妥当なところだろう。問題は、軍費がどれだけもつかだった。

京に入ると、元長は三条坊門《さんじょうぼうもん》の旧幕府御所に本営を置いた。

丹波、山城国境に置いた見張りから注進が飛び込んできたのは、三十日の夜更け過ぎのことだった。

丹波勢が、沓掛《くつかけ》に現れたという。その数、およそ五千。

「馬鹿な。敵の方から打って出てくるなど」

集まった諸将が使い番を問い質す。

「間違いございません。この目で、しかと確かめ申した」

元長は直《ただ》ちに防戦の用意を下知した。鉦《かね》が打ち鳴らされ、本陣が俄《にわ》かに騒然としはじめる。

間を置かず、注進が次々と入ってきた。

「敵は、沓掛からそのまま南へと向かっております」

「山崎の塩田様より伝令。柳本賢治率いる丹波勢の奇襲を受け、苦戦中。至急、応援を求む」

元長は舌打ちした。夜間の行軍とは思えないほど、敵の動きは速い。

山崎の守兵の大半は西岡衆と呼ばれる地侍の集団で、戦意はあまり高くはない。山崎を落とされれば、敵はそのまま長駆して軍勢がいまだ集結途中の堺を突くことも不可能ではない。数では勝っていても、六郎の指揮する摂津や河内の軍では、丹波衆に到底太刀打ちできない。

しかし、ここで全軍を山崎に向ければ京はがら空きになる。敵は丹波にまだ、二千から三千を残しているはずだ。

元長は、山崎からの使番に訊ねた。

「敵の中に、柳本賢治本人はおったのだな？」

「はい。間違いありません」

頷き、元長は末席に控える康長《やすなが》を呼んだ。六つ下の、腹違いの弟だ。

「そなたには、京の守りを任せる。三千を率いて川勝寺村に向かい、敵の二の矢に備えよ。もしも敵が現れたら守りに徹し、軽々に打って出てはならん」

「承知いたした。都はそれがしが命に代えても守り申す」

まだ二十二と若く、万事控え目で家中でもあまり目立たない。それでも、高国との戦では配下をよくまとめ、粘り強い戦ぶりを見せていた。

「一秀、光久。我らは残る七千で山崎に向かう。直ちに出陣いたすぞ」

「はっ」

二人が声を揃えた。

出陣の仕度が整うまでの間、元長は書院に籠り思案を巡らせた。頭の中に描いた絵図の上で軍を動かし、展開を読む。

「久一郎、おるか」

「は。ここに」

呼びかけると、庭から声がした。朝倉宗滴との会見を成功させて以来、従者として常に側《そば》近くに置いている。

「山崎の塩田胤光に伝えたきことがある。砦に入れるか？」

「相変わらず、殿は難しいことを申しつけられる」

「そう言いながら、そなたは任を成し遂げてきたではないか」

「伺うだけ、伺っておきましょう。成功した時の褒美は、弾んでいただきますぞ」

伝言の内容を伝えると、久一郎はにやりと笑い、音もなく消えた。

桂川を越えたあたりで、東の空が明るくなってきた。

行軍の最中に伝令が届いた。西岡衆の一部が寝返り、砦は陥落したという。胤光とともに砦に詰めていた摂津衆の伊丹弥三郎《やさぶろう》は討死。胤光や久一郎の安否は不明である。

元長は無言で頷き、軍を進めた。

「これで、真っ向からの殴り合いとなりますな」

光久が馬を寄せ、かすかに強張《こわば》った声で言う。

「敵は、夜間の行軍と砦攻めで消耗しているはず。いかに柳本賢治が猛将とはいえ、時を置かず攻め立てれば我らの勝ちは揺るぎますまい」

戦を前に、光久がこれほど多弁になることはない。元長も、気を抜けば恐怖が首をもたげてくる。

「消耗しているからこそ、普段以上の力を出すということもある。油断はすまいぞ、光久」

「はっ」

山崎の北東半里で軍を停めた。不用意に攻め寄せれば、手痛い反撃を受けるのは目に見えている。ここは、腰を据えて戦に臨むべきだった。

淀川《よどがわ》を左手に、鶴翼《かくよく》の陣を布《し》く。中央には一秀の三千を置き、右翼に光久、左翼には三好家臣の加地《かじ》丹波守《たんばのかみ》にそれぞれ千五百をつけて配した。元長自身は一秀の後ろにつき、手元に一千の馬廻り衆を残している。

恐らく、長い対峙にはならない。本陣には陣幕も張らず、床几《しょうぎ》も用意しなかった。

「砦を焼いたか」

南西の方角から、煙が上がっていた。砦を残しておけば、守るための兵がいる。逃れる場所はないと兵たちに知らしめることで、背水の陣の効果も得られる。

やがて、敵の姿が見えてきた。陣を組んだまま、ゆっくりと前進してくる。魚鱗《ぎょりん》の陣。中央が突出して両翼を下げる、寡兵で兵力の上回る敵を相手にする時の定石である。丹波勢は、寝返った西岡衆を加えても五千五百程度。夜の闇《やみ》はきれいに払われ、冷え込みは厳しいが、晴れ渡った空が広がっている。

五町ほど先で、敵が止まった。

元長は軍配を手に、馬上から敵陣を眺めた。離れていても、敵兵一人一人が発する気が伝わってくる。こうして敵として向かい合うと、これまで干戈《かんか》を交えた高国や六角、朝倉といった軍とはまるで違うことが改めてわかった。牙《きば》を剝《む》いた獣《けもの》と睨み合っているような錯覚に陥りそうになる。味方の兵も肌で感じているのか、しわぶき一つ立てず、敵陣に見入っている。

「気を呑《の》まれるな。阿波侍の戦ぶりを、とくと見せてやろうではないか」

前衛から、一秀のしわがれた大音声《だいおんじょう》が響く。

「狙うは柳本賢治が首、ただ一つじゃ。あの賢治を討ち取った男となれば、京の女子《おなご》どもからも引く手数多ぞ！」

兵たちの間から笑い声が起こる。元長の緊張も、それでいくぶんかはほぐれた。

この戦を勝ち抜けば、一つ大きな山を越えられる。

軍配を振り上げ、正面の敵陣に向けた。

法螺の音が響いた。

柳本賢治は馬に跨《またが》り、前進をはじめた敵を睨んでいた。元長を野戦に引きずり出すことには成功した。ここから先は、奇策の入り込む余地はない。正面からぶつかり合い、どちらが上かを決するだけだ。

兵力は敵が上回る。加えて、こちらには行軍と砦攻めの疲れが残っているが、それが逆に兵たちを研ぎ澄まさせていた。

「やれ」

大薙刀を肩に担ぎ、左手を前にかざした。それに合わせて、押し太鼓が叩かれる。楯をかざしながら、味方も前進を開始する。

喚声が上がり、飛礫《つぶて》と矢の応酬がはじまった。先鋒の西岡衆が、ここで忠誠を示そうとばかりに激しく攻め立てる。

賢治は五百の馬廻りと共に、先鋒のすぐ後ろに控えていた。

互いの距離が詰まり、敵の弓隊が背後に回りはじめた。

「鏑矢《かぶらや》」

合図の鏑矢が放たれた。甲高い音を聞きながら、馬腹を蹴る。

馬廻りも、一斉に疾駆をはじめた。前方の味方が左右に割れる。その間を駆け抜け、敵陣に躍り込んだ。

驚愕《きょうがく》の表情を浮かべる敵の足軽を蹄にかけ、大薙刀を振るう。槍を握ったままの腕が宙を舞い、血飛沫《ちしぶき》が上がった。

三人を倒したところで、視界に一人の老将が映った。三好一秀が槍を手に、馬上からこちらを睨んでいる。

このまま突き進めば、首を獲れる。思ったと同時に、前を塞ぐ敵兵が後退をはじめた。

感じるものがあり、足で馬腹を締め上げて馬を止めた。賢治の突出を誘っている。すかさず反転を命じた時、右から敵の騎馬隊が突っ込んできた。

最初にぶつかった一騎を突き落とす。その後から、もう一騎が向かってきた。勢いを止めずに馳せ違う。両腕に軽い痺《しび》れが走る。振り返った。相手は、傷一つ負っていない。

馬首を巡らせると、相手は再び向かってきた。

「柳本賢治殿、覚悟！」

その顔には見覚えがある。鎌田光久。三好一秀と並ぶ、元長の片腕だ。

全身を熱いものが駆け巡り、再び馬腹を蹴った。馳せ違う刹那《せつな》、突きが来た。鋭い。首を捻《ひね》ってすんでのところでかわし、下から大薙刀を撥《は》ね上げる。首筋を捉《とら》えた。そう思ったが、飛んだのは兜だけだった。光久は落馬したが、頬《ほお》に傷をつけただけだ。

大将の落馬を見て、敵の騎馬隊に動揺が走る。その隙に、賢治は馬廻りを率いて後退した。

入れ替わるように、西岡衆の五百が突っ込んでいく。その後ろから、赤井忠家の隊が続く。賢治は味方の陣を迂回《うかい》して、最後尾についた。元より、一度の突撃で勝敗が決するとは思っていない。

血が熱くなるような興奮は、いまだ続いていた。反転するのがあと一歩遅ければ、敵の中に取り込まれていただろう。さすがに、あの朝倉宗滴と互角の戦をした男だった。想像以上に巧みな用兵をする。

こうでなければ面白くない。敵味方の上げる喚声を聞きながら、賢治は戦況に目を凝らした。

勢いは味方が上回っていた。中央では西岡衆と忠家が奮戦し、三好一秀を押し込んでいる。敵の両翼がこちらの側面を衝こうとするが、味方はそれによく耐えていた。

しばらく押し合いが続いた。攻めてはいるが、突き崩すまでには至らない。やがて、兵力の差が出てきた。敵の左翼が、少しずつ前に出てきている。

「皆の者、十分に休息はとったな？」

馬廻り衆に向かって言った。全員が戦意の漲《みなぎ》った顔つきで頷く。

「では、まいろうか」

雄叫《おたけ》びを上げ、馬を駆けさせた。敵左翼の側面に回り込み、先頭を切って斬り込む。たちまち、敵の陣形が乱れた。押されていた味方も、息を吹き返しはじめる。敵が敗走に移りかけたところで、新手が現れた。およそ一千。これまでの相手とは違う。馬の操り方一つ見ただけで精鋭と知れた。

「柳本賢治はあれにある。討ち取って手柄といたせ！」

その声に、思わず振り返った。覚えず頰が緩み、笑みが浮かぶ。

「三好元長殿、見参《げんざん》！」

大薙刀を振り上げ、馬腹を蹴った。馬廻り衆と共に一丸となって、正面からぶつかる。瞬く間に、敵味方の入り乱れる乱戦となった。さすがに手強い。一人一人が相当な手練れだった。士気は高く、これまで温存されていたために動きもいい。

だが、負けるはずがない。馬廻り衆は、何年にもわたって賢治自らの手で鍛え上げてきたのだ。群がる相手を薙《な》ぎ払いながら、元長目がけて馬を進める。立ちはだかる壁は厚く、容易なことでは崩せそうにない。

「押せや。ここが勝負の分かれ目ぞ！」

叫びながら、ひたすら前へ向かう。

どれほど薙刀を振るい続けたのか、全身に浅手を負っていた。敵兵の壁はかなり薄くなっていた。元長が歯噛みしているのが見える。待っていろ。すぐにその首を挙げてやる。

天下取りの戦は、俺が引き継いでやる。安心して、首を差し出すがいい。

あと十間（約十八メートル）ほどで元長に届くというところで、不意に味方の動きが鈍った。側にいた馬廻り衆が、声を張り上げる。

「殿、あれを！」

背後から、敵が迫っていた。およそ一千。鏃《やじり》のように一丸となって突き進んでくる。

「どこだ、どこから湧《わ》いて出た！」

思わず声を上げた。

「大樹じゃ。大樹が援軍を率いてきたぞ！」

誰かが叫び、賢治は敵の旗印を凝視した。二つ引き両。足利将軍家の紋である。

敵が突っ込んできた。味方に混乱が広がり、国人衆の軍勢から雑兵が逃げ出しはじめる。

馬廻り衆の一人が馬を寄せてきた。

「お味方は裏崩れを起こしております。ここはいったん、兵を退《ひ》くべきかと」

隊の後尾から兵が逃げ出す裏崩れは、一度起これば立て直すのは不可能と言われている。

賢治は、二つ引き両の旗を指して叫んだ。

「あの軍勢を攻める。義維の首を挙げれば、戦は終わりだ」

「なりません。大樹を討てば、我らの大義は」

「大義など、力さえあればどうとでもなる！」

「殿、ここは何卒《なにとぞ》、撤退を！」

いきなり、馬の向きを変えられた。数人が轡《くつわ》に取りついている。一人が馬の尻を叩いた。

周囲の二十騎ほどが、賢治を囲むように駆ける。

猛然と走り出した馬に揺られながら、振り返った。味方は総崩れとなっている。目を凝らしても、元長の姿はもう見えない。

どこへ向かっているのかもわからない。負けた。ただ、その思いがあるだけだった。

六

堺の六郎から使者が送られてきたのは、合戦の翌朝のことだった。

「何だと？」

山崎に置いた陣で使者の口上を聞き、元長は声を荒らげた。

「堺に帰還せよとは、いったいどういうことだ！」

昨日のうちに、賢治の居場所は特定できた。河内枚方《ひらかた》である。配下は四散し、残るのは三百程度。元長はすでに、河内討ち入りを下知していた。八上《やかみ》城を出陣し京を窺っていた波多野稙通も、弟の敗退を知って兵を退いている。

使者は、まだ若い六郎の近習である。元長の怒気に身を縮ませながら、続きを述べた。

「昨晩、枚方より和睦を乞《こ》う使者が堺へまいりました。お館様は、これを受け入れ、波多野一党を赦免いたすとの仰せにございます」

「あと一歩で、賢治の首を挙げられる。賢治さえ討てば、丹波衆は力を失う。何ゆえ、ここで兵を引かねばならんのだ」

「この敗北で、丹波衆には十分な痛手を与えた。これ以上の戦は無用との由にございます」

元長は口から出かかった怒声を押さえ込んだ。ここで使者を問い質したところでどうにもならない。このまま戦を強行しても、摂津衆や河内衆は元長の違命を責め立てるだろう。

歯噛みしつつ、元長は河内討ち入りの中止を命じた。

僅《わず》かな供廻りを連れて先行し、その日のうちに堺南庄へ入った。

すでに夜は更けていたが、構わず金蓮寺に乗り込む。

控えの間で待つように言った近習を押しのけ、元長は具足姿のまま六郎の居室へ向かった。

「六郎様」

六郎は若い女に酌をさせ、一人で酒を呑んでいた。この半年ほどで、酒を嗜《たしな》むようになっている。

「元長か。早かったな」

言ったが、盃《さかずき》を置こうともしない。

「下がってよい」

一礼し、女が退出していく。

「あの女子は。知らぬ顔ですが」

「たかが下女一人のことでも、そなたに報告せよと？」

「そうは申しておりません。されど、どこから間者が紛れ込むかもわかりませぬ。新たに女子を召抱えるのであれば、しかと身元を……」

「晴はそのような女子ではないわ！」

声を張り上げ、荒々しく盃を置く。

その名には聞き覚えがあった。確か、六郎が遠乗りに出るたび立ち寄っていた漁村の娘だ。

「用件はわかっておる。わしが和睦の求めに応じたことを問い質しにまいったのであろう。手柄を独り占めする機会を失ったが、それほど不満か？」

酒で濁った目を向け、低い声で言う。

「何を、仰せられます？」

「何ゆえ、単独で柳本の軍と開戦に及んだ。堺にはわしがおった。万に及ぶ軍勢も集まりつつあった。わしの出陣を待って挟撃の形を取ろうとは思わなかったのか?」

「それは」

六郎も、長く兵法を学んでいる。戦について、見る目はあった。

「わしの采配を信頼してはおらん。そういうことだろう」

言葉に詰まった。六郎とその指揮下の軍では、賢治に勝てない。そう考えたのは事実だった。

「そなたはいつもそうだ。わしを若輩と侮り、何もさせん。まことは、わしをただの飾り物にするつもりではないのか」

「誰がそのようなことを」

「皆、そう思うておる。公方府に集《つど》う武士だけではないぞ。この堺の商人や、百姓までがそう噂しておる」

吐き捨てるように言って、瓶子《へいじ》から直接酒を呷《あお》る。

おそらく、誰かが六郎の耳元で囁《ささや》いたのだろう。三好元長は、手柄を己一人で独占しようとしている。賢治を赦免すれば、元長の増長を抑えられる、と。心当たりはいくらでもある。自分を追い落とそうと狙っている者など、掃いて捨てるほどいるはずだ。

「此度の戦の総大将はわしだ。そのわしが、和睦と決めた。異議は許さぬ」

話はこれで終わりだというように、六郎は再び瓶子を摑んだ。

「承知いたしました。六郎様の、御意のままに」

一礼し顔を上げると、束の間目が合った。互いに言葉はない。抗い難い疲労を覚えながら、自邸に戻った。

北庄の海側にある海船《かいせん》浜に構えた自邸は、海船館《かいせんやかた》と呼ばれていた。元々は之長が建てたもので、それを改修して使っている。

「これは、殿」

妻の菊《きく》が、寝巻きの上に小袖《こそで》を羽織っただけの姿で出迎える。急なことだったので、帰るという使いを出すのも忘れていた。

「すまんな、急に戻って」

「何を仰せられます。ここは殿のお屋敷ではありませんか」

「それもそうか」

具足を外してようやく人心地つくと、酒を命じた。

酒肴《しゅこう》は、菊が自ら運んできた。

「子らは、どうしておる？」

「もう、床に就いております」

「そうか。近頃はろくに顔も見ておらんな」

妻子を堺へ呼んだのは、高国から京を奪還した後のことだった。だが、元長は京にいることが多く、顔を合わせる機会はほとんどない。

千熊丸は、歳に見合わないほどに落ち着いていて、学問にもこれはと思わせるところがあった。まだ器量を云々《うんぬん》する歳でもないとわかってはいても、我が子の成長を見れば思わず顔が綻《ほころ》ぶ。

盃を突き出すと、菊が酌をしながら言った。

「今年も、どうぞよろしゅうお願いいたします」

「そうか、今日は元日だったな。すっかり忘れていた」

そう答えると、菊は袖で口元を隠して笑った。

「殿は、働きすぎにございます。年が明けたのも忘れてしまうとは」

確かにそうかもしれない。この数日は、戦のことしか頭になかったのだ。盃を干すと、澱《おり》のように溜まった疲れが掻《か》き回されるような心地がした。

ふと、父長秀《ながひで》の顔が頭に浮かぶ。今の元長と同じように戦に追われ、たまに元長と顔を合わせても、ろくに言葉を交わそうとしなかった。

六郎が元長を見る目は、その父とよく似ていた。疑いや疎ましさ、嫌悪の色がありありと浮かんだ目。

元長は、長秀の胤《たね》ではない。祖父之長が、長秀の正室を手籠《てご》めにして生まれた子。そう、家中で囁かれていた。

おそらく事実なのだろう。母は元長が五歳の時に他界した。病死ということになっているが、母は懐刀で喉を突き、自ら命を絶ったのだ。罪の意識に苛《さいな》まれて自害したとも、長秀に死を命じられたとも言われている。

自分の父が長秀なのか、それとも之長なのか。母はなぜ命を絶ったのか。今となってはどうでもいいことだった。問題は、元長の出自のせいで、家中がまとまりきれないことにある。一族の神五郎を筆頭に、元長を追い落とそうと狙う者は少なくない。

もっと、力が欲しい。力さえあれば、出自がどうあれ人は従う。自分の力が増せば、公方府もその分大きくなる。全国の大名を従わせることができたその時、六郎に政の実権を譲ればいい。

「殿、いかがなさいました？」

気づくと、菊が覗き込んでいた。

「いや、何でもない。考え事をしておっただけだ」

「恐ろしいお顔をなさっておりました。まるで、之長様のように」

「顔を見たこともあるまいに」

苦笑しつつ、また盃を突き出した。菊は、自分と之長の因縁についても何も知らない。

「でも、話には聞いております。恐ろしい御方だったのでしょう？」

「ああ、まあな」

自分と之長は違う。注がれた酒を呷《あお》りながら、心中で呟いた。

三日後、柳本賢治と波多野稙通が堺に入った。

金蓮寺を訪れた二人は義維と六郎に目通りし、詫《わ》びを入れた。賢治が大和で横領した所領は持ち主に返還され、手打ちということになる。

全てを取り仕切ったのは、六郎だった。その下で神五郎、木沢長政、茨木長隆らが動いている。元長に含むところのある者たちが結託し、六郎を焚《た》きつけたということなのだろう。六郎の取り巻きたちはいつからか、御前衆《ごぜんしゅう》と呼ばれるようになっている。

いずれ、御前衆と丹波衆が手を組むのは目に見えていた。公方府は、元長派と反元長派に割れるだろう。あの時、六郎の命に背いても賢治を討っていれば、形勢はだいぶ変わっていた。そう思っても、全ては手遅れだった。

目通りの間、賢治は終始、元長へ刺すような視線を向けていた。

大晦日の戦では丹波衆に大きな打撃を与えたが、それはいずれ回復する。結局のところ、あの戦は全てが無意味だった。

「そなたには引き続き、京を治めてもらう」

賢治らが辞すると、義維の居室でそう申し渡された。

「ただ、丹波衆とは事を構えるな。何かあれば、あの者たちはそなたを追い落とそうと騒ぎ立てるであろうからな」

「承知いたしております」

「それにしても、六郎にも困ったものよ。もう童でもあるまいに、いいように踊らされおって」

苦々しげに言う義維の顔には、疲労が色濃く浮かんでいる。

一公方府が磐石となるまでは、全てを元長に委ねよ。そう申しても、聞く耳を持たぬ」

「あるいは、我らが六郎様を童扱いしすぎたのやもしれませぬ」

一人の武士として、周囲に認められたい。六郎のその思いに、神五郎たちがつけこんだ。

「それがしはしばらく、京の統治に専念いたします。大樹も、あまり六郎様を刺激なさいませぬよう」

「わかった」

当面、外に大きな脅威はない。公方府内部の権力闘争であっても、最後は武力が物を言う。今は、力を蓄えておくべきだった。

京に戻ると、元長は京の有力商人を次々と自邸に招き、交流に努めた。武力を支えるのは、何より銭である。京の商人には法華門徒が多い。三好家が代々法華宗の大檀那《おおだんな》であることは、商人たちと親交を深めるのに大いに役立った。

同時に、剣衆《つるぎしゅう》に命じて高国の動向を探らせた。

高国は今、伊勢《いせ》の北畠晴具《きたばたけはるとも》の下に身を寄せていた。しきりに上洛《じょうらく》を促しているが、色よい返事は得られていないという。

動きがあったのは、一月も終わりに近づいた頃のことだった。

六郎は、大和に勢力を張る赤沢幸純《あかざわゆきずみ》が高国に通じ謀反を企てたとして、その討伐を命じた。赤沢家は、歴代の細川京兆家当主に仕えてきた重臣の家柄である。主家の分裂後は、常に反高国の側に立ち、之長や六郎を支えてきた。それがなぜ今になって高国に通じたのかは定かではない。

討伐軍の大将に任命されたのは、丹波に逼塞していた賢治である。

賢治は直ちに三千の兵を率い、再度大和へ侵攻した。京を通る賢治の軍を、元長は配下を抑えながら見送った。

「不可解ですな」

賢治が京を出ると、一秀が呟いた。

「赤沢殿に、高国に寝返る理由があるとは思えませぬ。しかも、ろくな詮議《せんぎ》も行わずいきなり討伐とは、どうにも納得がいきません」

「幸純は、六郎様の取り巻き連中とは折り合いが悪い。あの者たちにはどうにも目障りなのだろう。幸純を討ち、その所領を賢治に与えれば、丹波衆もかつての力を取り戻す。一石二鳥だ」

「では、謀反は事実無根と?」

「謀反の証拠など、いくらでも作り上げることができる。あるいは、幸純は今の公方府に失望し、まことに謀反を企んだのやもしれん。どちらにしろ、真相などわかりはせぬ」

「何とも、気の滅入《めい》る話じゃ」

辟易したように、一秀は嘆息した。

それから半月と経たずして、戦の帰趨《きすう》は決した。柳本軍三千と赤沢軍四千は奈良近郊でぶつかり、赤沢軍は大敗、自ら出陣していた幸純は自刃して果てたという。幸純の所領は恩賞として賢治に与えられた。

四月に入ったある日、元長は居室に久一郎を呼んだ。

「すまんが、大和へ行ってくれ。筒井、越智らと協力し、赤沢の旧領を攪乱《かくらん》するのだ」

賢治はすでに凱旋《がいせん》し、丹波へと戻っていた。

「やり方は？」

「任せる。野伏せりの仕業に見せかけて村々を襲うもよし。一揆を煽るもよし。ただし、どこの手の者かは絶対に知られるな」

「承知いたしました。しかし、戦が終わったばかりだというのに、大和の民も難儀ですな」

答えず、元長は手を振って久一郎を下がらせた。

丹波衆を潰し、六郎の取り巻きを一掃しない限り、公方府が一つにまとまることはできない。天下を平定して乱世を終わらせるには、民の犠牲はやむを得ない。

ほどなくして、工作は成果を上げはじめた。数箇所の村が襲われ、数名の代官が密殺された。民は、自分たちの安全を保障する代価として年貢を納める。村を守ることのできない代官には、民は従わない。旧赤沢領では、賢治に対する不満が高まっている。その不満はいずれ、一揆や逃散《ちょうさん》という形で噴出するだろう。

その間にも元長は、自派の勢力拡大に努めていた。かつて高国に属し、先年公方府に降った摂津の伊丹元扶を味方に引き入れた。他にも、畿内の大小の国人を自派に組み込んだ。

六郎に接近する木沢長政を快く思わない畠山義堯も、元長派と言っていい。

しかし、どれだけ自派を拡大し、力を蓄えたところで軽々に動くわけにはいかない。堺は反元長派に押さえられている。間違って戦にでもなれば、そのまま公方府の瓦解《がかい》にも繋がりかねなかった。

何か、状況を打開する策を考えなければならない。戦以外の方法で、反元長派を叩き潰す策。数日の間、元長は居室に籠り、思案し続けた。

八月、目通りを求める使者を義維と六郎に送ると、元長は堺へ馬を飛ばした。

この夏には京一帯に大風が吹き荒れ、稲が壊滅的な打撃を受けた。昨年の旱魃《かんばつ》に続き、民百姓は困窮を極めている。京から堺への道中でも、荒れ果てた村を多く目にした。

堺へ入ると、その足で金蓮寺を訪った。案内された広間には、神五郎や木沢長政、茨木長隆ら御前衆の姿もある。型通りの挨拶《あいさつ》を終え、元長は切り出す。

「一連の公方府内部の諍いは、全てそれがしに責任がございます。ゆえに、山城守護代の任を返上いたし、阿波に蟄居《ちっきょ》いたす所存」

一座がざわついた。

「待て、元長。蟄居など、余は許さぬぞ」

義維は顔色を変えている。

「そなたがおらねば、公方府は立ち行くまい。高国はいまだ上洛を諦めてはおらぬ。高国が再挙いたせば、誰が迎え撃つ」

元長は小さく首を振った。

「それがしがおらずとも、公方府の武は丹波衆が、政は茨木殿や木沢殿がおられます。六郎様もご立派に成長なされ、管領としてお立ちになられております」

六郎は何も言わず、じっと元長を見つめていた。神五郎や木沢らも、窺うような視線を向けている。その全てを受け流し、頭を下げた。

「それがしは六郎様を大事と思うあまり、戦場にもお連れせず、政務も自らの手で執り行ってまいりました。六郎様のためを思えばこそなれど、結果として数々の非礼を働いたことには変わりありませぬ。蟄居では許さぬと仰せられればこの元長、この場にて腹を切って果てる所存にございます」

額を床に擦りつけると、広間に沈黙が降りた。周囲からの視線が全身に突き刺さるが、元長は微動だにせず、頭を下げ続ける。

「腹を切るには及ばぬ」

六郎の声に、面《おもて》を上げた。

「公方府は、管領たるこのわしが支える。そなたは阿波に戻り、赦《ゆる》しを待つがよい」

「ははっ」

再び平伏すると、衣擦《きぬず》れの音を残して六郎は退出していった。

集まった面々が散会すると、元長は義維の居室を訪った。

「どうしても、阿波へ戻るつもりか」

「何か考えがあるのだろう。申せ。他言はせぬ」

「はい」

「元より、大樹にはお伝えいたす所存でした」

練り上げた策を語る間、義維は無言のまま瞑目《めいもく》していた。

「きわどい策にはございますが、丹波衆と御前衆を潰し、公方府を一つにまとめるには、他に手立てはございませぬ」

「だが、まことにそれでよいのか」

意味するところはすぐに理解できた。手が汚れる。それでも構わないのかと、義維は訊ねていた。

「汚れることを厭《いと》うていては、志を遂げることはできませぬ」

かつて抱いた夢は、もっと澄んだ清らかなものだった。それが汚れて見えるようになったのは、その分だけ近づいたということだ。

「そなたがそれでよいのであれば、私はもう何も言わぬ。だが、あの時三人で立てた誓いだけは忘れまい」

「承知」

帰り際、渡り廊で木沢長政と行き会った。

「これは三好殿。もうお帰りにございますか」

腰は低く、一見しても商家の冴《さ》えない番頭程度にしか思えない。それでも、畠山家筆頭まで上りつめた男だ。油断はできなかった。

「蟄居にあたり、すませておかねばならぬ仕事も多くありますゆえ」

「ご安心召されませ。微力ながら、貴殿がおらぬ間は我らが大樹と六郎様をお支えいたしまする。六郎様と貴殿は、実の兄弟のように育ったと聞いておりますゆえ、いずれは勘気も解けましょう」

柔和な笑みを浮かべながら言う。無論、その目の奥は笑ってはいない。元長が衷心《ちゅうしん》から蟄居を願い出たなどとは、到底考えていないはずだ。他の御前衆も同じだろう。

「お許しが出るかどうかはわかりませぬが、大樹と六郎様を、よろしくお頼み申し上げまする」

頭を下げ、別れた。

憎悪や敵愾心《てきがいしん》を包み隠し、腹の底を探り合う。戦場での駆け引きとはまた違う権力闘争の面白みを、元長は感じはじめている。

第三章　亡者の宴

一

刀を握ったままの腕が、宙を舞った。

目の前の男は鮮血をまき散らしながら倒れ、悲鳴を上げながらのたうち回る。なおもとどめを刺しにいった久一郎《きゅういちろう》を、「それまで！」という声が制した。

刀を納め、濡《ぬ》れ縁《えん》で見守る一同に軽く頭を下げると、久一郎は踵《きびす》を返した。庭の隅に敷かれた筵《むしろ》の上に腰を下ろし、次の立ち合いを待つ。

仕官を求めて柳本《やなぎもと》家の門を叩《たた》いた者は四人。二組に分かれて真剣で立ち合いをし、勝者同士でさらに立ち合う。仕官がかなうのは、最後に残った者一人だけだった。

柳本家では月に一度、この試し仕合を行っていた。もっとも、真剣を用いるということを知った者の多くは仕官願いを取り下げるので、実際に行われるのは三月に一度といったところらしい。

次の組の仕合がはじまった。一人は丸太のような腕をした巨漢で、久一郎よりも頭一つ分は大きそうだ。もう一人は中背の痩《や》せた男で、どことなく陰鬱《いんうつ》な雰囲気を醸《かも》している。

「はじめ！」

声がかかり、双方が抜刀する。

勝つのは痩身《そうしん》の男の方だろうと、久一郎は思った。巨漢の力任せの斬撃《ざんげき》を、後ずさりながらも軽く受け流している。刀が刃毀れしないよう、角度をつけて受ける余裕まであった。

その顔には、暗い笑みが浮かんでいる。

苛立《いらだ》った巨漢が、大きく踏み込んだ。体ごと押し込んで勝負をつけるつもりだろう。次の刹那《せつな》、庭に悲鳴がこだました。地面に転がった巨漢の右脚。脛《すね》のあたりから下が無くなっている。

「それまで！」

声がかかり、巨漢は数人がかりで庭から運び出された。

濡れ縁には数人の武士が並び、試し仕合を見つめている。その中央に座す大柄な男が、柳本賢治《かたはる》だった。脇息《きょうそく》に肘《ひじ》を預け、片手には盃《さかずき》。満足げな笑み。目の前で行われる殺し合いを、心の底から愉《たの》しんでいるらしい。

その隣に、まだあどけなさの残る若者の姿がある。十二歳になる賢治の嫡男《ちゃくなん》、甚次郎《じんじろう》だ。父とは違い、凄惨《せいさん》な光景に顔を青褪《あおざ》めさせていた。

あんな男の息子に生まれたばかりに、気の毒なことだ。軽い憐《あわ》れみを感じながら久一郎は立ち上がり、庭の中央に進み出た。

正面に立つ男の顔には、相変わらず陰惨な笑みが張りついている。仕官先を求めて戦場を往来するうちに、人を斬《き》ることが愉しくて仕方なくなった口だろう。いくさ人の成れの果てといったところか。

はじめの声に抜刀し、向き合う。距離は二間（約三・六メートル）。互いに正眼《せいがん》に構える。

ここで、忍びの技を出すわけにはいかない。

男が、構えを八双《はっそう》に変えた。その瞬間、わずかに隙《すき》が生じる。誘い。久一郎はあえて踏み込んだ。それに合わせ、上から斬撃がくる。柄を握る指を狙《ねら》い、刀を振り上げた。男はとっさに刀を止めたが、左の小指と薬指が飛ぶ。

男は怯《ひる》むことなく、片手で突きを放ってきた。かろうじてかわしたが、首筋に鋭い痛みが走る。浅い。そのままさらに踏み込んだところで、腹に衝撃がきた。鳩尾《みぞおち》に男のひざがめり込み、一瞬息ができなくなる。体をくの字に曲げた久一郎に向け、男が刀を振り上げた。

久一郎は全力で地面を蹴《け》った。渾身《こんしん》の頭突きが顎《あご》に入り、男がたたらを踏む。そのまま体ごとぶつかった。

男の刀が地面に落ち、音を立てた。久一郎の刀は、男の腹を貫いていた。流れる血が両手を濡《ぬ》らしていく。男はなおも、両手で首を絞めにくる。久一郎は脇差《わきざし》を抜き、切っ先を喉元《のどもと》に突き入れた。

首にかかった手から力が抜け、男は糸の切れた傀儡《くぐつ》のように崩れ落ちた。

息を整え、脇差と刀を引き抜いた。男の着物で血を拭《ぬぐ》い、鞘《さや》に納める。濡れ縁に向かって一礼すると、賢治から声がかかった。

「よくやった。近《ちこ》う」

「はっ──

縁の手前に片膝をつく。賢治の隣では、甚次郎が表情を強張らせている。

今になって、首筋の傷が痛みを訴えている。懐紙《かいし》を取り出し、傷口を押さえた。

「土屋左馬助《つちやさまのすけ》と申したな。若さに似ず、なかなかの胆力よ。気に入ったぞ。息子にも、そなたの半分ほどでも豪胆さがあればよいのだが」

甚次郎が恥じ入るように俯《うつむ》く。人の死を目の当たりにするのは初めてなのか、必死に吐き気を堪《こら》えているようにも見えた。

「世に腕の立つ者は多いが、あれほど冷静に人を殺せる者はそうはおらん。よほど多くの人間を殺《あや》めてきたのであろう？」

それには答えず、無言で頭を下げた。

身元を疑われることはなかった。柳本家に出入りする京の油商人、橘屋《たちばなや》からの推挙である。その商人は無論、裏で元長《もとなが》と繫《つな》がっていた。

元長が阿波《あわ》へ退去したのは、一昨日の八月十日である。久一郎が密命を受けたのは、そのさらに一月ほど前のことだった。

柳本家に潜り込み、賢治に近づけ。命じられたのはそれだけで、最終的な目的はまだ知らされていない。

土屋左馬助、二十一歳。甲斐《かい》の土豪土屋氏の一族だが、二年前に主家を退転、以後諸国を流浪して幾多の合戦に参加、手柄を立てる。そして半年前、京で牢人《ろうにん》に絡まれている橘屋を助けたことがきっかけでその食客《しょっかく》となり、今回の推挙を受けるに至った。それが、久一郎に与えられた経歴である。

「感状は読んだ。その若さで、よくもあれだけの手柄を挙げられたものよ」

「運が、ようございました」

「あれほどの手柄を立てておきながら、何ゆえ一つの家に落ち着こうとせぬ？」

「それがしは、武辺一辺倒にて」

その答えに満足したのか、賢治は大きく頷《うなず》いた。

本物の土屋左馬助は今、無縁仏として京の墓の下にいた。半年前、京で押し込み強盗を働き、捕り方に斬られて死んだのだ。腕は立つが処世が下手《へた》なのか、仕官には至らなかったのだろう。

合戦での手柄を賞する感状は、全《すべ》て本物だった。死んだ土屋左馬助が、後生大事に懐《ふところ》に抱え込んでいたのだ。左馬助が加わった合戦は全て東国で、柳本家にその顔を知る者がいる可能性は皆無に近い。甲州訛《なま》りも習得した。偽者だと見破られることはまずないだろう。

「今は、何かと人手がいる。そなたを我が家臣の一員として迎えよう。俺の下では、弁舌も処世の術も必要ない。求められるのは、戦に勝つための力と運のみ。せいぜい励め」

言うや、賢治は瓶子《へいじ》と盃を摑《つか》み、裸足《はだし》のまま庭に降りてきた。久一郎の目の前にしゃがみ、盃を突き出す。

「呑《の》め。面白い立ち合いを見せてもらった褒美だ」

受け取り、なみなみと注《つ》がれた酒を干す。

「俺の配下となれば、嫌というほど戦ができる。いくらでも、強い相手に出会えるぞ」

笑みを浮かべながら、真《ま》っ直《す》ぐ久一郎を見つめる。牙《きば》を剝《む》く獣《けもの》に見据《みす》えられたように、全身が強張った。

「最初の相手を斬った時、そなたの顔に表情はなかった。まるで、据え物でも斬るようにな。だが、二人目は違った。そなたの目は、嬉《うれ》しそうに笑っておったぞ」

「それがしは……」

「言わずともよい。そなたは戦いに憑《つ》かれておる。強い相手、心から敬える相手の命を奪う時、喜びを感じるのだ。違うか？」

返答に窮していると、賢治はさらに顔を近づけてきた。

「よくわかるぞ。俺も、そなたと同じだからな」

戦《いくさ》に出る機会はすぐに訪れた。試し仕合の翌日、賢治は伊丹《いたみ》城攻めを下知《げじ》したのである。

伊丹城主伊丹元扶《もとすけ》は公方府《くぼうふ》に臣従して以来、元長派に属していた。だが、元長の蟄居《ちっきょ》で自身の立場に不安を感じ、俄《にわ》かに高国《たかくに》に通じ謀反《むほん》を企んだのだという。

おそらく、謀反というのは反元長派によるでっち上げだろう。この機に元長派の力を殺《そ》いでおこうという魂胆が見え透いている。伊丹家は摂津《せっつ》でも一、二を争う有力な家で、当主元扶も名うての戦上手として知られていた。

「今のところ、伊丹攻めを阻止する手立てはなさそうだな」

薬の行商人に扮《ふん》した藤太《とうた》が、声を低めて言った。

神尾山城《かんのおさん》の城下に与えられた、小さな屋敷である。藤太は元長との連絡のため、月に一度ほどここを訪れることになっていた。久一郎と同い年の藤太は、武芸には劣るが健脚で、変装にも長《た》けている。そのため、連絡役を務めることが多かった。

与えられた屋敷には久一郎の他に、還暦を過ぎた小者《こもの》と下女が一人ずついるだけだ。二人とも耳が遠く、会話が漏れる心配はない。

表向きは蟄居した元長だが、裏では盛んに動いていた。阿波守護家の細川持隆《ほそかわもちたか》は元長の直接の主君で、妨害される恐れはない。畿内《きない》には多くの間者《かんじゃ》が放たれ、それぞれの任に就いている。その中でも、久一郎の任は特に重要だった。

藤太は商人らしい人懐こい笑顔のまま、元長の言葉を伝える。

「お前はこの戦で手柄を立て、賢治の信頼を得ておけ。それなりの地位にまで上りつめないと、賢治の隙を衝《つ》けないからな」

「元長様は、味方が討たれるのをみすみす見逃すおつもりか」

「仕方ないだろう。下手に助けようと動けば、賢治はそれを口実に阿波に兵を向けるかもしれんのだ」

「だったら、もしも戦場で伊丹元扶に出会ったら、討ち取って手柄にしてもいいんだな?」

「そういうことだ。それでお前が賢治に近づくことができれば、元扶の死にも意味があるってもんだ」

「それは、元長様のお考えか？」

「そうだ」

久一郎は小さく息を吐いた。今の元長に、かつての甘さはない。最後に会った時、元長は謀略を愉しんでいるようにさえ見えた。賢治が戦を追い求めるように、元長も権力闘争そのものに魅力を感じはじめているのかもしれない。

「くれぐれも、正体を見破られるようなへまはするなよ。まあ、お前のことだ、その心配はないだろうが」

そう言って、藤太は腰を上げた。仕草まで、すっかり商人になりきっている。

八月十六日、柳本軍三千は丹波《たんば》を出陣し、その日のうちに摂津伊丹に達した。敵はおよそ一千。城に籠《こも》り、守りを固めている。

直《ただ》ちに略奪がはじまった。城の周辺の民家に押し入り、食糧や金目の物を奪い取る。奪う物がなくなると、城攻めの邪魔にならないよう火がかけられた。すでに逃げ散ったのか、民の姿はなく、家財もほとんどが持ち出されている。収穫の少なさに文句を垂れる兵たちの姿は、野伏《のぶ》せりと大差なかった。

賢治は城を遠巻きに囲み、持久戦の構えを取った。平地に築かれてはいるが、伊丹城は規模も大きく、畿内でも有数の堅城である。周辺の国人や地侍《じざむらい》の参陣を待ち、じっくりと攻めるつもりだろう。久一郎は、拙速を好む将と賢治を見ていたが、意外な慎重さも持ち合わせているらしい。

敵が奇襲を仕掛けてきたのは、その夜のことだった。

月明かりの下、方々で鉦《かね》が打ち鳴らされ、剣戟《けんげき》の音が響く。火もかけられていた。賢治も、城を囲んだその日に襲ってくるとは思っていなかったのだろう。敵は、本陣までかなり肉薄している。

「皆の者、うろたえるな。しかと本陣を守れ！」

久一郎が配された隊の組頭《くみがしら》が叱咤《しった》する。

隊は百名だが、陣を組む猶予もなかった。敵の先鋒《せんぽう》はすでに目の前に達していて、たちまち敵味方入り乱れての乱戦になる。久一郎も慣れない手槍《てやり》を振るい、向かってくる敵兵を一人、二人と突き伏せた。

「者ども、押せや。ここを抜けば、本陣はすぐそこぞ！」

大将らしい武者が、味方の兵を薙《な》ぎ倒しながら叫んでいる。久一郎は、その武者の前に進み出た。

「名のある御方とお見受けいたす。いざ」

「若造が。この伊丹五郎兵衛《ごろうひょうえ》に槍をつけようなど、十年早いわ！」

伊丹家の武を支える勇将だった。手柄とするにはうってつけの相手だ。

「柳本家家臣土屋左馬助、まいる」

腰を落とし、槍を構える。五郎兵衛も不敵な笑みを浮かべ、構えを取った。

古めかしい一騎討ちの形になった。固着する前に、久一郎は前に踏み出す。放った突きは、あっさりと打ち払われた。構わず、二度、三度と突きかけながら強引に前に出る。四度目の突きを弾《はじ》き返されると同時に槍を手放し、抜き打ちを見舞う。首筋に刃が吸い込まれる。そう見えた刹那、脇腹に衝撃。槍の柄で、したたかに打たれた。間髪入れず繰り出された刺突を、横に転がってかわす。

転がりながら、豆粒ほどの小石を拾い、口に含む。敵は仕掛けてはこない。久一郎が立ち上がるまで、待つつもりのようだ。手応《てごた》えのある相手に巡り合えたことが嬉しいのか、五郎兵衛の表情には悦楽の色が浮かんでいる。

侍という生き物は、どいつもこいつも病んでいる。内心で吐き捨てた。俺は、この連中とは違う。

相手を見据えながらゆっくりと立ち上がり、再び地面を蹴った。目の前に迫った穂先を、首を捻《ひね》って避ける。緒が切れ、兜《かぶと》が飛んだ。次の瞬間、久一郎は小石を吹き出した。五郎兵衛が短い呻《うめ》き声を上げ、右目を閉じる。

その機を逃さず、懐に飛び込む。五郎兵衛が槍を捨てて脇差を抜いた時、久一郎は喉元に刀を押し当てていた。峰に左手を沿え、刃を押し込む。熱い血が激しく噴き出し、顔を濡らした。頭の芯《しん》が痺《しび》れるような感覚。意味を成さない叫びを上げながら、そのまま押し倒して馬乗りになった。

「伊丹五郎兵衛殿が御首級《みしるし》、土屋左馬助が討ち取った！」

切り離した首を掲げて叫ぶと同時に、周囲から歓声が上がった。

それからほどなくして味方は態勢を立て直し、敵は夜が明ける前に撃退された。味方が得た首級は五十余。その内の三つを、久一郎が挙げた。

「伊丹五郎兵衛との一騎討ち、見ておったぞ。そなたはやはり、争いの中でしか生きられん男よ」

首実検《くびじっけん》の場で、賢治から声をかけられた。その目には、同胞を見るような親しみが込められている。

「今後、我が馬廻《うままわ》りとして俺の側《そば》に近侍《きんじ》せよ」

左右に居並ぶ家臣たちがざわついた。異例の出世である。

「はは。ありがたき幸せ」

自分は柳本家家臣、土屋左馬助だ。己に言い聞かせ、表情を変えず言った。一礼し、本陣を出る。

日はすでに高いが、周囲ではまだ死体の処理が続いていた。捕虜や戦利品を買い取るため、多くの商人たちもどこからともなく集まっている。

不意に、幼い頃の記憶が蘇《よみがえ》ってきた。

いきなり村に襲いかかり、父と母を殺した侍たちの顔。裸に剝かれ、股《また》から血を流したまま動かない村の女たち。毎日のように一緒に遊んだ友たちの亡骸《なきがら》。必死に抵抗した久一郎は槍の柄で殴りつけられて気を失った。気づくと縛り上げられ、人買い商人のところにいた。自分の値がいくらだったのか、久一郎は知らない。

そして今、久一郎はあれほど憎んでいた侍として生きている。だが不思議と、居心地は悪くなかった。

二

三好《みよし》元長が失脚したという報《しら》せを、浦上村宗《うらがみむらむね》は居城である備前三石《びぜんみついし》城の書院で聞いた。

上方には絶えず間者《かんじゃ》を放ち、情勢を探らせている。堺《さかい》公方府の内訌《ないこう》も、ほぼ予想通りと言えた。阿波衆のみならず、畿内国人《きないこくじん》や丹波衆までもが連合して作り上げた政権は、最初から内紛の芽を抱えていたのだ。

享禄《きょうろく》二（一五二九）年九月。庭の木々は、紅《あか》く色づきはじめていた。

昨年の八月に大永《だいえい》の年号は廃され、享禄と改められている。だが堺公方府では、朝廷から改元の相談に預からなかったことを不服として、今も大永年号を使い続けているという。

「それにしても、愚かな連中だ」

報告を聞き終え、村宗は呟《つぶや》いた。

細川六郎《ろくろう》と、その取り巻きたちのことである。元長の権勢が強まるのを避けるために丹波衆を赦免したのだろうが、それが自分たちの首を絞める結果に繋がると理解していない。

「さて、三好元長がどう動くか、見ものにございますな」

言ったのは、共に報告を聞いていた宇喜多能家《うきたよしいえ》だった。浦上家の重臣で、今年不惑を迎えた村宗とは歳《とし》も近い。智勇兼備の名将として近隣諸国にその名を轟《とどろ》かせる、村宗の片腕とも言える男だ。

「蟄居は自ら願い出たというが、力はいまだ失ってはおるまい」

「じっと身を潜めて機会を待つか、あるいは何か策があるのか」

「いずれにせよ、まだまだ甘い。新たな幕府などと志を掲げたところで、所詮《しょせん》は童《わらべ》の遊びにすぎぬわ」

畿内を制し、高国の反抗を凌《しの》いだところまではよかった。だが村宗に言わせれば、まだまだ非情さが足りない。機を見るに敏な畿内の国人は、政権に取り込んで融和を目指すよりも、力で有無を言わさず屈服させるべきだ。

「どれほど高尚な志を掲げたところで、天下など取れはせぬ。人を従わせるには、力を見せつけ、しかる後に利を食らわせるしかない。そのことを理解しておらぬがゆえに、失脚などという憂き目に遭う」

「では、殿ならばいかがなさいますかな」

「高国あたりの仕業に見せかけ、六郎を暗殺する。六郎がいなければ、取り巻きどもは力を失う。後釜《あとがま》には、阿波の持隆あたりを据えればよかろう。もっとも、それができないのがあの男の弱さなのだろうが」

元長と六郎、足利義維《あしかがよしつな》の三人は、阿波で実の兄弟のように育ったという。だが、血の繋がった相手でさえいつ牙を剝いてくるかわからない時世なのだ。情に縛られるような男が生き残れるほど、この乱世は甘くない。

「殿。細川様の一行が備中《びっちゅう》に入られたとの由《よし》にございます」

廊下から、近習《きんじゅ》の声がした。

「そうか。ならば、明日にもここへ到着しよう。歓待の支度を整えておけ」

伊賀《いが》の仁木《にっき》家は頼るに足りずと判断した高国は、越前《えちぜん》から海路出雲《いずも》に渡り、山陰に覇を唱える尼子《あまご》家に上洛《じょうらく》のための協力を要請した。だが、尼子家は対立する大内《おおうち》家との戦に忙殺され、上方に出兵する余裕などない。

そこへ、村宗は手をさしのべた。担ぐにはいささか古びた神輿《みこし》だが、幕府管領《かんれい》という地位に変わりはない。必要がなくなれば捨てればいいだけのことだ。

「いよいよ、時が来ましたな」

「ああ。我が浦上家の旗を、再び都《みやこ》に打ち立てる時ぞ」

家督《かとく》を継いで十余年。泥田の中で転げ回るような戦を続けてきた。

浦上家は元々、赤松《あかまつ》家の有力家臣として代々備前守護代を務めてきた。応仁《おうにん》の乱では、主に代わって洛中で赤松軍を指揮し、京都所司代に任じられたことさえある。

だが、村宗が家督を継ぐと、先代の赤松義村《よしむら》は浦上家の力を削《そ》ごうと目論《もくろ》んだ。村宗は敢然と叛旗《はんき》を翻し、数年に及ぶ苦しい戦の末に義村を降伏へ追い込んだ。それが永正十八（一五二一）年。今から八年前のことだ。

今では義村の子、政村《まさむら》を擁立して傀儡《かいらい》とし、実権を完全に掌握している。村宗の力は備前のみならず、備中、美作《みまさか》両国と播磨《はりま》の一部にも及んでいた。

だが、この程度で満足するつもりなど微塵《みじん》もない。この数年はさらなる版図《はんと》の拡大を狙い、東播磨の諸豪族と抗争を続けていた。全ては上洛し、天下に号令するためである。

翌九月十六日、村宗は家臣一同を引き連れ、三石城に着到した高国を出迎えた。

「お初にお目にかかりまする。備前守護代、浦上掃部助《かもんのすけ》村宗にございます」

「うむ。出迎え、苦労。幕府管領、細川右京大夫《うきょうのだいぶ》高国である」

わずか十数人の、旅に疲れた一団である。それでも高国は、管領の威厳を保とうと見え透いた虚勢を張っていた。

風呂《ふろ》で旅の垢《あか》を落とし、衣服も改めた高国を広間に迎えた。

赤松政村にも列席させた。ただの操り人形とはいえ、名目上は主君である。

そのあたりの事情は、高国も承知している。上座から掛けられる言葉はことごとく、村宗に向けられていた。

「逆賊足利義維、並びに細川六郎追討のため兵を出すというそこもとらの心がけ、殊勝である。大樹《たいじゅ》もさぞやお喜びになるであろう」

高国の言う大樹とは、近江朽木谷《おうみくつきだに》に逃れたままの、足利義晴《よしはる》のことだ。

長く流寓《りゅうぐう》を続けていたわりに、高国は太り肉《じし》だった。己の権勢に胡坐《あぐら》をかいていた頃の暮らしが捨てられないのだろう。頬《ほお》にも腹にも、余分な肉がたっぷりとついている。

高国は、もう四十六歳になるはずだ。長く魑魅魍魎《ちみもうりょう》の跋扈《ばっこ》する都で頂点に立ち続けた男にしては、ぎらついたものは感じない。むしろ柔和と言ってもいい顔立ちだが、その目の奥には油断のならない光を湛《たた》えている。

「逆賊を滅ぼした暁《あかつき》には、大樹より其《そ》の方《ほう》らにも恩賞の沙汰《さた》があろう。しかと励むがよい」

村宗が頭を下げると、隣の政村も慌ててそれに倣《なら》った。今年で十七になるが、常に村宗に怯え、周囲の顔色を窺《うかが》っている。

「備前の片田舎にはございますが、心ばかりの酒肴《しゅこう》をご用意いたしました。今宵は旅の疲れを癒《いや》していただきとう存じます」

手を打つと、広間に酒肴が運び込まれた。それを運ぶのは全員、細身の若い娘である。間者に調べさせた、高国の趣味に合う女たちだ。

高国の目が束《つか》の間《ま》好色さを帯びるのを、村宗は見逃さなかった。

三石城に腰を落ち着けた高国は、村宗に何の断りもなく軍勢催促の書状を諸国に送りはじめた。

高国の行動を、村宗は細大漏らさず把握している。側近の一人に銭を摑ませて抱き込み、情報を流させていた。

高国は、自分が近々上洛すること、浦上家の協力を取りつけたことを全国の諸大名に報《しら》せ、あわよくばさらなる味方を集めようとしていた。このままでは、上洛戦が成功したとしても、村宗の功績が大きすぎる。味方が増えれば増えるほど、手柄は分散されるのだ。共に上洛を目指してはいるが、自分と高国の間に、信頼など芽生える余地はない。

しばらくは、好きにさせるつもりだった。諸大名の反応も、いずれ見えてくるだろう。村宗は新たに伊賀者《いがもの》を雇い、さらに上方の情報を収集した。念のため、阿波へも間者を放った。情報は多ければ多いにこしたことがないというのが、これまでの経験で村宗が得た教訓だった。

元長が失脚した直後から、柳本賢治は摂津伊丹城を攻めていた。包囲が長引いてはいるが、落城は免れないだろう。

元長を欠く堺公方府の武は、丹波衆の柳本賢治が一人で担っている。上洛の際にぶつかるのは、間違いなくこの男だろう。戦ぶりから経歴、嗜好《しこう》、持病の有無にいたるまで徹底的に探らせている。何が有益な情報となるかは、実際にぶつかるまでわかりはしないのだ。

調べた限りでは、謀略とは縁の無さそうな男だった。戦しか能の無い猪武者《いのししむしゃ》が時流に乗り、周囲に押し上げられたにすぎない。

夕餉《ゆうげ》を終えると、村宗は書院に籠って絵図《えず》を広げた。中国から四国、京までが描かれた絵図には、各地の城や主立った湊《みなと》、それらを結ぶ街道などが詳細に記されている。

京に上るにはまず、播磨を制する必要がある。高国を押し立てて大軍で攻め入れば、ほとんどの国人はこちらに靡《なび》くと村宗は見ていた。これまで長く対立してきた東播磨の別所《べっしょ》、小寺《こでら》の両家はあくまでも抵抗するだろうが、さしたる脅威ではない。

「問題は、軍費だな」

絵図を睨《にら》みながら、独りごちた。独り言は、三十も半ばを過ぎた頃から、策を考える時の癖になっている。

高国を使って集めさせるか。兵を出すのは消極的な諸侯も、銭ならばいくらかは出すはずだ。抱き込んだ側近を使って、高国を動かせばいい。

「殿」

廊下から、近習《きんじゅ》の中村助三郎《なかむらすけさぶろう》が声をかけてきた。

「入れ」

中村家は、古くから赤松家に仕えてきた家柄だが、助三郎の父の代からは実質的に浦上家の配下に入っている。

「珍しい相手から、使いがまいりました」

まだ二十三歳という若さだが、村宗はその才智を高く買い、幼い頃から側近《そば》くに置いてきた。才だけでなく、姿を目にしただけで城内の下女どもが頬を染めるほどの美男でもある。

「ほう。広間には通せぬ相手か」

「御意」

「よかろう。呼ぶがいい」

言うと、助三郎は立ち上がって庭に面した板戸を開け放った。ひとりの小柄な男が、庭に片膝をついて控えている。男は人足に扮してはいるが、放つ気配はまるで違った。

「身分卑しき身にて、ここから失礼いたしまする」

「忍びか」

「は。三好筑前守《ちくぜんのかみ》元長配下、源六《げんろく》と申す者にございまする」

三好家が忍びの一団を抱えているという話は、村宗も聞いていた。なかなかの手練《てだ》れ揃《ぞろ》いだという。

「して、堺公方府の立役者であられる三好殿が、それがしのような田舎侍にいかなる御用かな？」

「浦上様に、主《あるじ》から進物がございまする」

「ほう。その箱か」

男が、傍らに置いた木箱の蓋《ふた》を開く。中には、銀の粒がぎっしりと詰まっていた。

「永楽銭《えいらくせん》にして、一千貫文ございまする。無論、これはお近づきの証《あかし》にて、浦上様が上洛に打って出た暁には、矢銭《やせん》としてさらに二千貫文を献上いたしたいと、主は申しております」

「つまりは公方府を捨て、我らに寝返ると？」

迂闊《うかつ》に信じられる話ではない。だが、三好の名を騙《かた》って村宗に銭を送り、得をする者などいない。

「して、三好殿は何を望む？」

「二つございます。一つは、柳本賢治が首」

「そんなところだろうな。いま一つは？」

「足利義晴公の後継に、義維公を据えていただきたいと」

「ふむ。細川六郎殿の処遇に関しては、何か仰せられておったか？」

「浦上様の御意のままに、との由にございまする」

「なるほどな」

元長と義維は、六郎を見限ったということだろう。公方府内部で不毛な勢力争いを続けるより、六郎を切り捨てて反元長派も一掃する。賢明な判断ではある。

村宗は腕を組んだ。義晴には、まだ男子がない。たとえ京を奪回しても、跡継ぎがなければ幕府は磐石《ばんじゃく》とは言い難い。だが義維を後継とすることは、高国が肯《がえ》んじないだろう。

「されど、たったの三千貫でその二つを得ようとは、ちと虫がよすぎはせぬかな」

「無論、我らは銭を出すだけではありません。主元長の働きどころは、浦上様が柳本賢治を討った後にございます」

「申せ」

「賢治亡き後、六郎の手元に浦上様に対抗できる者はいなくなりまする。六郎とその取り巻きである御前衆は体面を捨て、元長に助けを求めてまいりましょう。あわよくば、浦上様と元長の共倒れということもございますゆえ」

「そして、援兵を率いて堺に入った三好殿が、兵を挙げる」

「ご賢察、恐れ入りまする」

兵を挙げた元長は、義維の身柄を確保し、反元長派を一網打尽にする。堺公方府は瞬く間に瓦解《がかい》し、村宗は易々《やすやす》と京へ入ることができる。よくできた策だった。源六が言うには、賢治を討つ策もすでに用意しているという。確かに、そちらも、上手《うま》くいけば一兵も損じることなく賢治を討てる、優れた策だった。

「よかろう。その話、乗ったと三好殿にお伝えせよ」

「ははっ」

全てを信じたわけではない。ここまで六郎に尽くしてきた元長が、いとも容易《たやす》く掌《てのひら》を返す。それが、どうしても腑《ふ》に落ちない。何か、裏があるはずだ。

だが、それならそれで構わない。遅かれ早かれ、元長とは敵対することになるはずだ。これほどの謀《はかりごと》を巡らす男を生かしておくほど、村宗は寛大ではない。

気づくと、源六の姿は消えていた。念のため木箱を調べさせたが、中身は全て本物だった。

「天下は広いな、助三郎」

「はい」

「わしは、三好元長という男を見誤っていたらしい。久方ぶりに、歯応えのある相手に巡り会ったぞ」

謀略に生きてきたという自負が、村宗には強くある。庶流に生まれながら家督を継ぐことかてきたのも、主家を凌く力を手に入れたのも、全て自分の謀があったからだ。

相手を意のままに動かし、陥れ、奪い尽くす。全てが思い通りに運んだ時に感じる快感は、言葉では言い表せない。元長との駆け引きは、きっと自分を満足させてくれるだろう。若い頃のように血が騒ぐのを、村宗は感じていた。

「助三郎。酒を運ばせよ」

「これは、珍しゅうございますな」

普段、村宗はほとんど酒を呑まない。だがこの血の昂《たか》ぶりは、酒で鎮めるしかなさそうだった。

「酒肴は二人分だ。そなたも付き合え」

「では、ただ今お持ちいたしまする」

立ち上がろうとする助三郎の肩を抱き、その口を吸った。

三人いる妻は政略、あるいは子を産ませるための道具でしかない。乱世に生きる武人が身を任せるのは、己《おの》が才を認め合った相手以外にはない。

しばしの間、互いに舌を絡ませると、唇を離し耳元で囁《ささや》いた。

「今宵《こよい》は、そなたに伽《とぎ》を命じる」

含羞《がんしゅう》の色を滲《にじ》ませながら、助三郎が答える。

「御意のままに」

三

播磨に、戦雲が漂っていた。備前の浦上村宗と結んだ東播磨の国人、依藤太郎左衛門《よりふじたろうざえもん》が近隣へ盛んに兵を出しているのだ。

ようやく動いたかと、柳本賢治は思った。細川高国が備前に流れ着いたのが昨年の九月。あれからもう、半年が経《た》っている。依藤が活発に動いているのは、高国の上洛へ向けた地ならしだろう。

この半年余りで、公方府《くぼうふ》内の勢力図は大きく塗り替えられた。元長は三好一秀《かずひで》ら直臣団《じきしん》を引き連れて阿波へ去り、残る阿波衆は三好神五郎《じんごろう》の麾下《きか》に組み込まれている。政務は引き続き茨木長隆《いばらきながたか》が受け持ち、畠山《はたけやま》家の被官にすぎない木沢長政《きざわながまさ》も六郎に重用されていた。長政はすでに主家を凌ぐ権勢を誇り、主の畠山義堯《よしたか》は所領の河内《かわち》に逼塞《ひっそく》している。

賢治は、元長に代わって公方府の軍事を一任されていた。それでも、全てが思う通りになるわけではない。高国討伐のため、幾度となく備前遠征を具申したが、全て撥《は》ねつけられた。

「戦《いくさ》には銭がかかる。今の公方府に、その余裕はござらん」

茨木長隆などはそう言っていたが、所詮は文官だった。戦というものがまるでわかっていない。勝てず、浦上の領地が手に入る。村宗の軍が堺に迫ってきてから慌てても手遅れなのだ。

「別所就治《なりはる》殿がお見えになられました」

「わかった。すぐにまいる」

近習の声に、賢治は腰を上げた。

京、三条に構えた居館である。元長の蟄居以来、京は丹波衆の支配下にあった。

「柳本弾正忠《だんじょうのちゅう》賢治にござる」

「別所大蔵大輔《おおくらのたいふ》就治にございます」

年の頃は三十前後といったところだが、就治の顔には疲労の色が滲んでいる。

東播磨に所領を持つ別所家は代々赤松家に仕えていたが、主家の衰退に伴って独立し、浦上家と抗争を繰り返してきた。村宗が上洛戦を開始すれば、真っ先に矢面《やおもて》に立つことになる。

「播磨への出兵要請ということだが、それほど切迫しておられるのか」

「はい。村宗の支援を受けた依藤家は兵糧も矢銭も潤沢にて、恥ずかしながら我らは終始《ひっじょう》押されております。ここで村宗の本軍が動けば、播磨全土が敵の手に落ちること、必定か
と」

「よかろう。堺へは、それがしの方から申しておこう。貴殿は早々に立ち帰り、我が軍を迎える仕度をなさるがよい」

会見はそれで終わりだった。細かいことは赤井忠家《あかいただいえ》と詰めるように言って、賢治は席を

立った。

翌朝、馬を飛ばして堺へ向かった。

公方府の中心は、すでに金蓮寺《こんれんじ》から六郎の私邸に移っている。金蓮寺の義維が公方府の決定に関与することはない。全ては六郎と御前衆が決め、義維は単なる飾りとして祭り上げられているにすぎなかった。

「播磨への出兵と簡単に申されるが、それがどれほどの大事か、柳本殿は承知しておられるのか」

六郎邸の広間で言ったのは、茨木長隆だった。評定《ひょうじょう》には他にも三好神五郎、木沢長政ら御前衆の他、六郎の側近や細川家臣ら十名ほどが連なっている。

「無論、承知してござる。ここで手を拱《こまね》いていては播磨全土が村宗の手に落ち、公方府は瞬く間に瓦解するであろうということも」

「だが、播磨に兵を出せば、そのまま決戦ということにもなりかねん。それにはまだ準備が整っておるとは言い難い」

派手な色遣いの素襖《すおう》をまとった三好神五郎が、目を細めて言う。元長の一家臣にすぎなかった身が、今では六郎の直臣《じきしん》に取り立てられていた。方々から付け届けがあるのだろう、暮らしぶりは贅《ぜい》を凝らしたものだという。

「準備とは？」

「山陰の尼子、あるいは周防《すおう》の大内に使者を送り、敵の背後を牽制《けんせい》する。あるいは浦上配下の国人を内応させる。そういった対策もせず、いきなり戦場で雌雄を決するはいかがなものか。算多きは勝つと、『孫子《そんし》』にもある」

神五郎は賢治よりも七つ下の二十二歳だが、口の利き方に遠慮はなかった。賢《さか》しらに『孫子』など持ち出すあたりが鼻につく。はじめて会ったのは桂川原《かつらがわら》の合戦でだったが、その頃から才気走ったところがあった。用兵の手腕はそれなりに持っているが、どこか好きになれない男である。

舌打ちしたい思いを何とか抑え、答えた。

「策を弄《ろう》するは結構なことにござる。されど、助けを求める窮鳥《きゅうちょう》を見捨てては公方府、ひいては大樹の面目まで失われよう。神五郎殿が戦を恐れるは勝手だが、そのために大樹のご威光を損なうわけにはいき申さぬ」

大樹の威光などどうでもいい。ただ、戦がしたいだけだった。だが、ここではそんな理屈は通じない。本音を包み隠し、詭弁《きべん》を弄《ろう》さなければ、何一つ進みはしないのだ。

「それがしが、戦を恐れる腰抜けと申されるか」

「腰抜けとは申しておらん。ただ、策を弄する相手は敵方だけにしていただきたいものよ。恐怖のあまり、後ろから矢を射かけられたのでは、勝てる戦も勝てはせぬ」

神五郎の端整な顔に朱が差した。この男は寝返りかねない。そう言い放ったも同然である。

「柳本殿。戯言《ざれごと》もほどほどになされよ。それがしは、お館様と大樹のためを思えばこそ

「……」

「よろしいではござらぬか。柳本殿も、悪意があって仰せられたのではあるまい」

いきり立つ神五郎を、木沢長政が宥《なだ》めた。

「確かに、播磨が敵の手に落ちれば、いくら策を弄したところで焼け石に水。ここは柳本殿にご出馬いただくがよいかと存ずるが、いかがかな」

相変わらず柔和な微笑を湛え、穏やかな声音で言う。身なりも神五郎と対照的な地味さで、河内で随一の権勢を持つ男にはまるで見えない。

長政は今、河内高屋《たかや》城を新たな守護所とした主君の畠山義堯とは別に、河内と大和《やまと》の国境に位置する飯盛《いいもり》山に壮大な城を築いているという。畠山家臣の大半は、今や義堯ではなく長政の顔色を窺っているらしい。この男がなぜここまで出世しているのか、賢治には不可解だった。

それからしばらく、出兵賛成派と反対派が意見を戦わせた。

上段の間に座す六郎は、ほとんど言葉を発しなかった。どこか醒《さ》めた目で宙を見つめ、議論に耳を傾けている様子もない。妾《めかけ》にした身分の低い女に溺《おぼ》れているという噂《うわさ》もあるが、興味はなかった。賢治の戦の邪魔にならなければ、それでいい。

意見が出尽くしたところで、ようやく六郎が口を開いた。

「柳本賢治。そなたに播磨出陣を命じる。依藤一族を誅滅《ちゅうめつ》し、播磨を安泰ならしめよ」

「御意。高国並びに浦上村宗が出馬いたせし時は、いかがいたしましょうや」

「構わん。そなたが決戦の機と見たならば、ためらうことなく戦うがよい。ただし」

どこか荒《すさ》んだ双眸《そうぼう》が、賢治に向けられた。

「高国は殺すな。生け捕りにして、堺へ連れてまいれ。高国が首は、わしが自ら刎《は》ねる」

「承知いたしました」

出陣は、軍配者《ぐんばいしや》の卜占《ぼくせん》で五月十五日と決した。率いるのは、賢治直属の軍を中心に畿内国人の軍勢を加えた七千。播磨に入れば、一万は優に超えるだろう。総大将は賢治で、兄稙通《たねみち》は八上《やかみ》城にとどまる。

「とうとう、ここまで来ましたな」

出陣の朝、赤井忠家が感慨深げに言った。

「感傷に浸るのはまだ早いぞ。高国との決戦に勝たねば、何もはじまらん」

「稙通様も、今頃は賢治殿の戦勝を祈願しておりましょう。是が非でも、この戦は勝たねばなりませんな」

元長との合戦以来、兄が表に出てくることはほとんどなかった。戦は賢治に任せ、八上城で領国経営に専念しているという格好である。

まだ、兄が表に出る時期ではない。つまらない政争に巻き込まれて、いらぬ傷を負うのは避けなければならない。

高国を討ち、外の脅威を取り除いた後、賢治は堺で兵を挙げるつもりだった。御前衆はまとめて討ち果たし、六郎から実権を奪う。あくまで抵抗するようならば、殺せばいい。

細川の血を引く者など、他にいくらでもいるのだ。

全ての地ならしを終えたところで兄は表に立ち、丹波衆で公方府の実権を完全に握る。それが、賢治と稙通、赤井忠家の三人で立てた計画だった。

天下に野心があるわけではない。賢治にとって、戦はこの上ない遊戯《ゆうぎ》だった。兄の下でなら、心置きなく遊戯に没頭することができる。

「ここで立ち止まるわけにはいかん。あの男に、まだ借りを返してはおらんからな」

賢治が兵を挙げれば、元長は必ず起《た》つ。前回は意表を衝かれて敗北を喫したが、次こそ不覚は取らない。

今のところ、自分を心から愉しませてくれる相手はあの男だけだ。元長と再び戦場で相《あい》見《まみ》える日を、賢治は心待ちにしていた。

京を出陣すると、依藤一族に圧力をかけるように、時をかけて進軍した。摂津を過ぎて播磨に入った頃には、別所や小寺といった反浦上の国人らも参陣し、兵力は一万三千に達している。

依藤領に入ると、本拠の豊地《といち》まで砦《とりで》や小城を落としながら進んだ。豊地城から敵の本隊が出てくることはなかった。城の守りを固め、村宗の出馬を待つつもりなのだろう。

賢治も、村宗の動きだけを見ていた。依藤家の討伐だけでこの戦を終わらせるつもりなどない。村宗と高国を決戦の場に引きずり出し、二人とも首を獲《と》る。高国は、兄香西元盛《こうざいもともり》の仇でもあった。

行軍路にある村々を略奪させ、田の稲も刈り取った。城に逃げ込む民が増えれば、それだけ敵の兵糧が尽きるのも早まる。

豊地城は、東、西、北を川に守られ、南側も高い土塁と堀を巡らせた要害だった。城兵は千五百と、一介の国人にしては多い。やはり、村宗からかなりの支援を受けていたのだろう。賢治は城を遠巻きに囲ませ、自身は豊地から南南西へ六町（約六百六十メートル）の屋口《やぐち》城に入った。丘陵《きゅうりょう》の上に築かれた城で、眺望が効く。

「あとは、村宗を待つばかりですな」

諸勢の配置を終えたと報告に来た忠家が言った。

包囲を続ければ、必ず村宗は後詰に来る。そう、賢治は確信していた。豊地城が落ちれば、村宗に与《くみ》する西播磨の国人衆も挙《こぞ》ってこちらに靡く。それを、村宗が見過ごすはずない。

権謀術数《けんぼうじゅつすう》に長《た》けた男だというが、野戦の場では謀略など通用しない。そのことを思い知った時には、村宗の首は胴から離れているだろう。

それから一月余り、時折思い出したように小競《こぜ》り合《あ》いが起こるだけで、戦況に変化はなかった。

「村宗は、なぜ動かん」

尋問した捕虜によると、城内の兵糧は残り少なくなっている。にもかかわらず、村宗に動きはない。忠家の雇った甲賀者《こうがもの》を備前に放ったが、いまだ陣触れさえ出されていないという。三百ほどの隊を備前国境まで出して何度か刈り働きをさせたが、反応はない。

「村宗は慎重な男にございます。ここは焦らず、じっくりと腰を据えるべきかと」

苛立つ賢治に、別所就治が言った。依藤家を滅亡寸前まで追い込んだことで、表情にも余裕が生まれている。

「そろそろ、兵たちも倦《う》みはじめております。いかがでしょう、この本陣で猿楽《さるがく》など催してみては」

「猿楽だと?」

「我が領内に、女猿楽の一座が逗留《とうりゅう》しております。それがしも何度か観《み》たことがありますが、なかなかに良き芸をなす者たちにございますぞ。集まった諸将や兵たちの慰み程度にはなるかと」

それから就治は、身振り手振りを交えてその一座の面白さを熱心に説いた。元来は闊達《かったつ》で人好きのする人物なのだろう。芸事には疎いが、話を聞くうちにささくれ立っていた気分は治まっていた。

「わかった。兵を愉しませるのも将の務め。その一座をお呼びいただこう」

言うと、就治は喜色を満面に浮かべた。よほど、芸事に目がないらしい。

「では、早速使いを立て、一座を呼び寄せましょう」

翌六月二十九日、猿楽の一座がそれぞれの楽器や衣装の入った荷を背負い、屋口城へやってきた。女猿楽といっても、囃子方や狂言は男で、二十名ほどの一座のうち、女子は数名である。

賢治は、本丸館の庭で一座を引見した。

「こたびはお招きにあずかり、まことに恐悦至極にございまする」

座頭は腰の曲がりかけた老人で、一座の中心となるシテは、夕霧《ゆうぎり》と名乗る若い女だ。やや小柄だが端整な顔立ちで、切れ長の目が印象的だった。まだ二十歳前後という年頃だが、芸人とは思えないほど表情に乏しく、言葉も少ない。

まるで人形だなと、賢治は思った。シテの無愛想を補うように、座頭が満面の笑みで招いてもらった礼を述べ、追従《ついしょう》を並べ立てている。才のある芸人というのは気難しい者が多いのだろう。そう納得して、賢治は興行を許可した。

舞台は、城の馬場に設《しつら》えさせた。主立った諸将が集まり、兵の一部にも観ることを許した。酒が振舞われ、戦陣とは思えない和やかな雰囲気の中、演目がはじまる。

無論、警戒は緩めていない。猿楽など見ていても眠くなるだけだという忠家に、本陣の周囲を固めさせていた。

賢治は小具足姿で濡れ縁に腰を下ろし、盃を片手に舞台を眺めた。すでに日は落ち、篝《かがり》火《び》に照らされた舞台では、狂言役者が滑稽《こっけい》な振りと節回しで唄《うた》い踊る。馬場の両脇に設えられた桟敷《さじき》席から、何度も笑いと喝采《かっさい》が起こった。

「いよいよ、夕霧の出番ですぞ。ささ、もう一献《いっこん》」

隣に座る就治が、上気した顔で言いながら酌をする。苦笑しつつ、賢治は盃を干した。

夕霧が舞台に上がる。立烏帽子《たてえぼし》に白の小袖《こそで》、真紅の袴《はかま》。手には扇を持ち、女猿楽の例に漏れず、面はつけていない。しっかりと化粧を施し、はっとするほどの色香を漂わせている。

これがあの愛想のない女子なのかと思わず疑いたくなるくらい、唄も踊りの振りも見事なものだった。雅《みやび》も幽玄《ゆうげん》もわかりはしないが、次第に舞台へ引き込まれていくのを感じる。唄と踊りに魅せられたせいか、いつもより酒の回りが早い気がする。夕霧の澄んだ唄声が頭の中に響き渡り、賢治は心地よさに身を委《ゆだ》ねた。

夕霧が腰を落とし、優雅な所作でゆっくりと回る。こちらに背中を向けた時、その手が懐に差し入れられたように見えた。違和感を覚え眉《まゆ》をひそめた刹那、夕霧が再びこちらを向いた。その手には、扇の代わりに何か、短く細い筒のような物が握られている。その筒は、夕霧の口元に当てられていた。

視線がぶつかる。殺気。感じると同時に、賢治は身を捻った。直後、右肩に鋭い痛みが走る。吹き矢。咄嗟《とっさ》に動かなければ死んでいた。

刺《し》客《かく》だ、斬れ。叫ぼうとした瞬間、大木が折れるような不快な音が響いた。

「お、おい、崩れるぞ！」

「逃げろ！」

両脇の桟敷席。歪《いびつ》に傾き、人が転げ落ちる。やがて、大音響とともに柱が折れ、激しい混乱が巻き起こった。兵たちの呼び交わす声、無数の足音、下敷きになった者たちの上げる悲鳴。警固に当たっていた近習たちが、賢治のもとに集まってくる。

時の流れが狂ったかのように、全てがゆっくりと動いていた。酔っているのか、それとも、悪い夢の中にでもいるのか。気づくと、就治の姿が消えていた。いや、それだけではない。舞台から人が消えている。そしてその周囲で、なぜか斬り合いがはじまっていた。

そうか、俺は戦場にいるのか。立ち上がり、腰に手をやった。太刀《たち》はない。脇差に手を伸ばす。だが、右腕が痺れ、他人の物のように言うことを利かない。

具足に身を固めた小柄な武者が駆け寄ってきた。

「殿、ご無事にございましたか」

聞き覚えのある声。土屋左馬助だった。

「何が起きた」

「あの一座は、何者かの放った刺客にござった。おそらく、別所就治殿の手引きによるものかと」

だとすると、最初から罠《わな》だったということか。出兵の要請を受けた時点で、自分は負けていた。思わず、笑いが込み上げてくる。

「そうか。我ながら見事に騙《だま》されたものよ」

「とにかく、殿はこちらへ。そなたたちは、ここで敵を防ぐのだ」

近習たちに下知すると、左馬助は賢治を建物の奥へと案内する。

痺れは全身に回りつつある。足取りは重く、歩くのも覚束《おぼつか》ない。馬場から離れるにつれ、喧騒《けんそう》が遠ざかっていった。暗い廊下の途中で、左馬助が立ち止まる。

「ここまで来れば、よろしゅうございましょう」

不意に、殺気が肌を打った。振り向いた左馬助の手に、抜き身の脇差が握られている。

「どこの手の者だ？」

「三好筑前守元長が配下にて」

不思議と、怒りは湧《わ》いてこなかった。ただ、虚《むな》しさに似た思いがあるだけだ。結局、自分の遊戯に付き合ってくれる相手は、どこにもいなかった。

自嘲《じちょう》の笑みを漏らし、目の前に立つ男を見つめた。無造作に脇差をぶら下げているように見えるが、どこにも隙はない。体さえ動けば、さぞかし愉しめただろう。

「忍びにしておくにはもったいないな」

「あなたとあと数年早く出会っていれば、別の道もあったやもしれません。だが、考えたところで意味などない」

左馬助がこれほど言葉を発するのをはじめて聞いた。いや、この男はもう、左馬助ではない。

「まことの名を、聞いておこうか。柳本賢治ともあろう者が、名も知らぬ相手に討たれるわけにはいかん」

「久一郎、と申します」

名乗ると、久一郎は床を蹴った。ぶつかる。脇差が胴を貫き、一瞬、目に映る全てが歪《ゆが》んだ。久一郎の兜に、まだかろうじて動く左手を伸ばす。押し上げ、久一郎の目を見据えた。隠し切れない喜悦の色。

「……いいぞ、その目だ」

口の端を持ち上げて笑った次の刹那、目の前を光がよぎり、それきり何も見えなくなった。

四

細川六郎は、続々ともたらされる報告を為す術《すべ》もなく聞いていた。

暗殺された柳本賢治の軍は、その夜のうちに依藤勢の襲撃を受けて敗走、瓦解した。乱戦の中で賢治の腹心、赤井忠家も討たれたという。

それを待っていたかのように兵を起こした浦上村宗は、一月足らずで播磨全土を制圧し、八月には摂津へ侵攻を開始した。

六郎は京兆家《けいちょう》被官の薬師寺《やくしじ》国盛《くにもり》に一軍を預けて西摂津に派遣し、防戦に当たらせたものの、戦況は芳《かんば》しくない。九月二十一日には富松《とまつ》城が陥落。十一月には尼崎《あまがさき》の大物《だいもつ》城に籠った国盛も降伏、開城した。伊丹城、池田《いけだ》城はかろうじて踏みとどまっているものの、敵の重囲を受け連絡すら覚束ない。木沢長政に守備を任せた京の近郊にも高国方の軍勢が出没し、小競り合いが続いていた。

年が明けても、浦上軍の攻勢が止《や》むことはなかった。堺の町に正月らしい華々《はなばな》しさはなく、荷をまとめて町を離れる者も出はじめている。

「これほど脆《もろ》いとはな」

私邸で開いた軍議の席で、六郎は自嘲混じりに呟いた。

「賢治一人が討たれただけでこのざまか。堺の目と鼻の先まで攻め入られ、朽木《くつき》の義晴まで勢いづき、京を窺っておる。村宗、高国、義晴。どれか一つでもいい、首を挙げてみせる自信のある者はおらんのか」

一同を見回す。誰もが顔を伏せ、六郎の目を見ようともしない。嘆息しつつ、吐き捨てた。

「そなたたちにできるのは所詮、他人の足を引っ張ることのみか。戦が目の前まで迫れば、これほど腰が引けるとはな」

降伏した薬師寺国盛は赦《ゆる》され、矛を堺へと向けている。誰が裏切ってもおかしくはない。そこまで、味方は追い詰められていた。

いや、公方府は最初から、結束や信頼などとは無縁だった。妬《ねた》みや嫉《そね》み、権勢欲が渦巻き、陰湿な足の引っ張り合いが横行していた。他ならぬ自分も、妬みから元長を遠ざけたのだ。一度の負けで崩れはじめるのも、むべなるかなと思える。

元長が去り、望み通り実権を手に入れても、残ったのは虚しさばかりだった。誰も、自分に忠誠心など抱いていない。強い幕府を打ち立て、新しい世を築く。そんな理想になど、誰も興味を示さない。あるのは、果てしなく続く陰湿な権力争いだけだ。

新しい世など、所詮は夢物語にしか過ぎなかった。ならばいっそのこと、派手に終わらせるのも悪くはない。

「もうよい。貴殿らは堺に残るなり領地に逃げ帰るなり、好きにいたせ。わしは残る全ての兵を掻《か》き集め、打って出る」

「お館《やかた》様、お待ちください」

三好神五郎が口を開いた。

「柳本殿を失ったことで、兵どもの士気は落ちております。今、総力を集めて決戦を挑んでも、勢いに乗った敵に勝利を得ること、かないますまい」

「ならばいかがせよと申す。このまま堺で震えておれと言うのではあるまいな」

「ここはいったん堺を捨て、大樹を擁して阿波へ退《ひ》くべきかと。時を置けば、高国と村宗は必ずや仲違《なかたが》いいたしましょう。大軍をいつまでも京に留めておくこともできません。必ずや、復仇《ふっきゅう》の機は訪れるものと存じまする」

「待たれよ。貴殿は我ら畿内の者を見捨てよと申されるか」

叫んだのは、和泉《いずみ》に所領を持つ国人である。

「見捨てるのではない。時を待つと申しておる」

「同じではないか。我らのみで浦上の大軍に抗し得るはずがござるまい」

「ならば我ら全員、ここで枕《まくら》を並べて討死いたすしかあるまい」

神五郎は言うが、他の畿内国人衆も口々に反対を述べた。神五郎をはじめとする阿波に所領を持つ者は撤退を主張し、茨木長隆ら畿内国人はあくまで堺に踏みとどまることを望む。議論は紛糾《ふんきゅう》し、収拾がつかなくなっていた。

六郎に、堺を捨てるつもりはなかった。阿波には元長がいる。今さら元長に縋《すが》るようなことは、矜持《きょうじ》が許さない。

堺は捨てぬ。そう明言しようとした時、いきなり甲高《かんだか》い声が響いた。

「一同、静まられよ」

見ると、縁に義維の小姓《こしょう》の姿があった。

「大樹のお成りである」

その声に続いて、義維が姿を現した。元長の蟄居以来、義維が評定《ひょうじょう》に顔を出すことは絶えて久しい。六郎が平伏すると、諸将もそれに倣《なら》った。

「皆の者、面を上げよ」

六郎が開けた上段の間に腰を下ろし、一同を見回す。

「ずいぶんと揉《も》めておるな。まあ無理もない。我らはすでに、滅亡の淵《ふち》に立っておるゆえな」

微笑さえ浮かべる義維に、六郎は鋭い視線を向けた。

──して、大樹は何をしにいらしたので？」

「そう恐い顔をいたすな。何も、皆の慌てふためく姿を眺めに来たわけではない。一つ、決めたことがあってな。それを伝えに来た」

「それは」

「三好筑前守元長を召還し、高国討伐を命じる」

諸将の反応は様々だった。然《しか》りと頷く者もいれば、神五郎のように苦虫を嚙《か》み潰《つぶ》すような表情を浮かべる者もいる。

いずれは、誰かが言い出すと思っていた。賢治亡き後、村宗に対抗できる者は元長しかいない。阿波には元長の家臣団に加え、阿波国主細川持隆の軍も無傷で残っているのだ。

それでも、六郎は元長を呼び戻すつもりはなかった。

「皆の者、すまぬが席を外してくれ。六郎と二人で話がしたい」

誰もいなくなった広間で、義維と向き合う。こうして話すのがいつ以来なのか、思い出せないほどだった。

「大樹、元長は蟄居の身にござる。それをいきなり高国討伐の大将に任ずれば、反発も大きゅうございましょう。元長の風下に立つくらいなら、高国に降《くだ》った方がましだという者も現れかねません」

「そのような者は、寝返らせればよいではないか。そなたもわかっておろう。今ここに集まる者たちの誰一人として、信など置けぬ。頼むべきは、元長一人しかおらぬと」

おもむろに、義維は腰の脇差を鞘ごと抜いた。

「忘れたわけではあるまい。かつて、我らはこの脇差で金打《きんちょう》し、誓い合った。心を一つとし、誰一人欠けることなく天下を平定する、と」

「されど……」

「いつまでつまらん体面にこだわるつもりだ、六郎。我らは元長を兄とも慕うてきたではないか。窮地にあって兄に助けを求めるのに、何を躊躇《ためら》う必要がある」

唇を嚙み、六郎はうつむいた。

公方府の実権を握って最初に感じたのは、想像を絶する重圧だった。ばらばらな諸侯をまとめ、民を安寧に導く。一つ舵取《かじと》りを誤っただけで、全てが崩れかねない。

その重圧から六郎を守っていた元長を、自分は遠ざけ、蟄居にまで追いやった。その結果、公方府は滅亡の危機に瀕《ひん》している。

「元長は、来てくれるでしょうか」

思わず呟く。その途端、胸の奥底で凝り固まっていた何かが、ほんの少しだけ解きほぐされたような心地がした。

「信じるのだ。我らの兄は、弟の窮地を見過ごすような男ではない」

五

軍勢は、二万を超えていた。

摂津伊丹城を囲む浦上村宗の本陣には、毎日のように国人や地侍の参陣の報せが届いている。遠からず、味方は二万五千にも達するだろう。

七月に備前を出陣し、今はもう二月だった。これほどの長陣も、二万を超える大軍を指揮するのもはじめてのことだったが、気負いはなかった。京に入れば、さらなる大軍を率いることになるのだ。

柳本賢治の暗殺は、予想以上に上手く運んだ。ほとんど兵を動かすこともなく、丹波衆を瓦解させることに成功したのだ。丹波衆のいない公方府など、恐れるに足りない。播磨全土は村宗の手に落ち、摂津も残すところ伊丹、池田の二城のみである。

賢治を播磨へと誘い出す。三好元長の立てた策は、そこからはじまっていた。そのために、元長は別所就治の信頼する側近を抱き込み、就治を意のままに動かした。

出陣すれば、賢治は村宗との決戦を望み、必ず長陣に持ち込む。そこで再び就治を使い、猿楽の一座を本陣に送り込んだ。一座は三好配下の、剣衆《つるぎしゅう》と呼ばれる忍びの一団だ。直接手を下した忍びは、決行の一年近く前から柳本家に潜入していたという。利用するだけ利用された就治は、城を捨てて行方《ゆくえ》をくらましていた。

全ては、元長の目論見どおりに運んでいる。要《かなめ》を失った丹波衆は力を失い、六郎は元長を赦免した上で高国討伐の大将に任じた。

「ここからあの男がどう動くか、見ものにございますな」

本陣に呼んだ宇喜多能家が、髭《ひげ》を撫《な》でながら言った。今回の謀略について全てを知る、数少ない家臣である。

「このまま素直に内応してくるとは思えませぬが」

「そなたもそう思うか」

二月二十一日に直属の軍勢と共に堺へ入った元長は、五日が過ぎても動きを見せていない。連絡のために時折姿を見せていた源六も、もう一月以上現れていなかった。

こちらに通じたのはおそらく、公方府に復帰するための方便だろう。賢治亡き後、頼みは元長しかいない。復帰した途端こちらに矛を向けてくることも、十分に考えられる。

村宗は、正面の伊丹城に目をやった。

「そろそろ、城内の兵糧も尽きておろう。明日にでも総攻めを下知するか」

「伊丹が落ちれば、池田も降りましょう。して、その後は？」

「元長の真意を確かめる。まことに寝返ってくるのであれば、それでよし。矛を向けてくるとしても、摂津、播磨の兵をぶつければ、こちらの腹は痛まぬ」

「御意。その折には是非、それがしを先鋒に」

能家も、元長という男に興味を抱いているようだった。戦を好む男ではないが、手合わせしてみたいと思わせる何かを、元長は持っているのだろう。

翌朝、総攻めをはじめて半刻《はんとき》（約一時間）も経たないうちに、敵は開城を申し出てきた。

それから数日を経ずして池田城も陥落、摂津の大半が村宗の制するところとなった。

「これより時を置かず、堺へ押し出しまする」

落城間もない池田城で開かれた軍議の場で、村宗は宣言した。

「ついに、憎き六郎の首を拝めるのだな」

興奮しきった面持ちで、高国が言った。太り肉には苦しいのか、戦陣にあってもほとんど具足をつけていない。移動はもっぱら輿《こし》で、将兵の物笑いの種になっているが、本人は気にする素振りもなかった。

浮かれる高国に構わず、村宗は主君赤松政村に目を向けた。

痩せた体に、具足がまるで似合っていない。いまだ城内に漂う血の匂《にお》いに当てられたのか、顔はわずかに青褪めていた。国許《くにもと》に残しておかしな動きをされるよりはと出馬を仰いだが、やはり杞憂《きゆう》だった。

「敵の主将はおそらく、三好元長。容易ならざる相手にございます。敵はまっしぐらにお館様の首を狙ってまいるやもしれませぬ」

「ま、まことか?」

言うと、政村は気の毒なほど体を強張《こわば》らせた。

「その時は、しかと陣を組んで踏みとどまり、味方の助けをお待ちくださいますよう。この村宗、必ずやお館様をお守りいたしまする」

「わかった。頼みにしておるぞ、村宗」

村宗は、元長が政村の首を狙うことを、むしろ望んでいた。自分で手を下せば何かと面倒なことになるが、戦陣での討死となれば、おかしな噂が立つこともないだろう。

長く村宗と対立してきた政村の父義村が死んだのは、十年前のことだった。病死ということになっているが、村宗の命による毒殺である。そのことが政村の耳に入らないよう細心の注意を払ってはいるが、実際のところはわからない。ただ、事実を知ったところで、この臆病《おくびょう》な若者が何か事を起こすことはないだろう。

三月七日、木沢長政が京を放棄したとの報せが入った。木沢勢は夜陰に乗じて姿を消し、京はもぬけの殻だという。

「だいぶ、たがが緩んできたな」

木沢長政としては、堺公方府の瓦解後も見据えて手元の兵力の消耗は避けたいところだろう。処世には長けているが、所詮それだけの男だ。

それでも、何か使い道があるかもしれない。村宗は忍びを呼び、長政の行方を探るよう命じた。

空になった京へ義晴が入ったことで、味方の士気は大いに高まった。村宗は三月十日、攻略した諸城に守兵を残し、堺侵攻を下知する。総勢二万二千。先鋒は、宇喜多能家の指揮する摂津、播磨の諸勢を中心とした五千である。

海沿いに南下して、摂津今宮《いまみや》に達した。先鋒はすでに、堺から二里（約八キロ）足らずの勝間《こつま》に陣を据えている。

村宗は全軍をそこで停《と》め、敵の出方を窺った。すでに狩り出されたのか、堺に放った間者からの報せはない。無論、元長からの連絡もなかった。

その日の夕刻、先鋒から敵の攻撃を受けていると注進が入った。数はおよそ三千。間違いなく、三好元長自らが指揮する軍だという。

思ったよりも数が少ない。まだ緒戦と見て、主力は温存しているのか。それとも、これが今の最大限の力なのか。どちらにしても、元長の戦ぶりを検分するいい機会だ。

「おのれ、三好元長」

報告を聞き、中村助三郎が歯嚙みした。

「よいではないか。これでわかりやすくなった。三好元長を討たねば、公方府は潰せぬ」

「しかし」

「我らが目指すは天下ぞ。そう容易《たやす》く手に入っては、面白みがないというものよ」

先鋒から、苦戦が伝えられた。勝ち馬に乗ろうと従軍してきた者たちだけに士気に問題はあるが、それでも能家がこれほど押されるのははじめてだった。

「助三郎、我らも勝間へ向かうぞ。五千ばかりを集めよ」

「殿自ら陣頭に立つは、いかがかと」

「軽く手合わせするだけだ。ここまで、つまらぬ戦ばかりだったからな」

なおも引き止めようとする助三郎を振りきって、馬を命じた。

「安心いたせ、ただの小手調べよ。槍を振るって戦うような真似《まね》などせぬ」

五千の軍が動き出した。経験豊富な備前の兵を主体とした、村宗直属の精鋭である。阿波兵と較《くら》べても、引けは取らないはずだ。

柄にもなく、血が騒いでいる。込み上げる笑みを抑えきれないまま、馬を駆けさせた。

日はすでに落ちかかっている。次第に、ぶつかり合いの音が近づいてきた。

不意に、行軍が滞った。前方で喚声が湧《わ》き起こる。伏兵。思った時には、視界に敵兵の姿が飛び込んできた。目の前を矢が飛び交い、何人かが悲鳴を上げて倒れる。

「殿をお守りいたせ！」

助三郎の下知に応え、周囲の兵が動く。村宗を囲むように、厚い兵の壁が出来上がった。

日がほとんど没し、あたりは薄闇《うすやみ》に包まれている。村宗は馬上から、周囲に目を凝らした。

「敵は小勢ぞ。落ち着いて打ち払えばよい」

声を張り上げた時、視界の隅に百騎ほどの騎馬の一群が映った。こちらに向かって、凄《すさ》まじい速さで駆けてくる。弓隊。叫ぼうとしたが、間に合わない。ぶつかり、反転していく。一撃で、兵の壁が抉《えぐ》り取られていた。

敵はこちらが態勢を立て直すより早く、再び突っ込んできた。兵一人一人の気迫がまるで違う。戦えることが嬉しくて仕方ないといった無邪気ささえ漂わせていた。

「堪えよ、踏みとどまれ！」

助三郎が声を嗄《か》らし、兵を叱咤する。味方はかろうじて敵の鋭鋒《えいほう》を受け止めていた。やがて、後方から味方が駆けつけてきた。敵は鮮やかに反転し、離れていく。

「浦上村宗殿とお見受けいたす！」

大将らしき武者が馬を停め、振り返って叫んだ。

「その御首級、三好元長麾下、鎌田光久《かまたみつひさ》が近々頂戴《ちょうだい》いたす。首を洗って待たれるがよい」

嬉々《きき》とした口ぶりでそれだけ言うと、馬腹を蹴って駆け去っていく。

行軍隊形を整え直す間に、勝間の先鋒が敗走してきた。

「申し訳ございませぬ。いいようにあしらわれてしまいました」

最後まで戦場に踏みとどまった能家は、何ヶ所かに浅手を受けていた。八十人ばかりが討ち取られたが、退却を下知すると、深追いはしてこなかったという。

「思った以上に手強いな、能家」

「阿波兵の強さを甘く見ておりました」

「長い蟄居で、戦に飢えておったのであろう。腰の弱い畿内の兵では、到底太刀打ちできまい。これは、長くなりそうだな」

「御意」

今宮まで後退し、全軍の配置を改めた。

前衛は海沿いの木津《きづ》から今宮、天王寺《てんのうじ》へ広く配し、村宗の本隊はその背後の野田《のだ》、福島《ふくしま》に陣取った。高国と政村はさらに後方へ下げ、それぞれ浦江《うらえ》と神呪寺《かんのうじ》城へ置く。各隊はそれぞれ砦を築き、村宗自身は福島砦を本営と定めた。

このあたりは木津川や野里《のざと》川といった河川が入り組み、湿地も多いため、迅速に軍を動かすことは困難だった。阿波兵がどれほど剽悍《ひょうかん》でも、これだけ備えを固めれば容易には動けないだろう。対する味方は、堺へ圧力をかけると同時に淀《よど》川の物流を押さえ、兵站《へいたん》を確保することができる。

力で押しても、堺を落とせるかどうかは五分と五分。勝てたとしても、損害が大きすぎる。じっくりと時をかけ、敵が内から崩れるのを待つのが最善だった。

三月下旬には、阿波国主細川持隆が八千の軍勢を率い堺へ入った。これまで後方からの支援を務めてきた持隆までが堺へ出張ってきたということは、それだけ公方府が追い詰められているということでもある。村宗は前衛の諸陣に敵の襲撃に備えるよう命じたものの、こちらから積極的に動くつもりはなかった。

それから二月近く、膠着《こうちゃく》が続いた。堺には一万五千の軍が集結しているが、勝間での合戦以来まるで動きを見せない。動かないのか、それとも動けないのか、判断の材料はない。堺には幾度も間者を放っているが、金蓮寺《こんれんじ》や細川館、海船館《かいせんやかた》といった要所に近づくことはできないという。

閏《うるう》五月に入ったある晩のことだった。村宗の居室に、かねてから使っている伊賀者の棟《とう》梁《りょう》が現れた。

「そうか。山科《やましな》とはな」

京を放棄した木沢長政は手勢を居城の飯盛山に帰し、自身はわずかな供廻りを連れて山科に潜伏しているという。

山科は、畿内に無数の道場を抱える浄土真宗本願寺派の本拠だった。広大な寺内町の中央に座す本願寺は、巨大な城郭《じょうかく》の体を為しているという。

木沢は本願寺に何かしらの伝手《つて》があるのだろうが、この地に逃げ込めば、幕府であろうと大名であろうと容易に手出しはできない。山科で息を潜めて情勢を見極め、勝ち馬に乗ろうという魂胆だろう。思っていた以上に食えない男らしい。

「そなたに頼みたいことがある、浄春《じょうしゅん》」

「何なりと」

頭を丸めてはいるが、面貌《めんぼう》にも体軀《たいく》にもこれといった特徴はない。浄春の年齢も経歴も、村宗は知らない。払った銭の分だけ働けばそれでよかった。

「山科へ出向き、木沢長政と接触しろ。木沢をこちらへ引き込めば、河内は我らの掌中《しょうちゅう》に入る」

「餌《えさ》は、いかがいたしましょうや」

「河内守護職。戦功次第では、和泉守護もくれてやる」

「これは、ずいぶんな大盤振る舞いで」

浄春の顔に、小さく笑みが浮かぶ。浄春を使うようになって三年近くになるが、この男の斜《しゃ》に構えた物言いは以前から鼻についていた。しかし浄春とその一党は、これまで雇ったどの忍びよりも腕は立つ。

かすかに込み上げた嫌悪の情を抑え込み、村宗は銭の袋を投げた。

「残りは、木沢がこちらに寝返った時に渡す」

浄春は袋の重みを確かめてから懐にねじ込み、一礼して退出した。その仕草の一つ一つも、好きになれない。

頭を切り替え、これからの戦のことを考える。

京を獲り、淀川の物流も押さえた。軍費にも兵糧にも、今のところ不安はない。やはり、持久戦という選択に間違いはなかった。野戦で敵を打ち破ることにこだわりなどない。真の勝者とは往々にして、干戈《かんか》を交える前に決しているものだ。

十代の頃から、ひたすら上を見てきた。浦上家の庶流から身を起こし、本家の惣領《そうりょう》の座を手に入れた。主家の赤松を圧倒し、備前、備中、美作を制した。そしてまた上を見た時、見えたのは天下だった。

領地を守り、家名を存続させる。それが武士の生きる道だと、死んだ父は繰り返し言っていた。だが村宗は、己の生をそれだけでよしとする気は微塵《みじん》もない。領地や家名、自身や家臣たちの命までをも元手に、ひたすら上を目指す遊戯。それが、村宗の生のあり方だった。

遊戯を愉しむには、手強い相手が必要だ。今のところ、三好元長は自分を満足させてくれている。

六

待っていたものが、ようやく来た。

自ら敵陣に潜入していた源六からの報せを、三好元長は堺の海船館で受けた。

届けてきたのは、久一郎と同じ年頃の藤太という若い忍びだ。源六との連絡役として、敵陣との間を幾度も行き来している。

「よくやった。これで勝機が見えたな。して、源六は？」

「はっ。お頭《かしら》は陣中にとどまり、もしもかの御仁《ごじん》が土壇場で心変わりいたすようなことがあれば、刺し違えてでも阻止いたすとの所存にございます」

雑兵《ぞうひょう》に扮した藤太の声には、忍びらしからぬ熱が籠っている。藤太の父が高国との戦で命を落としていることを、元長は思い出した。

「ようやく、仇が討てるな」

「はい。心が震えます」

顔を紅潮させる藤太に、元長は微笑を返しながら言った。

「わしもだ」

閏五月十二日。勝間での緒戦から、二月余が経っている。

京を奪われ姿をくらましていた木沢長政は、ようやく河内に戻ったものの、居城の飯盛山に籠ったまま動こうとしない。細川持隆の来援で一時は士気が上がったものの、形勢はいまだこちらの圧倒的な不利にある。

元長はすぐに金蓮寺へ向かった。

集まったのは元長の他、足利義維、細川六郎、持隆の三人だけである。軍議では足手まといにしかならない御前衆《ごぜんしゅう》は遠ざけた。

「これより、反撃を開始いたしまする」

言うと、元長は懐にしまった絵図を床に広げた。

「ようやくか」

六郎が、鼻を鳴らしながら言う。義維に説かれて元長を赦免したものの、なかなか動かない元長に苛立ちを隠せずにいる。

「ここまで待ったは、敵中に蒔《ま》いた種が芽を出すか否か、見極めておったがゆえ。そして、種はしかと芽吹いてくれ申した」

元長は絵図を指しながら、策のあらましを説いた。義維たちはそれを聞きながら、絵図の一点をじっと見つめる。

話し終えると、三人から感嘆の吐息が漏れた。興奮した面持ちで、六郎が呟く。

「勝てる。これなら、必ずや高国の首が獲れる」

「六郎様、戦に必ずはありません。それゆえ、阿波の軍を堺に残すのです」

「では、わしはいかがいたせばよい—

一策が成就するまでにはまた時がかかりましょう。六郎様は、持隆様とともに堺で形勢を見極め、ここぞという時に打って出ていただきますよう」

「わかった」

六郎が言うと、持隆も首肯《しゅこう》した。

持隆直属の八千を堺に残すのは、兵力の温存とともに、御前衆への牽制でもある。誰か一人でも裏切り、義維か六郎の身柄を奪われればこの戦は負ける。それを防ぐためのものだった。

四人だけの軍議を終え、金蓮寺を出た。出陣は明朝。すでに陣触れは出されている。

海船館からすぐの船着場では、阿波や淡路《あわじ》の水軍が出航に向けて仕度に追われている。湊を埋め尽くす軍船の間を縫うようにして、どこかの商人が抱える船が行き交っていた。

こんな時でも物は動き、商いが行われる。京への道は村宗に押さえられているが、全ての物流が止まったわけではない。商いの道というのはどこにでもあるということだろう。

商人とは、民とは逞《たくま》しいものだと、元長は思う。誰が天下を制するか。そんなことに目の色を変えているのは、武士だけなのかもしれない。そして、武士など、この国に住む者の中のほんの一握りにすぎない。

「武士というのはまこと、度し難い生き物よ」

海船館の居室で、元長は呟いた。部屋にいるのは菊《きく》一人だけだ。

阿波に蟄居している間、菊と子らはこの館に置いていた。菊が、また懐妊したためである。だがそれだけではなく、人質としての意味もあることは、菊にもわかっていただろう。

菊は何も言わず、夫の命に従った。元長がいない堺で、菊は女子を産んでいる。

「何でございます、いきなり」

「阿波におる間、ずっと考えておった。やむを得なかったといえ、妻子を人質同然に置き去りにせねばならん。戦に追われ、子らと言葉を交わす暇さえない。戦でどれほど名を挙げても、人の親としては出来損ないなのではないか、とな」

戯言めかして言ったせいか、菊はくすくすと笑う。

「何を仰《おっしゃ》います。子供たちは、ちゃんと殿のお立場をわかっておりましょう。父上に会いたいなどと、わがままを申したりはいたしませぬ」

「それはそれで、寂しいものだがな」

言うと、菊はまた笑った。

阿波に下ってから、様々な謀略を為した。多くの人間を籠絡《ろうらく》し、陥れ、命まで奪った。これからも、奪い続けるだろう。無駄な血を流さないためと言えば聞こえはいいが、とても人に誇れることではない。そして厄介なことに、謀略を巡らすことを愉しんでいる自分が、心の中のどこかにいる。

実父であろう之長《ゆきなが》は京を、権勢の象徴として見ていた。京を制する者こそが、天下人。その思いで京に固執した結果、人心は離れ、多くの民に必要のない苦しみを与えた。之長のようにはならない。その思いで堺に幕府を置き、戦のない世を作るために戦ってきた。

だがそれも、ただの言い訳に過ぎないのかもしれない。本当は之長と同じように、己の権勢を追い求めているだけなのではないか。民のためという耳触りのいい言葉で、己の野心を糊塗《こと》してはいないか。

「ご安心ください。私も子らも、何があろうと殿のお味方にございます。大樹様も、きっと、六郎様も」

「六郎様も、か」

「はい。たとえ一時、仲違いなされても、殿はこうして六郎様の窮地に駆けつけているではありませんか。その思いは、きっと六郎様にも通じておりまする」

そう仕向けたのは自分だという言葉を、元長は飲み込んだ。

「そうだな。きっと、そなたの申す通りだ」

妻にさえ、本当のことを語れない。そんな思いを抱いたまま、床に就いた。

翌朝、門前まで菊と子らが見送りに出てきた。空はまだ薄暗く、菊の腕に抱かれた赤子は寝息を立てている。

「殿をお頼みいたします、一秀《かずひで》殿」

「お任せあれ、奥方様。それがしがある限り、殿にはかすり傷一つ負わせませぬわ」

一秀が、胸を叩いて豪放に笑う。

「父上、お帰りをお待ちいたしております」

大人びた口ぶりで言った千熊丸《せんくままる》の頭を、元長は軽く撫でた。今年で十歳になったが、まだ頼りないほど小さい。次男の千満丸《せんまんまる》も、まだ六歳だった。

「千熊、そなたは三好家の嫡男だ。弟や妹の面倒をしかと見て、母上をお助けせよ。菊、子らを頼んだぞ」

「はい。どうか、ご武運を」

祈るように言った菊に頷き、騎乗した。

千熊丸の頭を撫でた感触は、まだ掌《てのひら》に残っている。その手をじっと見つめながら、馬を進めた。

「迷っておる暇などないな」

馬上で、元長は小さく呟いた。

この戦に敗れれば、堺公方府にも三好家にも、未来はない。堺は敵の手に落ち、子らは首を刎ねられるかもしれないのだ。どれほどこの手が汚れようと、必ず勝つ。我が子も守れない男に、天下を語る資格などありはしない。

「皆の者、待たせたな」

軍勢は、堺北庄《きたのしょう》の郊外に集結していた。総勢一万五千と号してはいるが、実数は七千余に過ぎない。それでも、元長直属の軍と、信頼できる将の率いる兵たちである。士気は高く、経験も積んでいる。

整然と並ぶ将兵の前に、元長は馬を進めた。誰もが、戦が待ち遠しくて仕方ないといった顔つきで元長を見つめている。

「旗を掲げよ」

三つの旗が、並んで掲げられた。

「足利、細川、三好。この三者は、一体である。我らの勝利なくして、新たな幕府、新たな世は築けぬ。この元長、皆の奮戦を期待する。また、皆はその期待に応えてくれると信じる。皆にも、我が采配《さいはい》を信じてもらいたい」

言葉を切り、采配を北に向ける。

「これより、古き世の亡霊を討ち果たしにまいる。いざ、出陣！」

天を衝かんばかりの鬨《とき》の声が、薄暗い空に響いた。

堺から北上した元長は、馬廻り衆《うままわしゅう》を中心とした精鋭二千余を率いて住吉沢《すみよしさわ》ノ口《くち》へ進み、砦を築いた。

右翼の阿波衆三千を率いる一秀は我孫子《あびこ》に、左翼は讃岐《さぬき》の香川中務《かがわなかつかさの》丞《じょう》の二千が木津川口に、それぞれ砦を築く。

砦に使う木材はあらかじめ堺で用意し、あとは組み立てるだけである。敵の前衛が兵を出してきたが、矢で応戦している間に砦は完成した。兵糧も運び込まれ、出陣から三日ほどで持久戦の準備は整った。

圧力に堪《た》えかねて堺から出てきたものの、決戦には踏み切れずにいる。敵の目には、そう映るはずだ。このまま持久戦を続けたところで、追い詰められるのはこちらだった。敵も、瀬踏みのような攻撃は幾度かかけてきたものの、本気で砦を攻めようとはしてこない。

元長は連日、敵の前衛が陣取る今宮近くまで軍勢を繰り出し、矢戦を仕掛けさせている。一秀や香川、細川の諸勢もそれぞれ相対する敵陣を攻めてはいるが、いまだ大きなぶつかり合いにはなっていない。全力を投入するにはまだ早い。

「こう毎日矢戦ばかりでは、面白うございませぬな」

六月に入ると、今宮から戻った鎌田光久がぼやくように言った。

「そう言うな。敵の様子は？」

「長陣に倦んでおりまする。放ってくる矢にも勢いがありません。一人一人に行き渡る兵糧が、だいぶ少なくなっているのやもしれません」

「そうか。ようやく効いてきたな」

二月ほど前から、久一郎らに命じていたことだった。村宗に居城を追われた播磨の国人衆の兵を組織して、敵の輜重隊《しちょうたい》を襲わせているのだ。一度に奪える兵糧は大した量ではないが、塵《ちり》も積もればというやつだ。

「そろそろ、機かもしれんな」

六月三日早朝、元長は全軍に今宮攻略を命じた。

今宮に築かれた砦には、およそ三千が籠っている。大将は河原林日向守《かわらばやしひゅうがのかみ》。古くからの高国方で、なかなか粘り強い戦をする。

「先陣は一秀。光久には、我が馬廻り二千のうち、七百を預ける。遊軍として、敵の援軍に備えよ」

左翼の香川勢のうち半数は、木津の敵の牽制に当てている。援軍が来るとしたら、東の天王寺からだろう。

今宮の砦は、土塁や逆茂木《さかもぎ》、堀といった防塁が五段に構えてある。見た限りでは、それほど堅固な砦ではない。周辺には湿地が多いが、地の利はこちらにある。援軍がどこを通ってくるかは予想できた。

「はじめよ」

貝が吹かれ、一秀の軍が前進を開始する。砦からは矢と飛礫《つぶて》が降り注ぐが、一秀は楯《たて》を並べて防ぎながら、じりじりと前に進んでいく。同時に、搦《から》め手からも香川勢の残る半数が攻めかかった。

喚声《かんせい》と干戈の音が、元長のいる本陣まで響いてくる。腰を据えた戦は、やはり一秀だった。最初の防塁は方々で柵《さく》が引き倒され、早くも破られようとしている。

「天王寺から敵の援軍、およそ三千」

防塁を二段破ったところで、注進が入った。馬を命じ、光久と合流して東へ向かう。二千対三千だが、勢いはこちらにある。

「敵将は、細川澄賢《すみかた》にございます」

物見から報告があった。高国の配下で、かつて和泉守護を務めた男だ。

すぐに、敵が見えてきた。こちらが出てくるとは予期していなかったのか、慌てて陣を組もうとしている。

「やれ」

光久を先頭に、騎馬隊が突っ込んでいく。重い鎚《つち》で殴りつけるように敵の前衛を叩き、すぐさま反転する。それを数回繰り返し、前衛が崩れかけたところへ槍隊を投入した。光久はすでに、敵の左翼に回り込んでいる。

澄賢の本隊が前に出てきた。崩れかけていた前衛が持ち直している。思いの外手強い。

元長は、従者から槍を受け取った。

「前に出る。続け」

馬腹を蹴る。手元にある兵は千三百。一丸となって突っ込んだ。

乱戦になった。力と力の勝負になっている。向かってきた騎馬武者の喉元《のどもと》を抉り、突き落とした。血の臭《にお》いが鼻を衝く。久しぶりに嗅《か》ぐ、戦場の臭いだ。

「怯むな。阿波兵の底力を見せてみよ！」

腹の底から叫ぶと、味方の勢いが増した。

四半刻《しはんとき》（約三十分）余り、槍を振るい続けた。敵は、疲れを見せはじめている。やはり、十分な兵糧を摂《と》っていない。

不意に、敵に動揺が走った。光久が、槍を高々と掲げて何か叫んでいる。穂先には澄賢の首。算を乱し、敵が敗走をはじめた。

「追撃だ。容赦するな」

逃げる敵の背に、槍を突き立てていく。

天王寺砦の目の前まで追撃を続け、引き返した。これで、天王寺の敵は動けない。戦果としては十分だ。

今宮に戻ると、一秀はもう防塁を四段まで破っていた。

「今日は、ここまでだな」

日没を迎え、攻撃を中止した。本陣に集まった諸将は、一様に満足げな表情を浮かべている。

「よくやった、光久。そなたがあそこで大将首を挙げねば、かなり長引いていた」

「三月の合戦の折、村宗を討ち漏らしておりますゆえ、此度《こたび》こそはと心中に期しておりました。次は、村宗と高国の首を挙げとう存じまする」

「待て」

一秀が、腕組みしながら口を挟む。

「お主一人でどれだけ手柄を挙げるつもりだ。高国は、我が兄である之長公の仇《かたき》。あ奴の首はわしが貰《もら》う」

「ご無理をなされますな。あまり欲をかいては、極楽往生はかないませぬぞ」

「わしが冥土《めいど》に旅立つはまだまだ先の話じゃ。それに、欲をかいておるのはお主であろう」

「ああ、もうよい」

いつもの口喧嘩《くちげんか》を抑えて、元長は一同を見回した。

「明日になれば、おのずと敵は崩れよう。功名争いは、明日になってから好きなだけやればよい」

「明日、敵が崩れると?」

怪訝《けげん》な顔の一同に、微笑を返す。

「いずれわかる。愉しみに待っておれ」

七

戦局が俄かに動きはじめていた。

敵は、本気で今宮を落としにかかっている。今朝からはじまった攻撃は熾烈《しれつ》で、日没までに、五段に構えた防塁の四段までを落とされた。天王寺の軍を救援に差し向けたが、これも撃退されている。損害はかなりのもので、大将の細川澄賢も討たれていた。

浦上村宗は、福島砦の陣屋で絵図を睨んでいた。

備前からの兵站が、途絶えがちになっている。播磨で、しばしば輜重隊が襲われるのだ。裏で糸を引いているのは間違いなく元長だろう。護衛を増やしてはいるが、敵は神出鬼没で、叩くのは難しい。

決戦の機か。当初の予定とは違うが、これ以上の長陣になれば兵糧が欠乏し、士気は大幅に落ち込む。

「殿」

外から、中村助三郎の声がした。

「神呪寺より、明石修理亮《あかししゆりのすけ》様がお見えになっております」

「明石だと？」

赤松政村の直臣で、主家を蔑《ないがし》ろにする村宗に反感を抱いている男だ。赤松家きっての猛将だが、主家への忠誠心が強く、村宗としては使いにくい。

「何やらお願いいたしたき儀があるとの由にございます。いかがなされますか」

「よい。通せ」

言うとすぐに、具足姿の修理亮が陣屋に上がってきた。齢《よわい》五十を過ぎているが、いかにも融通の利かない荒武者といった佇《たたず》まいである。

「今宮の砦が陥落寸前とのこと。浦上殿は、いかがなされるおつもりかな」

実際の力関係はともかく、赤松家の被官という意味では立場は対等である。言葉遣いに媚《こ》びたところはない。

「どうやら敵も本気らしい。明日には援軍を差し向けねばなるまいな」

「その援軍は、どれほどの規模をお考えで？」

「わしが自ら出陣いたす所存じゃ」

村宗が主力を率いて出陣すれば、堺に残る八千も出てこざるを得ない。それでも、敵の総勢は一万五千。対するこちらは、高国と政村の軍を除いても二万を投入できる。

「して、願いとは？」

この老人と腹の探り合いをしても意味はない。単刀直入に訊《たず》ねた。

「それがしももう歳にござる。そろそろ隠居して、息子に家督《かとく》を譲ってもおかしゅうない。その前に、一つ大きな働きをしておかねばと思いましてな」

「ほう」

「神呪寺にはお館様以下、三千の軍勢がおり申す。それを、今宮救援の先鋒としてお使いいただきたい」

「お館様に、先鋒を指揮させよと？」

「何の。三好元長の相手は、あのお館様には荷が勝ちすぎる。はっきり申して、足手まといじゃ。お館様にはこの福島でお待ちいただき、実際の戦はそれがしが指揮いたす」

修理亮は、深い皺《しわ》をさらに深くして、にやりと笑う。

「首尾よく元長を討ち取ったあかつきには、我が愚息を取り立ててやってはいただけぬかな？」

大体読めてきた。この老人は、すでに政村を見限っている。このまま政村を立て続けたところで、明石家に未来はない。忠義と家の存続。秤《はかり》にかけるまでもない。口でどう言おうと、最後に利を選ぶのが武士の性《さが》というものだ。

腕を組み、しばし考えた。元長と直接ぶつかれば、味方の損害は相当なものになる。修理亮の軍勢ならば、使い潰してもこちらの腹は痛まない。己の家の浮沈がかかっているとなれば、修理亮も全力で戦うだろう。

「よろしい。今宮救援の先鋒は、貴殿にお任せいたす。出陣は明朝。今宵のうちに、神呪寺から福島に軍を移動させていただきたい」

「かたじけない」

深々と頭を下げ、修理亮は退出していった。

「あの猪武者も、やはり人の親か」

残った助三郎に向かって呟いた。意図したわけではないが、声音には自然と嘲《あざけ》りの色が混じる。

村宗の息子たちはまだ幼く、備前に残している。我が子のために戦をし、版図を拡《ひろ》げるという発想はない。欲しい物があれば、己の力で奪えばいい。家のためという意識すら、持ち合わせてはいない。目指すのは浦上家の天下ではなく、村宗の天下なのだ。

「木沢長政との連絡は、ついておるな」

「はい。浄春が飯盛山城に詰めております」

浄春を遣わした数日後、木沢は山科を出て飯盛山に戻っていた。

「すぐに密使を送れ。決戦になる。働きどころだ、とな」

木沢はまだ、寝返りの打診に確たる返答はしていない。両端を持しているのは明らかだが、飯盛山に戻っているということは、近いうちに決着がつくと見ているのだろう。先の読める男なら、こちらにつくはずだ。

木沢勢が、村宗と向き合う敵の側背を衝く。あるいは、空になった堺を落とす。それで、この戦は片がつく。木沢の功が大きくなりすぎるが、あまり図に乗るようならば、何か口実を作って誅殺すればいい。

早朝の出陣を考え、早めに床に就いた。不惑を過ぎてから、明らかに体力が衰えている。自身で槍を振るって戦うわけではないが、眠れる時に眠っておくのも将の務めだ。

目が覚めたのは、夜明け前だった。

嫌な夢を見た。死んだ父や、村宗が謀殺した赤松義村が出てきたような気がするが、よく思い出せない。それでも、夜着は汗に濡れていた。

「誰かある」

着替えを用意させようと宿直《とのい》の兵を呼んだ時、どこかから声が聞こえてきた。一つや二つではない。かなりの数だ。それも近い。砦の中にいる兵たちが騒いでいるのだ。

雑兵同士が喧嘩でもしているのか。考えたが、すぐに打ち消した。こんな刻限に、喧嘩など起こるはずもない。

夜具を撥《は》ね飛ばし、体を起こした。同時に、廊下から慌ただしい足音が響く。具足姿の助三郎が片膝をついた。

「何事か」

「赤松政村、並びに明石修理亮、謀反《むほん》にございます！」

拳を固め、壁を殴りつけた。

助三郎に手伝わせ、急いで具足をつける。その間にも、喚声と干戈の響きは大きくなっていく。

「厩《うまや》へ行く。案内せよ」

懐の中で、三千の敵が暴れているのだ。持ちこたえられるはずもない。直ちに野田に移り、反撃する。それしか方法はなかった。

外に出た。砦の方々に火がかけられ、夜明け前の暗い空を焦がしている。矢が飛び交い、何本かは村宗のすぐそばに突き立った。

助三郎の先導で、厩へ向かった。夜明けまでにはまだ間がある。夜陰に乗じて逃れることは、そう難しくはないはずだ。

西の野田砦とその周辺には、およそ六千の味方がいる。目と鼻の先と言っていいほどの距離で、福島砦を出るとすぐに、味方の焚《た》く篝火《かがりび》の灯《あか》りが見えた。

村宗の周りは三十騎ほどが固めている。駆けながら、村宗は唇を噛んだ。

ようやく、元長の考えが見えた。

今宮砦に対する強引な力攻めは、村宗に決戦を決意させるためのものだった。そこへ修理亮が先陣を志願し、村宗は受け入れた。神呪寺から軍を動かす口実を、村宗自身が与えたという格好だった。

屈辱に、全身が熱くなる。修理亮の申し出に、村宗は必ず乗る。そこまで読まれていたのだ。

政村には自分に逆らう気概《きがい》などない。頭から、そう決めつけていた。はじめから暗愚を装っていたのか、それとも修理亮に焚きつけられたのか。どちらにしても迂闊だった。播磨、摂津を制し、京も奪った。どこかに、気の緩みがあったとしか思えない。

「殿、よくぞご無事で」

味方の陣に飛び込むと、宇喜多能家が出迎えた。

「軍を整えよ。直ちに反撃に移るぞ」

「御意。戦は我らにお任せを。殿は、後方にお下がりください」

「必ず首を獲《と》れ。いや、生け捕りにせよ。あの若造とくたばりぞこないの年寄りに、相応の報いを与えねばならん」

「ははっ」

「急げよ。すでに、元長はこちらへ向かっているかもしれん」

床几《しょうぎ》に腰を下ろし、従者の運んできた竹筒の水を呑み干してようやく人心地ついた。陣幕の外では、反撃に向けて兵たちが慌ただしく動き回っている。

「申し上げます！」

「何か」

「今宮の河原林様より伝令。敵は今宮砦に備えの兵を置き、こちらへ向かって北上を開始したとの由！」

一やはり来たか」

「殿、ここは我らが支えまする。ここはいったん、お退きください」

駆け戻った能家が、切迫した声で言う。

落ち着け。己に言い聞かせ、状況を整理する。謀反の鎮圧に向かえば、側面を元長に衝かれる。堺の八千も、この機を逃さず出陣してくるだろう。福島砦から逃れてきた味方を併《あわ》せても、今の混乱しきった軍では、勝ち目はない。

「まずは大物城まで退くぞ。能家、殿軍《しんがり》を頼む」

「御意」

立ち上がり馬を命じようとした刹那、村宗の耳に馬蹄《ばてい》の響きが飛び込んできた。

「目指すは村宗の首ぞ。他の者には目もくれるな！」

馬を駆けさせながら、元長は下知した。

敵陣の篝火は、もう目の前に迫っている。敵の陣形はまだ、整いきっていない。味方の先頭を駆ける鎌田光久の騎馬隊が、鏃《やじり》のように敵中に突っ込んでいく。今宮と木津にそれぞれ一千ずつを備えとして置いてきたので、味方は五千。それでも、戦意は高い。

喚声が沸き起こり、敵に混乱が広がっていく。

逃げ惑う敵を馬蹄にかけ、四人、五人と槍で突き倒していく。篝が倒れ、陣幕に燃え移った炎が火の粉を巻き上げる。周囲は敵味方が入り乱れていた。得物を打ち合う音と、けたたましい悲鳴が耳を聾《ろう》する。

元長は馬を下り、穂先に血脂が捲《ま》いた槍を捨てた。太刀を抜き放ち、声を限りに叫ぶ。

「村宗を探せ。絶対に逃がすな！」

備前まで逃げられると、厄介なことになる。遠く離れた備前まで遠征して村宗にとどめを刺す力は、今の公方府にはない。何としても、この一戦で村宗の首を獲らねばならなかった。

「赤松殿より伝令。福島砦の制圧は完了。下知を仰ぎたいとの由」

「では、直ちに敵の退路に回り込み、残敵の掃討に当たっていただきたいと伝えよ」

「承知」

赤松政村とは、柳本賢治を暗殺した直後から、配下の明石修理亮を通じて接触していた。臆病な政村の説得に時はかかったが、策は成就した。あとは、村宗と高国の首が獲れるかどうかだ。

「三好元長」

名を呼ばれ、振り返った。燃え盛る陣幕を背に、髪を振り乱した武者がこちらを見据えている。鎧《よろい》の袖には折れた矢が刺さり、返り血なのか自身の血なのか、全身は赤く染まっていた。

「薬師寺殿か」

薬師寺国盛。六郎の譜代の臣だが、摂津大物城を巡る合戦で村宗に敗れ、城を明け渡して降伏していた。元長とは、これまで幾度も戦場で轡を並べて戦った間柄だ。

「ずいぶんと手の込んだ策を練ったものよ。まあ、そなたらしくはあるが」

血刀をぶら下げ、皮肉な笑みを浮かべながらゆっくりと近づいてくる。前に出ようとした馬廻りを、元長は制した。

「戦は我らの勝ちだ。いま一度、帰参なされよ。六郎様には、それがしから執り成そう」

「いらぬ世話だ。最早《もはや》、わしは十分に生き恥を晒《さら》しておる。それに、我が子の首を刎ねた相手に降れるはずもあるまい」

国盛が堺に残していた幼い嫡男は、見せしめとして斬首されていた。乱世の習いである。

「せめて、名のある相手を道連れにして、汚名を雪《そそ》がせてもらう」

言うや、国盛は地面を蹴る。上段からの打ち込みを、鍔元《つばもと》で受けた。そのまま、鬼気迫る形相で力任せに押してくる。

その膂力《りょりょく》に、元長は二、三歩後ずさった。横目で、近くにいた兵の一人を見る。意図を察した兵が、小さく頷いて駆け出した。

「小賢しい策は弄せても、太刀打ちではわしの方が上のようだな」

顔を醜く歪めて笑う国盛の顔が、不意に強張った。押してくる力が消える。

「おのれ、それでも武士か……」

言った国盛の口から、血が溢《あふ》れ出す。膝を折り、前のめりに倒れたその背中には、一本の矢が突き刺さっていた。

「そなたの手柄とするがよい。首を獲り、六郎様に持参せよ」

「ははっ！」

矢を放った兵が、嬉々《きき》とした顔つきで脇差を抜き、国盛の上に跨《また》がった。

悪いが、まだ討たれてやるわけにはいかない。心中で国盛に手を合わせ、元長はその場を後にした。

ようやく、戦場の喧騒が遠ざかっていった。

元長の攻撃は、村宗の予想よりはるかに迅速だった。野田では能家が踏みとどまっているが、総崩れは時間の問題だろう。

村宗はひたすら馬を飛ばしていた。

負けの味を知らないわけではない。若い頃は、幾度も苦しい戦を経験した。居城を囲まれ、覚悟を決めたこともある。だが、これほど無様な敗北ははじめてだった。確かにこの手に摑みかけていた天下が、瞬く間に掌からすり抜けていったのだ。

この屈辱は、何倍にもして返す。三好元長。あの男から全てを奪い、絶望に打ちひしがれる顔を眺めながら首を刎ねてやる。

そのためにはまず、生き延びることだ。敵の勢いを考えれば、大物城も危ない。こちらに付いた播磨の国人衆も信用できない。やはり、備前まで戻るしかなさそうだった。

海路は使えない。敵の中には、淡路の安宅《あたけ》水軍もいるのだ。すでに海上は封鎖されていると見た方がいい。

浦江の高国の陣に辿《たど》り着いた。従うのは助三郎以下、わずかに十七騎である。

高国には二千ほどの兵をつけていたが、陣中はすでに混乱を極めている。足軽雑兵が右往左往し、得物や脱ぎ捨てられた具足が散乱していた。この様子では、かなりの兵が逃亡しているだろう。

「村宗、これはいかなることだ。何ゆえ、味方が負けておる。我らの勝利は疑いないと申したではないか」

狼狽《ろうばい》しきった様子でまくし立てる高国に、村宗は虫けらでも見るような目を向けた。たった二千の兵もまとめられないのか。唾《つば》でも吐きかけたい気持ちを、辛《かろ》うじて堪える。

「赤松が裏切ったと聞いたがまことか。三好元長の軍はどこにおる。もう、すぐそこまで迫っておるのではないか？」

「落ち着かれませ。まだ、負けたわけではござらぬ。高国様が討たれぬ限り、負けではありません」

疑わしい表情の高国を、じっと見据えた。

「まずは、この切所《せっしょ》を乗り切ることです。ここはそれがしが支えますゆえ、高国様はひとまず大物城へお退きください。ここにいる兵をまとめ、野里の渡しへ向かわれませ。それがしも、後から必ず追いつきまする」

大物城へ退くには、北の中津《なかつ》川を渡らなければならない。野里は、ここから最も手近な渡し場だった。

「まことか。まことに、逃げきれるのであろうな？」

「急がねば、敵の手が回りまする。誰ぞ、高国様の輿を」

八人がかりで担ぐ輿が運ばれてきた。有無を言わさず高国を座らせ、担ぎ手たちを追い立てる。

「殿。ここは、高国と共に退くべきでは」

輿が離れると、助三郎が声をひそめて言った。

「よい。恐らく野里には、赤松の軍勢が向かっておる。高国と仲良く討死など、反吐《へど》が出る」

「では、高国は」

「あ奴が敵の目を引きつけてくれる。我らはその間に、別の渡しを渡ればいい」

助三郎は何か言いたげだったが、村宗は構わず馬に乗った。

浦江を発《た》ち、野里よりもさらに上流の渡しから渡河した。赤松勢はやはり野里に網を張っているらしく、周囲に敵兵の姿は見えない。そのまま進路を北にとった。神崎《かんざき》川を越え、六甲の北を通って播磨へ出るつもりだった。だいぶ遠回りになるが、街道を進むわけにはいかない。

夜の闇はきれいに払われたが、空には厚い雲が垂れ込めている。しばらく進むうち、ぽつぽつと雨が降り出した。

村宗は舌打ちした。雨で水嵩が増せば、神崎川を渡るのは困難になる。

馬上で干《ほ》し飯《いい》を齧《かじ》り、人目を避けながら進んだ。街道を避けるには、葦《あし》の生い茂る湿地帯を行くしかない。馬のくるぶしまで沈み込むぬかるみが続き、疾駆《しっく》させることもできない。

雨は、大降りではないが止む気配が見えない。急がねば、川を渡れなくなる。焦りと疲労で、全員が消耗しきっていた。

村宗の轡を取る助三郎が、こちらを振り返る。

「殿。お疲れでしょうが、いましばしお耐えください。神崎川を越えれば、道は楽になりまするゆえ」

「わかっておる。こんなところで死ぬわけにはいかん。あの男を、この手で討ち果たさねばならんからな」

三好元長への憎しみだけが、村宗を支えていた。どうすればあの男に地獄を見せてやれるか。それだけを考える。

水嵩はかなり増していたが、川は渡れないほどではなかった。紙一重のところで間に合った。馬の胸の高さまで水に浸《つ》かりながら、足を取られないよう慎重に渡った。雲は依然厚く、時刻もわからない。対岸に敵がいないのは、物見を放って確認してある。

「殿。どこか、味方の城に入りますか？　伊丹城、池田城はいまだ健在と思われますが」

「味方だったのは、昨日までだ」

伊丹、池田には、村宗直属の家臣たちを守兵として残していた。それでも、信頼はできない。人の心など、状況が変われぱいとも簡単に揺らぐ。

「誰も信じるな。他人は、己がために利用するものぞ」

うわ言のように繰り返しながら、馬を進める。具足は脱ぎ捨てたが、水を吸った鎧直垂《よろいひたたれ》が耐え難いほど重い。干し飯と水しか口にしていないので、飢えと渇きもひどかった。

それから五里（約二十キロ）ほどの間で二度、落武者狩りに襲われた。いずれも十数人の百姓で、助三郎たちが追い払った。味方は三人が討たれ、二人が深手を負っている。他に数人が途中ではぐれ、残ったのは村宗も入れて十人だけだ。いかにも心細いが、少人数の方が目立たないという利点もある。

「半里先の竹林の中に、無人の小屋があります。今宵はそこで夜を明かしましょう」

物見の報告を聞き、助三郎が言った。

「よかろう。念のために、後方にも物見を出しておけ」

小屋に入り、重い具足を脱いだ。囲炉裏《いろり》に火を入れ、濡れた鎧直垂も乾かす。

「あの二人」

村宗は、深手を負った兵たちを顎で指した。二人ともかなりの重傷で、一人で歩くこともままならない。

「殺せ」

土間で横になっていた二人が、驚愕《きょうがく》の表情で体を起こす。助三郎は、床に手をついて言った。

「殿。これまでのあの二人の働きは、殿もご覧になったはずです。ここは、何卒《なにとぞ》ご容赦を」

「ならば、これが最期の働きになるな。己の足で歩けぬ者を連れていくわけにはいかん。安心いたせ、そなたらの縁者には十分な褒美を与える」

この二人がいなくなれば、馬が二頭空く。播磨まではまだ遠い。馬が多いにこしたことはなかった。

「嫌だ、死にとうありません」

「何とぞ、何とぞお許しを！」

二人が耳障りな声で喚《わめ》いた。

「主君のために命を捨てる。それも、武士に生まれた者の定めであろう。やれ、助三郎」

助三郎は、その場を動こうとしない。床についたままの両手が、小刻みに震えている。

「そなたができぬとあらば、誰でもよい。この二人にとどめを刺して、楽にしてやれ」

命じたが、誰も応じはしなかった。かっと、頭に血が昇る。この程度の命が、なぜ聞けないのだ。つまらぬ感情に流されるような者に、この乱世を生き残ることなどできない。

「よかろう。わしが手本を示してやる」

立ち上がり太刀の柄《つか》に手をかけた刹那、小屋の外から小さな悲鳴が聞こえた。見張りに置いた兵。それ以外、考えられない。

「殿。囲まれております」

外を覗《のぞ》いた兵が、震える声で言った。

「おそらく、二十人は下らぬかと」

「落武者狩りの百姓か」

「いえ、騎馬武者もおります。どこかの軍勢です」

その時、小屋の外からまた声がした。

「浦上村宗殿、ここにおられることはわかっておる。得物《えもの》を捨て、投降されよ」

先刻物見に出した兵が、まだ戻っていない。捕らえられ、口を割ったのか。

小屋の中には八人。うち二人は使い物にならない。六人が一丸となって飛び出し、突破を試みるか。それともここは降参し、脱出の機を探るか。目を閉じ、思案する。まだ、諦《あきら》めるつもりなど毛頭ない。

「殿。御免」

助三郎の声に、思案を破られた。

目を開けると、息がかかるほどの距離に助三郎の顔があった。

脇腹の辺りが、焼けるように熱い。なぜだ。答えを見つけるより先に、口から大量の血が溢れ出した。膝から力が抜け、両腕で助三郎にしがみつく。

「何の真似だ、助三郎……」

「殿の首を差し出せば、敵も我らの命までは取りますまい。あの二人も死なずにすむ」

「……愚かな」

「他人とは、己がために利用するもの。殿はそう仰せられました」

淡々とした声音で言うと、助三郎は脇差を抜いた。仰向《あおむ》けに倒れた村宗の上に馬乗りになって、刃を首筋に押し当てる。

武人としては整い過ぎた顔立ちに、表情と呼べるものはない。この若い寵臣《ちょうしん》の心は、というに自分から離れていたらしい。

そなただけは、信じていたというのに。

口に出すより早く、刃が首筋に入ってきた。

第四章　夢の裂け目

一

夢でも見ているのかと疑ってしまうほど、信じられないような大勝利だった。

細川六郎《ほそかわろくろう》は、摂津浦江《せっつうらえ》に置いた本陣で、続々ともたらされる勝報を聞いていた。

倍する兵力を擁し、堺《さかい》の目前まで迫っていた浦上軍《うらがみ》は壊滅。村宗《むらむね》は近臣の裏切りに遭《あ》って殺され、浦上軍の主立った将も多くを討ち取った。野里《のざと》の渡しで赤松《あかまつ》勢に捕捉された敵は夥《おびただ》しい死傷者を出し、合戦から四日が経《た》った今も、中津川《なかつ》は赤く染まっているという。

浦上軍の戦死者は、五千とも一万とも言われ、今も正確な数は把握できていない。

赤松勢の手から辛くも逃れた細川高国《たかくに》は、尼崎《あまがさき》の町屋で三好一秀《みよしかずひで》に捕らえられ、切腹して果てた。聞けば、一秀は近所の童《わらべ》たちに、高国を見つければ好きなだけ瓜《うり》を食べさせてやると約束したのだという。

高国は、商家の樽《たる》の中に身を潜《ひそ》めていたところを童に見つけられたらしい。これが長年の仇敵《きゅうてき》だったのかと思うほどの、無様《ぶざま》な最後だった。

「三好一秀殿が、お戻りになられました」

三好や赤松の諸将が居並ぶ中、一秀が正面に三方《さんぼう》を置いた。作法通り太刀《たち》の鯉口《こいぐち》を切り、横目で首を見る。

高国の顔を、六郎は知らない。噂《うわさ》通りの太り肉《じし》で、屈辱と恐怖、敗北感の入り混じった表情を浮かべている。首化粧を施してはいても、ただの醜い老人の首だった。

六郎にとっては、父の仇《かたき》である。この男を討ち果たし、新たな世を築く。そのために武芸に励み、兵法や政略を学んだ。生きる目的の一つを果たしたという感慨はある。だがそれだけだ。湧《わ》き上がる喜びは、想像よりもずっと小さい。

こんなものだろう。内心に呟《つぶや》き、首を堺で待つ義維《よしつな》のもとに届けるよう命じた。

「高国の首をこの目で見ることができたは、元長《もとなが》、そなたの働きがあってこそだ。よくやってくれた」

「もったいなきお言葉」

元長に、諸将が畏敬《いけい》を籠《こ》めた視線を向ける。元長は功を誇る素振りもなく、泰然と頭を下げた。

ふと、胸の奥がざわつくような感じがした。一つ咳払《せきばら》いを入れ、赤松政村《まさむら》に顔を向ける。

「赤松殿。貴殿にも、大樹《たいじゅ》より追って恩賞の沙汰《さた》があろう」

「は、はい」

どこか怯《おび》えたような表情で、政村が答えた。歳《とし》は六郎とそれほど変わらないが、臆病《おくびょう》で何一つ自分自身では決断できないという。

家柄だけの男か。胸中に呟き、六郎は腰を上げた。

「明日には堺に凱旋《がいせん》いたす。大樹に大勝利をご報告し、盛大な祝宴とまいろうぞ」

集まった諸将が歓声を上げた。

これで、名実ともに六郎が細川京兆《けいちょう》家の家督《かとく》となった。あとは義晴《よしはる》を降《くだ》し、義維をただ一人の将軍とする。それから先も長い戦いが待っているはずだが、不安はない。自分にも義維にも、元長という心強い兄がいるのだ。

翌日、戦後処理を終えた六郎は元長と轡《くつわ》を並べ、堺に凱旋した。

勝利を祝う宴《うたげ》は、金蓮寺《こんれんじ》の本堂で催された。戦場で活躍した阿波衆《あわしゅう》や元長の直臣《じきしん》たちは大声で笑い、それぞれの手柄話を肴《さかな》に盃《さかずき》を干していく。対照的に、茨木長隆《いばらきながたか》や三好神五郎《じんごろう》ら御前衆《ごぜんしゅう》の表情は浮かない。木沢長政《きざわながまさ》は今も飯盛山《いいもりやま》城で蟄居《ちっきょ》し、姿を見せていなかった。

結局、公方府《くぼうふ》を支えているのは元長一人か。軽い酔いを感じながら思った。諸将は口々に元長の武勇と智略を称え、追従《ついしょう》を並べている。

凱旋の時も同じだった。沿道に鈴なりになった民の目は全《すべ》て元長に向けられていて、六郎など眼中にないかのようだった。

「これで、元長殿の声望は天をも衝《つ》く勢いとなりましょうな」

可竹軒周聡《かちくけんしゅうそう》が傍《そば》に来て、六郎に酒を注《つ》ぎながら言った。その口ぶりは、どこか苦々しげだった。

「またぞろ、阿波衆が幅を利かせることでしょう。元長殿はともかく、配下の者どもは戦《いくさ》しか知らぬ猪武者《いのししむしゃ》ばかりゆえ、何か厄介事《やっかいごと》を起こさぬかと気に病む者も多うございまする」

「その猪武者どものおかげで、我らの首と胴はつながっておるということを忘れるな」

鋭く言うと、周聡は慌てて頭を下げた。

「はっ。そう申す者もおるということで、それがしに他意はございませぬ。どうかご容赦を」

「よい。祝いの席だ、つまらぬ話はいたすな」

周聡を追い払い、手酌で盃を重ねた。

この戦で何の役にも立たなかったのは、御前衆ばかりではない。六郎自身も、最後の最後に堺を出陣し、敵の掃討という誰にでもできるような役目を果たしただけだ。

宴がたけなわとなったところで、六郎は自邸に戻った。戦の勝利を祝う宴といっても、その勝利は全て元長のものである。自分がいる必要などなかった。

「お早いお帰りで。今宵はお祝いの宴やなかったのですか？」

出迎えた晴《はる》に向け、憮然《ぶぜん》とした表情で答えた。

「つまらぬゆえ、帰ってきた」

自分でも、子供じみた言い草だと思う。だが晴を相手にすると、自然なままの自分でいられる。管領《かんれい》でも細川家当主でもない、ただの一人の男に戻れるような気がした。

「呑《の》み足りぬ。酒だ」

「はい。少々お待ちくださいませ」

「盃は二つだ。今宵《こよい》はそなたも付き合え」

「では、少しだけ」

苦笑しながら、晴は厨《くりや》へと向かった。

晴を側女《そばめ》としてもう三年近くになるが、石女《うまずめ》なのかいまだ懐妊の気配はない。身分のせいで正式な妻とすることはできないが、まだ正室を迎えていない六郎に気兼ねする相手はいなかった。

「お酒をお持ちいたしました」

晴は、最初のうちこそ戸惑いを見せていたものの、今では所作《しょさ》も言葉遣いも、しっかりと武家の女のそれを身につけていた。化粧も身に付ける物も洗練され、美しさに磨きがかかっている。

互いに酒を注ぎ合った。晴は、女子《おなご》にしては酒が強い方だ。

「また、そなたとこうして盃が交わせるとはな」

「まあ、それほどまでに」

「追い詰められておった。一つ間違えば、高国がわしの首を眺めておっただろうな」

元長の出馬を仰がねば、確実にそうなっていただろう。自分の首など、その程度のものだ。

「此度《こたび》の戦は、大勝利と伺いました。何でも、三好元長様が抜群のお働きをなさったとか。堺の町は、その話で持ちきりにございます」

晴が、無邪気な声で言う。

六郎は眉《まゆ》をひそめた。盃を干し、乱暴に置く。

「何ぞ、気に障られましたか？」

「わしは、元長がおらねば何もできぬ。今の公方府があるのも、父の仇を討つことができたのも、全ては元長のおかげだ。それはわかっているし、感謝もしている。だからこそ、何もできぬ自分が歯痒《はがゆ》くてならんのだ」

ささくれ立つ気分の正体は、はっきりとわかっていた。嫉妬《しっと》だ。自分は元長を妬《ねた》んでいる。将才も声望も、蟄居に追い込んだ自分に恨み言一つ言わないその器量にも。自分が元長に勝るものなど、血筋の他には何もありはしない。

「わしはいつから、これほど小さい人間になってしまったのだ。何ゆえ、元長の勝利を素直に喜べんのだ」

口惜《くや》しさに、視界が滲《にじ》む。

不意に、握りしめた拳《こぶし》を温かいものが包んだ。晴の手が重ねられている。

「ご自身をお責めになってはなりません。お館《やかた》様が小さい人間だなどと、私は少しも思っておりません」

柔らかな微笑を浮かべ、晴が言う。

「私には、難しいことはわかりません。ですが、元長様ほどのお方が忠義を尽くしてくださるのです。きっとそれだけのものを、お館様はお持ちなのだと思います」

本当にそうだろうか。家柄だけの男なのは、赤松政村ではなく自分の方なのではないか。

「私は、お館様はいつか、元長様よりもずっと立派なお方になられると信じております」

今の自分は、元長に遠く及ばないということか。口から出かけた言葉を飲み込み、小さく息を吐く。そんなふうに受け取ってしまう自分が、たまらなく嫌だった。

何も言わず、晴の手を握る。

重なる掌《てのひら》の温かさだけが救いだった。


あくる日、六郎のもとに、京を占拠していた義晴の軍勢が退去したとの報が届いた。義維は再び元長を山城《やましろ》守護代に任じ、京へ派遣した。

二千の手勢《てぜい》を率いて堺を発《た》った元長は、さしたる混乱もなく京を接収した。京の民は、元長の軍を歓喜の声で迎えたという。

これで、公方府は以前の版図《はんと》を取り戻したことになる。播磨《はりま》では反浦上の国人衆《こくじんしゅう》が攻勢に出ていた。当主を失った浦上方は、雪崩《なだ》れを打って備前《びぜん》へと敗走を続けている。いずれは、播磨全土も公方府の支配下に入るだろう。

戦後処理を全て終えると、久方ぶりに平穏な日々が戻った。元長も、京を家臣に任せて堺に戻っている。

今のところ、大きな脅威はない。再び京を逃れた義晴は近江朽木《おうみくつき》で息を潜め、動く気配もない。浦上家はまだ幼い村宗の嫡男《ちゃくなん》が当主の座を継いだが、家中の混乱は続くだろう。

ただ、公方府が蒙《こうむ》った痛手も大きい。多くの将兵を失い、蓄えた銭も軍費で消えた。戦乱続きで田畑は荒れ、収穫は例年よりもかなり少なくなるだろう。しばらくは、力を回復することに専念する必要がある。

軍を統率する元長が義晴や江南の六角《ろっかく》に睨《にら》みを利かせ、領国経営は茨木長隆が差配する。柳本賢治《やなぎもとかたはる》こそ失ったものの、公方府はかつての姿を取り戻しつつあった。

秋の匂《にお》いが漂いはじめた八月、六郎の私邸を木沢長政が訪ねてきた。

「少し痩《や》せたな。それほど河内《かわち》の飯は不味《まず》いか」

六郎の皮肉に、長政は困ったような顔で苦笑する。

痩せたというよりも、やつれたと言ったほうがいい。先の戦での振る舞いが、長政の声望を大きく損なっていた。

村宗との戦で、長政は醜態を晒《さら》した。京の守りを任せたものの、敵の攻勢を支えきれず逃げ出し、決戦にも間に合わなかったのだ。その後、六郎に詫《わ》びを入れ、今は河内飯盛山で蟄居同然の身の上である。

「実は、六郎様にお願いの儀があり、こうしてまかりこした次第」

「何だ、折り入って」

「六郎様の被官にそれがしの名を連ねること、お許しいただきとう存じまする」

六郎は眉をひそめた。主従の仲がしっくりいっていないとはいえ、長政の主君は河内守護の畠山義堯《はたけやまよしたか》だ。六郎の有力な同盟者であり、姉婿《あねむこ》でもある。

「近頃、我が主《あるじ》義堯がしきりにそれがしの討伐を公言しているとの風聞がございます。このまま手を拱《こまね》いていては、河内で戦が起こるは必定《ひつじょう》」

「主に疎《うと》んじられるような行いをしてきたそなたの、自業自得というものではないのか」

「非力ながら、それがしはこの堺公方府のため身を粉《こ》にして働いてまいりました。それは、我が主のためにもなると思ったからこそにございます。されど、主がどうしてもそれがしを討とうとなされるならば、それがしも己《おのれ》が身を守る手立てを講じねばなりません」

「それで、我が被官になろうと考えたか」

姉婿とはいえ、畠山家は独立した大名である。公方府としても、義堯と長政の内訌《ないこう》に介入することは難しい。だが、長政が六郎の被官となれば、義堯も軽々に兵を挙げることはできない。長政を討てば、六郎と正面から敵対することになるのだ。

「事は、それがしと主のみの話ではございませぬ。公方府の、御所様《ごしょさま》の御為《おため》、何卒《なにとぞ》お許し願いたく」

床に手をつき、長政が頭《こうべ》を垂れる。

六郎は一考した。今、身内で合戦沙汰となることは避けたい。河内が戦火に包まれれば、各地の高国方残党が息を吹き返さないとも限らない。

それ以上に、長政を被官とすることには魅力があった。武名は元長に遠く及ばないが、長政は河内の半分以上を押さえている。長政の抱える兵力を六郎のものにできれば。

元長は反対するだろう。ただでさえ、長政や神五郎らを遠ざけるよう何度も言われている。だが御前衆を排除すれば、さらに元長の力は強まる。また、自分の意向など何一つ通らなくなる。

これから先も、自分は元長一人に支えられて生きていくのか。それとも、細川家当主として相応《ふさわ》しい力を手にして、己の足で立つのか。つまりはそういうことだ。

「よかろう」

言うと、長政が面《おもて》を上げた。窺《うかが》うような視線を送ってくる。

「これより、そなたは細川家の被官である。明日にでも誓紙《せいし》を差し出すがよい」

「ははっ、ありがたき幸せ。これで、戦は避けられまする」

元長に諮《はか》るべきだったか。一瞬思ったが、すぐに打ち消した。当主はこの自分なのだ。新たな被官を迎えるのに、いちいち家臣の顔色を窺う必要などない。

それから十日ほどを経た八月二十日早朝、早馬が来たとの報《しら》せで六郎は起こされた。

「どうした。何があった」

夜着のまま、寝所《しんじょ》の外に控える周聡に質《ただ》す。

空はまだ明けきっていない。床を共にしていた晴も、何事かと体を起こしていた。

「河内飯盛山城の木沢長政殿より、援軍の要請にございます。高屋《たかや》城の畠山義堯様が、木沢殿討伐の兵を起こしたとの由」

「何！」

思わず声を荒らげた。長政が六郎の被官となったことは、義堯も知っているはずだ。首尾よく長政を討ったとしても、六郎を敵に回すことになるのは明白だ。血気に逸《はや》るところはあるが、義堯はそこまで先の読めない男ではないはずだ。

「おそらく、三好元長殿の仲裁を期待してのことでしょう」

周聡が遠慮がちに言った。

「どういうことだ？」

「川勝寺《せんしょうじ》の合戦で共に戦って以来、三好殿と畠山殿は親しき間柄にございます。速戦《そくせん》で木沢殿を討ち、三好殿の仲介で詫びでも入れれば、全ては丸く収まる。そう考えたのではありますまいか」

「舐《な》められたものよ」

小さく呟いた。誰もが、自分ではなく元長を見ている。

「すぐにまいる。使者は待たせておけ」

「はっ」

周聡が下がると、晴に手伝わせて衣服を改めた。

どうすべきか。このまま義堯の思惑通り長政を討たせれば、自分は家臣を見捨てた不甲斐《ふがい》ない主として、周囲からさらに軽く見られるだろう。

だが、畠山家は姉の嫁ぎ先だった。両家が手切れとなれば、姉の身柄はそのまま人質となる。

「姉上様も、武家の女子にございましょう」

六郎の逡巡《しゅんじゅん》を見て取ったように、晴が言った。

「この乱世で他家に嫁ぐということはいかなることか、覚悟はできておられるはず。それに」

袴《はかま》の帯を結ぶ手を止め、晴は微笑する。

「元長様に、お館様のお力を見せるよい機会ではありませぬか」

その言葉に背を押されるように、六郎は決断した。広間に出ると、使者に向けて言った。

「戻って長政に伝えよ。わしが自ら援軍を率い、直《ただ》ちに出陣する。我が被官を、黙って討たせるような真似《まね》はせぬ」

「ははっ！」

力を得たように、使者は河内に戻っていった。

使者の報告によれば、義堯の兵力はおよそ三千。不意を打たれた形の長政は、一千を集めるのがやっとだった。

堺に今いる軍勢は二千程度。それでも、六郎が自《みずか》ら出陣して檄《げき》を飛ばせば、少なくとも義堯に倍する兵を集められるはずだ。義維にも元長にも諮ることなく、独断で堺を出陣した。自分の被官が攻められているのだ、誰の許しを得る必要もない。

摂津欠郡《かけぐん》の三宝寺《さんぼうじ》で一旦《いったん》軍を停《と》め、諸勢の集結を待った。飯盛山へも高屋へも攻めかかれる位置である。参陣してきたのは、神五郎の他には茨木長隆ら摂津衆のみだった。兵力も五千余と、思っていたより少ない。

軍議の最中、河内に放った物見が驚嘆すべき報《しら》せをもたらした。飯盛山城を囲む軍の中に、元長の配下がいる。一千足らずの小勢だが、間違いないという。

「おのれ、義堯の挙兵は元長と示し合わせてのことか」

神五郎がわめき、苦々しげに拳で膝《ひざ》を叩《たた》く。

「いかがいたします。このまま兵を進めれば、元長殿と全面的なぶつかり合いに発展しかねません」

長隆の問いに、すぐには答えられなかった。爪《つめ》を噛《か》み、考えを巡らす。

自分が元長と戦場で相見《あいまみ》えるなど、考えたこともなかった。勝てるはずがない。軍略も経験も、元長には到底及ばない。だがここで退《ひ》けば、元長の武威を恐れて逃げたと見られる。主君として、これ以上の恥辱はない。

「お館様《やかたさま》。最早《もはや》、後戻りはできませんぞ」

勢い込んで、神五郎が言う。

「それがしに二千ばかりをお預けください。夜陰に乗じて飯盛山に接近し、敵の背後を衝きまする。その後、お館様は木沢殿と合流し、一歩も退かぬ構えを見せれば、元長とて軽々《けいけい》には攻め寄せられますまい。お館様に弓を引けば、謀反人《むほんにん》の烙印《らくいん》を押されることとなるのです」

神五郎は、御前衆の中では最も用兵に長《た》けていた。賢治とともに、高国の軍を打ち破ったこともある。

「うむ。しかる後に、大樹の仲裁を仰ぐということもできよう」

長隆が唸《うな》るように言った。集まった諸将の視線が、六郎に決断を促す。

もう、後戻りはできないのだ。胸中に呟き、顔を上げた。

「神五郎。兵二千を預ける。必ずや、義堯の軍を打ち破れ」

「ははっ」

一礼し、神五郎が足早に本陣を出ていく。

その夜は一睡もできなかった。元長は、本当に自分に弓を引くことはないのか。義維が、元長に自分を討てと命じることはないのだろうか。考えれば考えるほど、想像は悪い方へと向かった。

夜が明けはじめた頃、注進が入った。

神五郎の奇襲は首尾よく成功し、敵は百名ほどの犠牲を出して高屋城へと敗走していったという。その報に将兵は沸き、六郎も胸を撫《な》で下ろした。

飯盛山に入るべく出陣を下知《げじ》しようとしたところで、堺から来訪者があった。細川持隆《もちたか》である。村宗との合戦以来、持隆は阿波に戻ることなく堺にとどまっている。

諸将を下がらせ、六郎一人で迎えた。

「よい加減になされよ。いつまで身内同士で戦を続けるおつもりか」

陣幕をくぐるなり、咎《とが》めるように言う。

「すぐに兵を退《ひ》かれよ。今ならばまだ、些細《ささい》な行き違いですむ。時を逸すれば、公方府を二分する内乱となりかねんぞ」

「先に我が被官を攻めたは義堯じゃ。その代償は、しかと払ってもらわねばならん」

「元長と敵対し、実の姉上を犠牲にすることになっても、にござるか」

数拍の間を置き、六郎は答えた。

「そうだ」

阿波にいた頃は、六郎も義維も、持隆の庇護《ひご》の下《もと》で生きていた。持隆がいなければ、堺公方府はない。そのことに感謝はしているが、細川宗家の当主はあくまでこの自分なのだ。今は、疎ましさしか感じなかった。

持隆は大きく息を吐き、六郎を見据《みす》える。

「これより、大樹のお言葉を申し伝える」

「何だ」

「今日中に兵を退けば、何もなかったこととする。退かぬとあらば、武力を用いることも辞さない。そう仰せじゃ」

「何だと……」

二の句が継げなかった。責められるべきは、六郎の被官を攻めた義堯のはずだ。それに加担した元長も、何らかの責めを負うべきだ。なぜ、義維は元長の肩ばかり持つのか。

「ご自身の立場をわきまえられよ。大樹と元長あっての京兆家ぞ。つまらぬ意地を張らず、兵を退かれよ」

噛んで含めるような口ぶりに、腸《はらわた》が煮えた。この歳《とし》の離れた従兄弟《いとこ》の中では、六郎は今も頑是《がんぜ》ない童のままなのだ。

ようやく床几に腰を下ろし、持隆は続けた。

「高国を京から追ったと聞いた時、わしは歓喜のあまり落涙した。笑いたければ笑われよ。これで、新しき世が来ると本気で思うた。まだ童であられた頃から我が懐《ふところ》でお育てした大樹とお館、そして元長が天下を平定し、この国を平穏に導く。それは、わしの誇りじゃ」

「そこもとは、何を言いたいのか」

「高国を倒し、公方府を築いたは何のためか。このような諍《いさか》いを繰り返すためではあるまい」

「その言葉、大樹と元長にそっくりお返しいたそう」

しばし睨み合った。やがて、持隆は諦《あきら》めたように目を逸《そ》らす。

「まだ、時はある。ゆるりと考えられるがよい」

一礼し、持隆が出て行った。

一人になると、六郎は手にした采配《さいはい》をへし折った。

考えるまでもない。兵を退くしかなかった。義維まで敵に回せば、自分には何一つ残りはしない。京兆家の当主という名だけでは、集まる兵などたかが知れている。

怒りや恥辱、自分自身への不甲斐なさがないまぜとなって、腹の底で暴れ出す。奥歯を嚙み締めて何とか堪《こら》えた。

「誰か」

現れた近習《きんじゅ》に、低く命じる。

「堺へ引き上げる。全軍に知らせよ」

「承知いたしました」

その声には、隠しきれない安堵《あんど》の色が滲《にじ》んでいた。

一人になると、六郎は地面の一点をじっと見つめた。

なぜ、いつもこうなってしまうのか。自分はただ、ひとかどの武将として世に認められたいだけだ。

なあ、晴。わしはどうすればいい。何が間違っている。

目を閉じ、ここにはいない晴に問い続けた。

二

再びの内訌に、堺は騒然としていた。

摂津三宝寺まで出陣していた六郎は堺へ引き上げたものの、民はすぐにでも大きな戦があるのではと予感している。いつでも逃げられるよう荷をまとめている者も多い。京を任せた塩田《しおた》胤光《たねみつ》からも、同様の報せが届いていた。

見通しが甘かった。そう、元長は思わざるを得ない。

どうあっても長政を討つと言って聞かない義堯を放《ほう》っておけば、大きな火種になりかねない。ならば、速戦で飯盛山城を落とし、木沢長政を討つ他なかった。首さえ獲《と》ってしまえば六郎も諦めるだろう。そう考えていたのだ。

しかし、六郎が自ら出陣するとは予想していなかった。こんなことなら、動かせる全軍を投入して元長自身で指揮を執ればよかった。そうしなかったのは、義堯への遠慮があったからだ。

幸い、義維が断固とした姿勢を示したので、六郎は兵を退いた。それでも、ようやく戻りかけた信頼関係は大きく傷ついた。不明を詫《わ》びる使者を送ったが、六郎には会うこともできなかったという。

六郎の周囲から御前衆を排除する。それができなければ、堺公方府はいつまで経っても一枚岩にはなり得ない。その考えは変わっていない。だが、当の六郎にその気がないのだ。六郎は、自分への対抗意識に凝《こ》り固まっている。今回の件で、ますます意固地《いこじ》になることは間違いない。内面的な問題だけに、事は厄介だった。

「何なら、一人ずつ消していきますか？」

市中の様子を探らせていた久一郎《きゅういちろう》が、にやりと笑う。

「木沢はなかなか隙《すき》を見せませんが、茨木長隆や三好神五郎あたりならば、容易に消せます」

「よせ」

今のこの状況で御前衆の誰かが変死すれば、誰もが元長を疑う。

「ならば、六郎様を見限るより他ありますまい」

いとも容易《たやす》いことのように、久一郎が言う。

「戯言《ざれごと》にしても笑えんな。報告がすんだら早《はよ》う下がれ」

久一郎は何か言いかけたが、口を噤《つぐ》んで退出していった。

緊張を孕《はら》んだまま、数ヶ月が過ぎた。

椿屋《つばきや》に詰めている源六《げんろく》から、京へ人が流れ込んでいるとの報せがもたらされたのは、新年の喧騒《けんそう》がようやく落ち着いた、一月半《なか》ばのことだった。

報せを運んできた藤太《とうた》が庭に片膝をつき、詳細を述べる。

「数人ずつに分かれ、それぞれに大きな荷を持って続々と京へ入っております。いずれも行商人や旅の芸人に扮《ふん》してはいますが、軍勢なのは明らかです」

中身は具足《ぐそく》と得物《えもの》だろう。考えられるのは、高国の残党か。

「関所を設けて押し留《とど》めても無駄だろうな」

「京に入る道など、いくらでもありますゆえ」

「源六には、まだ手は出すなと伝えろ。その者らがどこへ集まり、何を目的としているのか、慎重に見極めよ」

元長は配下に向け、ひそかに戦仕度《いくさじたく》を整えるよう命じた。昨年の河内での騒動はどうにか収めたものの、何が火種となって再燃するかわからない。今は極力、平穏を保つべきだった。

一月二十一日深夜、藤太が再び屋敷の書院を訪れた。

―およそ八百か、三条の旧柳本邸に入っております。間違いありません、柳本家の軍兵です」

「柳本だと？」

賢治の死後、柳本家は嫡男の甚次郎《じんじろう》が継いだが、かつての勢いは見るべくもない。甚次郎はまだ、十五歳だった。

「甚次郎も、三条に入ったか」

「おそらくは」

甚次郎たちは屋敷に櫓《やぐら》を掲げ、備えを堅固にしているという。兵を挙げる意図は明白だが、なぜ今、甚次郎が京で挙兵に踏み切るのか。

「そういうことか」

賢治謀殺の真相を、甚次郎が知ったということだ。どこから漏れたかはわからないが、他に考えられない。すぐに在京の諸将を集めて下知を伝える。

「一秀、直ちに京に上り、胤光と共に三条の屋敷を攻めよ。柳本の一党を殲滅《せんめつ》いたせ」

「殲滅、にございますか」

その言葉の重みに、一秀の表情が変わった。

「他の者も、いつでも出陣できるよう備えておけ。丹波《たんば》の波多野《はたの》が後詰《ごづめ》に現れるやもしれん」

翌二十二日早朝、一秀と胤光の軍勢が三条の屋敷を囲んだ。三千の寄せ手に対し、柳本勢は寡勢ながら果敢に抵抗しているという。

京から刻々ともたらされる注進を、元長は海船館《かいせんやかた》の書院で聞いた。近くにいるのは久一郎だけである。

「俺は、甚次郎に会ったことがあります」

ぽつりと、久一郎が漏らす。

「父に似ず戦嫌いで、武士には向かぬ男でした。血を見るたびに顔を青褪《あおざ》めさせていたのをはっきりと覚えております」

「そうか」

そんな若者が、無謀と言ってもいい方法で兵を挙げた。誰かにそそのかされたのは間違いないだろう。公方府の混乱を狙った高国方か、あるいは公方府内部の誰かか。だが、賢治謀殺の真相を知るのは、自分の他には直接手を下した久一郎と配下の忍び、そして義維以外にいない。義維が誰かに漏らすことは考えられない。浦上家でも、村宗の他はほんのわずかな人間しか知らないはずだ。

「申し上げます」

使い番の声に、思案を打ち切った。まずは、目の前の戦だ。

次々と繰り出される新手に抗しきれず、三条の屋敷は焼け落ちた。逃亡した敵兵に対する掃討戦は、熾烈《しれつ》を極めているという。

その日のうちに、甚次郎の首が見つかったとの報せが届いた。捕らえた敵兵の話では、燃え盛る炎の中、従容として腹を切って果てたのだという。

戦嫌いの若者を戦場に立たせ、父だけでなく、命までも奪った。命じたのは、まぎれもなく自分だ。胸中に去来する苦い思いを押し殺し、低く言った。

「首は、六条河原に晒《さら》せ。公方府に敵対する者の末路を、しかと見せつけるのだ」


それから三日後の夕刻、一人の商人が海船館を訪ねてきた。

案内してきたのは久一郎で、出迎えた元長は思わず声を上げた。

「驚かせてしもうたかな、三好筑前《ちくぜん》殿」

頭巾《ずきん》を取ると、朝倉宗滴《あさくらそうてき》は声を上げて笑った。

人払いをし、二人で向き合って座った。

「一瞥《いちべつ》以来じゃな。あれからもう、四年になる。時の移ろうのは早いものよ」

「まさか、このような形でお目にかかるとは」

宗滴は商家の隠居といった出《い》で立《た》ちで、数人の従者は護衛の忍びだという。

「たまには旅でもしてみようかと思い立ってな。家来に無理を言うて京、堺と見て回っておった。せっかくなので三好殿にも会いたいと思うて、久一郎に案内を頼んだというわけじゃ」

運ばせた茶を啜《すす》る宗滴の鬢《びん》には、ほとんど黒いものが残っていない。もう、五十も半ばを過ぎたはずだ。

「ようやく高国との戦にけりが着いたと思うたらこの騒動じゃ。三好殿も忙《せわ》しない御仁《ごじん》よ」

「なかなか、思うように事は運びませぬ」

「難儀いたしておるは、貴殿ばかりではあるまい」

宗滴は碗《わん》を置き、じっとこちらを見つめてきた。

「三日前の戦、わしは近くで見ておった。多くの民が焼け出され、残党狩りでは家を踏み荒らされる。市中での戦とあっては致し方なきこととはいえ、民にとっても難儀なことじゃ」

「あのまま甚次郎を捨ておけば、いずれは京全域を巻き込む大戦となっておりました。やむを得ぬ仕儀にございます」

「じゃが、これで公方府の内訌が終わったわけではあるまい。いつまで、不毛な争いを続けるおつもりかな」

「それは」

「わしは、天下や政《まつりごと》について考えることを己に禁じておった。じゃが、貴殿《きでん》の話を聞いて その戒《いまし》めを解いた。考えることを捨て、戦場で采配を振ることのみに生を費やすは、ただ逃げておるだけではないかとな」

碗に残った茶を啜り、宗滴は続けた。

「細川六郎殿を、見限りなされ。外から見ておるとようわかる。このままでは公方府は割れる。貴殿の言われた天下の平定など、夢のまた夢じゃ」

口調こそ穏やかだったが、元長を見据える目は抜き身のように鋭い。

「義維公を擁し、兵を挙げるのじゃ。我が朝倉も軍を出す。南北から挟み撃ちにいたせば、堺と京を落とすはたやすいことじゃ。御前衆を討ち、六郎殿には仏門にでも入っていただけばよい。流す血も、ずっと少のうてすむ」

「して、その後はいかに？」

「阿波の持隆殿に、管領の座に就いていただく。持隆殿と我が主孝景《たかかげ》が両輪となって、義維公をお助けいたすのじゃ。わしと三好殿がその下で働けば、天下平定も夢ではあるまい」

「それは、宗滴殿お一人のお考えでしょうか」

「さよう。だが、三好殿が決断いたせば、主孝景はわしが何としてでも説得いたす。いかがじゃ？」

私欲から出た言葉ではないことは、はっきりと伝わってきた。床に視線を落とし、思案する。

確かに、惹《ひ》かれるものはあった。阿波衆と朝倉家の武力があれば、御前衆抜きでも畿内《きない》の国人衆を抑えられる。公方府の力は大きく飛躍するだろう。いつ果てるとも知れない暗闘と小競《こぜ》り合《あ》いを繰り返すより、一度の戦で決着をつけた方が、民の苦しみも少ない。

だが、顔も知らない朝倉孝景と、志を共にできるのか。新しい幕府は、三人で目指した夢だった。六郎を切り捨ててまで夢に近づくことを、自分は肯《がえ》んじられるのか。

顔を上げ、宗滴の目を見た。

「お考えは、確かに承りました。宗滴殿にそこまで仰《おつしや》っていただくは、武士として冥利《みようり》に尽きまする。されど、それがしに六郎様を見限ることはできませぬ」

「六郎殿に弓を引きとうないという貴殿の思いは、わしとて理解しておる。じゃが、情に縛られておっては天下を動かすことなどできんぞ」

「情ではござらぬ。六郎様は、それがしにとって主筋。主君に刃を向けた者の天下は、いずれ下の者に覆される。天下の安寧《あんねい》を志す者は、下克上《げこくじよう》を為《な》すべきではないと存ずる」

「細川六郎に、主たる器量があるとお思いか？」

「それがしは、六郎様が幼き頃より側《そば》近くにお仕えいたしてまいりました。周囲の佞臣《ねいしん》どもさえ除けば、英明さを取り戻していただけると信じております」

「それまで、此度《こたび》のような無益な戦を続けられると？」

「無益ではござらん。御前衆《くみ》に与する者を討ち、その力を削《そ》ぐことができ申した」

「そのために多くの庶人の家を焼き、年端もゆかぬ若者の首を晒したか。このようなつまらぬ内輪揉《も》めに、いったいどれだけの血を流すおつもりじゃ」

「それがしは、無駄な血とは思うてはおりませぬ」

「四年前、わしに語った志はどこへ置いてきたのじゃ。天下に安寧をもたらすと言いながら、貴殿がやっておるのはまるで逆の行いではないか」

真摯に問いかけるような眼差しだった。逸らしたくなる衝動を堪え、断ち切るように言った。

「これは、我が堺公方府内の問題。それがしにはそれがしの考えもござる。越前から見ておられるだけでは、わからぬこともござろう」

さらに数拍の間、視線を交えた。

やがて、宗滴は何か大きなものを諦めるように、深い息を吐いた。

「わかった。もう何も言わぬ。公方府は、三好殿の思うように動かすがよかろう」

その足で越前に帰るという宗滴を、元長は見送らなかった。


その日の夜、六郎から使者が送られてきた。至急、六郎の私邸に出仕せよとのことだった。

「罠《わな》ではありますまいか」

弟の康長《やすなが》が言うと、他の家臣たちもそれに同調した。

「わしを殺せば、阿波衆を完全に敵に回すことになる。持隆様も黙ってはおるまい。六郎様も御前衆も、そこまで愚かではない」

「されど」

「もしもわしに何かあれば康長、そなたは全軍で北庄《きたのしょう》を攻めろ。大樹を奉じ、御前衆を一人残らず討ち果たせ」

不安そうな表情を浮かべる弟に、元長は笑いかけた。

「そんな顔をするな。多少の諍《いさか》いはあったとて、六郎様がわしを謀殺することなどあり得ん。それよりも、わしがおらん間に高国の残党が動き出さんとも限らん。気を抜くなよ」

諸将に備えを下知し、六郎の私邸に向かった。万一の場合を考え、久一郎ら忍びも同行させている。

広間に現れた六郎が、上座に腰を下ろした。冷え冷えとした目つきで元長をじっと見据え、口を開く。

「そなたは、それほど柳本が憎いか」

低く、抑えた声だった。問いの意図がわからず、六郎の顔を見つめる。

「父親を卑劣な手段で謀殺し、仇を討たんと起《た》った遺児や家臣たちを皆殺しにする。そこまでして、己の地位を守りたいのかと訊《き》いておる」

束の間《つかのま》、重い沈黙が流れた。

「それを、誰に聞かれました？」

「誰でもよかろう。だが、確かな筋であることは間違いない」

ただの讒言《ざんげん》というわけではなさそうだった。あの謀略に深く関《かか》わった者が、六郎に近い誰かの耳に入れたのだろう。

「お人払いを」

言うと、六郎は目で合図する。近習や小姓《こしょう》が退出すると、元長は膝を進めた。

「いずれ、折を見てお話しするつもりではございました」

六郎の疑心に満ちた視線を受けながら、元長は続ける。

「それがしが謀《はかりごと》をもって賢治を討ったは事実にございまする。されど、あのまま捨て置けばいずれ、公方府は丹波衆の牛耳るところとなっておりました。大樹も六郎様も実権を全て奪われ、ただの傀儡《かいらい》とされていたはずです」

「それで、村宗と共謀し、公方府を窮地に追い込んだか。わしがそなたに泣きつくであろうと見越して」

「あの時は、ああするより他に策がございませんでした。されど、それがしの行いが間違いであったとは思っておりません」

「よく言えたものよ。一つ手違いがあれば、わしも大樹も討たれ、公方府など跡形もなく滅び去っておったかもしれぬというに」

「勝算はございました。いたずらにお二方《ふたかた》のお命を危険に晒したわけではござらん」

六郎は不意に俯《うつむ》き、消え入るような声で言った。

「わしが聞きたいのは、そんなことではない」

「六郎様？」

「そなたは昔から武勇も軍略も秀で、人望も厚かった。わしなど剣も馬も、学問も、どれを取っても敵《かな》わん。それでもわしは、そなたのような颯爽《さっそう》とした武人になりたいと思うておった」

溜《た》まりに溜まった何かを吐き出すように、六郎は続ける。

「堺に来てからというもの、周りに集まるのはつまらぬ輩《やから》ばかり。口を開けば追従か讒言。保身と他人の足を引っ張ることしか頭にない。そなただけは、そんな連中とは違う。そう信じておった」

「六郎様、それがしは……」

「やり口が、あまりに汚いではないか。賢治を陥れ、その遺児を殺しただけではない。そなたは、わしの思いまで踏み躙《にじ》ったのだ」

叫ぶと、六郎は顔を上げた。

「わしを裏切ったそなたには、再びの蟄居を命じる。ただし、阿波に帰ることは許さん。またおかしなことを企まれてはかなわぬからな。剃髪《ていはつ》し、堺のどこぞの寺にでも入っておれ」

口調を変えて言うと、何かを振り払うような面持ちで呟く。

「わしはもう、そなたを兄とは思わぬ。管領として、細川京兆家当主として、公方府はわしが動かす」

立ち上がり、六郎は足早に広間を後にする。元長は唇を嚙み締めながら、その背を見送ることしかできなかった。

六郎を見限れ。宗滴が口にした言葉が一瞬、脳裏をよぎった。六郎を管領の座から降ろし、代わりに持隆を据える。

だが、元長はその考えをすぐに打ち消した。持隆は、あくまで細川家の支流である。足利将軍家の血を引く義維と、細川京兆家家督の六郎、二人のうちどちらが欠けても、堺公方府は大義を失う。武力と同等に、血統は重い意味を持つのだ。

そこまで考えて、元長は息を呑んだ。

自分は六郎を、駒《こま》として見ている。六郎の血筋を、公方府を維持するために利用している。何のことはない、自分もあれほど嫌った之長《ゆきなが》と同じ過ちを犯していた。やはり自分は、之長の子なのだ。六郎が離れていくのも無理はない。

呆然《ぼうぜん》としながら立ち上がり、屋敷を後にした。

「久一郎。六郎様の屋敷を張れ。何かおかしなことがあったら、細大漏らさず報告せよ」

「お言葉ですが」

久一郎が声をひそめた。

「宗滴様が仰《おつしや》られたように、六郎様は見限るべきかと。こうなった以上、もはや修復はかないますまい」

「黙れ」

自分でも意外なほど、鋭い口調だった。

「六郎様が童の頃より、我らは共に生きてきた。そなたのような者に何がわかる。忍びは忍びらしく、命じられたことを果たせばそれでよい」

思わず、そんな言葉が口を衝《つ》いて出る。束の間後悔がよぎったが、口を開く気にはなれなかった。

気まずい沈黙の後、久一郎は硬い声で言った。

「承知いたしました。では、これにて」

一人になると、元長は書院の柱に拳を叩きつけた。

三

子《ね》の刻（午前零時頃）を過ぎ、町は寝静まっていた。わずかに開けた窓から外を覗《のぞ》いても、人はおろか野良犬一匹通りはしない。

この一月近く、久一郎は櫛屋《くしや》町の旅籠《はたご》の二階に逗留《とうりゅう》していた。武士や富裕な商人が定宿にする大きな旅籠で、広い通りを挟んだ向かい側には、高い板塀が一町（約百九メートル）以上も続いている。

細川六郎の私邸だった。表門は反対側にあり、そこにも監視の忍びが張りついている。

久一郎が受け持つのは、台所に通じる勝手口だ。ここを使用するのは出入りの着物商人や野菜売り程度のものだが、間者や密使の類《たぐい》がここを使うことは大いに考えられる。

退屈で死にそうだった。日がな一日部屋に籠《こも》り、人の出入りを見張り続ける。頭を使うこともなければ、命の危険もない。

これで銭をもらえるのなら、楽なものだ。掏中に呟きながら、久一郎はふん、と鼻を鳴らした。所詮、忍びは忍び。天下が、堺公方府がどうなろうと、自分の知ったことではない。

「天下か」

音になるかならないかの声で呟いた。朝倉宗滴のもとへ使いをした時、元長は、自分が天下を動かしたのだと言った。あの時には実感などなかったが、柳本賢治暗殺の時は違った。自分が賢治を討ったことで元長が復帰を果たし、細川高国と浦上村宗を破ることにつながった。浦上軍壊滅の報を聞いた時、これまで感じたことのない興奮が全身を捉《とら》えて離さなかった。自分が果たした任が、確かに天下を動かしたのだ。

それは、手強《てごわ》い敵を打ち倒すことよりもはるかに大きな快感だった。再びこの快感を味わいたい。渇望に近い思いは、抗《あらが》い難いほど強かった。

同時に、元長へは畏敬《いけい》の念を覚えた。この主に仕えていればいつか、本当に戦のない世を見ることができるかもしれない。

だがそれも、一夜の夢のようなものだった。元長は失脚し、自分はこうして退屈で単調な役目を嘆きながら、体を鈍《なま》らせている。

出家剃髪した元長は、堺南庄《みなみのしょう》の顕本寺《けんぽんじ》に蟄居していた。公方府は今、万事を六郎が取り仕切っている。全ては今日の前にある六郎の私邸で決定され、義維や持隆の出る幕はない。何度か、諫言《かんげん》のために持隆が屋敷を訪れたものの、六郎は聞く耳すら持たないという。

元長のいない公方府に、天下の平定などできるはずもない。元長という共通の敵が力を失えば、いずれ御前衆同士が諍いをはじめるのは目に見えている。元々、反元長という一点のみで結びついたにすぎないのだ。六郎に対する忠誠など、期待するのも愚かだった。やがて、公方府は瓦解《がかい》する。その後に誰が畿内の覇権を握るのか。この国から戦が絶える日が、本当に来るのか。暇に任せて考えてみたが、やはりどうでもいいことだった。自分が生きている間は、戦がなくなることなどないだろう。

小さな衣擦《きぬず》れの音が、久一郎を現実に引き戻した。

部屋を隔てる屏風《びょうぶ》の向こうで、凛《りん》が立ち上がった。仮眠から目覚めたのだろう。久一郎と同じく、いつでも飛び出せるように忍び装束に身を固めている。

「交代」

「そうか。もうそんな刻限か」

交代は丑《うし》の刻（午前二時頃）だった。部屋は凛と二人で、夫婦者という触れ込みで借りている。監視は二刻（約四時間）ずつで、その間に食事と仮眠を摂《と》る。

窓際の場所を譲り、壁にもたれて足を伸ばした。凛は無言のまま窓の外に顔を向けている。相変わらず、必要以上のことを口にしようとしない。

凛とはじめて会ったのは、久一郎が剣衆《つるぎしゅう》の里に入って半年ほど経った頃のことだ。口数の少なさと能面のような無表情は、あの時から変わっていない。技の覚えは早く、たちまち他の子供たちを追い抜いていった。素早さと吹き矢の腕は、久一郎もかなわない。猿楽《さるがく》の女芸人に扮し、柳本賢治に毒を塗った吹き矢を浴びせたのも凛だった。

考えてみれば、もう十年以上の付き合いになる。普通の男女であれば、幼馴染みという間柄になるのだろうか。あまりに似つかわしくない言葉に、つい苦笑が漏れた。

視線を外に向けたまま、咎めるように凛が言う。

「何？」

「いや、何でもない」

そういえば、これほど長い付き合いにも拘《かか》わらず、自分はこの女のことを何も知らない。

「お前、里に来る前は何をしてた？」

そんなことさえ、訊《たず》ねるのははじめてだった。どうせ無視されるか、あんたには関係ないと一蹴《いっしゅう》されるだろうと思っていたが、意外にも、数拍の間を置いて答えが返ってきた。

「普通の、百姓の娘」

期待していなかった返答に軽く驚きを覚えながら、退屈なのは自分だけではなかったらしいと思い直す。

「そうか。それが、何で忍びの里に？」

「他に、行くところなんかなかった」

それから、凛はぽつぽつと自分の過去を語った。

凛が生まれたのは、南阿波の小さな農村だった。貧しいが自分の田地を持つ農家で、父と母に、姉が一人。凛は自身の言葉通り、普通の百姓の娘として生まれ育った。

村が野伏《のぶ》せりに襲われたのは、九歳の時だったという。なけなしの食糧も数少ない金目の物も奪われ、抵抗した父と母は目の前で殺され、凛は姉と共に人買い商人に売り飛ばされた。姉の消息も、それ以後知れない。

凛が買われたのは、勝瑞《しょうずい》城下の商家だった。そこの主人は、女童《めわらわ》に興奮を覚える質《たち》だったという。商人は折を見て凛を組み伏せ、歪《ゆが》んだ欲望を満たした。

「目に映る全部が、憎くてたまらなかった。何で、あたしばっかりこんな目に遭うの？何で、おっ父《とう》もおっ母《かあ》も死ななきゃいけなかったの？　そんなことばかり考えた」

二年が過ぎたある日、積もりに積もった憎悪が凛の中で弾《はじ》けた。所用で実家に戻った妻の目を盗んで凛を呼び出した商人の喉《のど》を、隠し持った短刀で抉《えぐ》ったのだ。

錯乱状態で屋敷を飛び出した凛は、近くの神社に逃げ込んだ。返り血に汚れた顔を拭《ぬぐ》うことも忘れ、小さな祠《ほこら》の中で一晩ぼんやりと過ごした。人を殺したという思いも、これから先、自分はどうなるのかという思いも湧いてはこない。頭の中は真っ白で、ただただ低い天井を見上げているうちに夜が明けていた。

翌朝、不意に祠の扉が開かれる。外にいたのは、中年の男が一人だけだった。自分はこれから殺されるのだ。死ねば、父や母に会えるだろうか。無感動に思いながら顔を上げた凛に、男が言った。

お前に相応しい場所がある。望むのであれば、連れていってやろう。

その男は、源六と名乗った。

「お頭《かしら》が、何でそんなに早くあたしを見つけられたのかは知らないし、どうでもいい。そんなことより、自分に居場所があるなら、どんなところか見てみたいと思った」

凛は窓の外に顔を向けたまま、淡々と語った。だがその冷めた口調の奥には、今までまるで感じることのなかった熱が、ほんのわずかだが見て取れる。少なくともこの女は、人殺しのために作られた人形などではない。

自分によく似ていると、久一郎は思う。この乱世に肉親を奪われ、物のように売り買いされ、畜生以下の扱いを受けた。この世の全てを憎み、それでいて、心のどこかでは居場所を求めている。そこが、決して光が射《さ》し込《こ》むことのない場所であったとしても。

久一郎は、仲間を見つけたような安堵感を覚えていることに、自分でも戸惑った。咄嗟《とっさ》に浮かべた冷笑で、困惑を押し隠す。

「驚いたな。お前がそんなに長く喋《しゃべ》れるなんて」

皮肉な口ぶりに、凛はやや間を空けて答えた。

「別に。ただ、何となく」

突き放すような言葉からは、先ほどまで確かにあった熱がきれいに消えていた。いや、突き放したのはこっちの方だ。今さらながら気づいて、久一郎は再び困惑した。遠ざかる背中を追うように、慌てて言葉を投げる。

「俺も……」

俺も、お前と同じだ。言いかけた時、凛の切れ長の目がさらに鋭くなった。

「……誰か出てきた」

凛の放つ張り詰めた気を受け、意識せずとも一瞬で頭の中が切り替わる。床に置いた忍《しのび》刀《がたな》を素早く摑《つか》み、覆面で口元を覆う。

「あの身のこなし、忍びだ」

「俺が行く。お前は監視を続けろ」

忍刀を背に括《くく》りつけ、部屋を出た。物音を立てないように階段を下り、外を窺う。

二十間（約三十六メートル）ほど先に、人影が一つ。下人《げにん》の身なりだが、忍び特有の小刻みな足捌《あしさば》きで、東へ向かって駆けていく。他に、仲間がいる気配はない。後を追って、久一郎も駆け出した。距離を保ったまま、ぴったりと後をついていく。

身のこなしから、それほどの腕ではないとわかる。捕らえることも不可能ではないが、元長からは目立つ行動は避けるよう厳しく言われていた。ここは、どこへ向かうかだけを確かめるべきだろう。

影は熊野大路《くまのおおじ》を北上し、北材木町《ざいもく》に入ったところで右へ折れる。一際大きな武家屋敷の前まで来ると、影はようやく足を緩めた。ここまで来れば、行き先は一つしかない。

影は門番と短く言葉を交わし、門の内側へと消えていった。

四

春の抜けるような青空の下、法円寺《ほうえんじ》の境内《けいだい》に植えられた桜は満開を迎えていた。

「いかがにございます？」

縁に座って境内を眺める六郎の傍らに、酒を運んできた晴が腰を下ろす。

「そなたの申した通り、なかなかに見事な眺めだ」

晴が生まれ育った村にほど近い、老いた住持が一人いるだけの小さな寺だ。ここの桜が見事だと晴が言うので、遠乗りがてら、僅《わず》かな供を連れて訪れていた。

「たまには日々の雑事を忘れて、遊山《ゆさん》に出るのもよろしゅうございましょう？」

「ああ、そうだな」

元長に蟄居を命じて一月余が経つが、その間、心が休まることはなかった。元長の抜けた穴をどう埋めるか、ひび割れだらけの公方府をどうまとめるか。そんなことばかりを考えている。夜もなかなか寝つかれず、悪夢にうなされて夜中に目覚めることも多い。そんな六郎を見かねて、晴は今回の遊山を言い出したのだろう。

堺を出るのは実に久しぶりだった。鶯《うぐいす》のさえずりを聴きながら、盃に口をつける。昼下がりの陽射《ひざ》しは暖かく、気を抜けばまどろんでしまいそうになる。

住持《じゅうじ》が挨拶《あいさつ》にきた。腰はすっかり曲がり、歯もほとんど抜け落ちている。

「このような粗末な寺に、ようおいでくださりました」

「よい庭だな、御坊《ごぼう》」

建物は古びているが、庭の手入れは行き届いている。質素だが穏やかな佇《たたず》まいで、いつまでも眺めていられる。曽祖父《そうそふ》に当たる細川勝元《かつもと》は龍安寺《りょうあんじ》に趣向を凝らした庭を造ったというが、六郎にはそうした趣味はない。

世話になる礼に寺領を寄進しようと申し出たが、住持は笑って断った。

「領地などなくとも、人は生きてゆけまする。人に本当に必要なのは領地などではなく、心の平安にございましょう」

「そうだな、まさしくその通りだ」

己の領地や権勢にばかり固執する武士たちに聞かせてやりたかった。いや、自分もその一人だ。我欲にまみれ、つまらない争いばかりを繰り返している。

住持が奥へ消えると、晴の酌で盃を重ねた。

気づくと、夜具の中に横たわっていた。狭い部屋に、夕陽《ゆうひ》が斜めに差し込んでいる。

「お目覚めになられましたか？」

晴の声。いつの間にか、眠っていたらしい。

「ここは？」

「法円寺の庫裏《くり》にございます。お疲れだったのでしょう、ようお眠りでございました。今宵はここにお泊まりなさいませ。堺へは、すでに使いを出しておきました」

「そうか。すまんな」

「何かあってはと、堺へ警固の軍勢を送っていただくよう頼んでおきました。安心して、お眠りください」

泊まることになるとは思っていなかったので、供《とも》は十人だけだった。大げさなとは思ったか、用心にこしたことはないだろう。

眠気はまだ強い。だが、それほど呑んだという記憶もない。どこか釈然としない気分のまま、再び睡魔に襲われた。

次に目が覚めた時、周囲はまだ暗かった。隣に敷かれた褥《しとね》では、晴が寝息を立てている。

不意に、嫌な予感が全身を包んだ。体を起こし、晴を揺り起こす。

予感が実体を伴うのに、時はかからなかった。刃を打ち合う音。叫び声。遠いが、間違いない。全身に、じわりと汗が滲む。

「お館様！」

近習の一人が、いきなり板戸を開いた。抜き身をぶら下げ、荒い息を吐いている。

「刺客《しかく》にございます。二十名は下らぬかと。じきに堺からの軍勢がまいるはずゆえ、それまでは我らが」

開け放した板戸から、月明かりに照らされた境内が見えた。近習たちが、群がる黒い影と斬《き》り結んでいる。青白い光を放つ刃が無数に交錯し、その度に甲高《かんだか》い音が上がった。供は十人。手練《てだ》れが揃《そろ》っているが、相手はおそらく忍びの類《たぐい》だろう。誰が送った刺客か、考える余裕もない。

持ちこたえられるのか。込み上げた恐怖を、歯を食い縛って堪える。枕元《まくらもと》の太刀を摑んで鞘《さや》を払った。

「晴、わしの側を離れるな」

「はい」

落ち着け。自分に言い聞かせる。幼い頃から剣の腕は磨いてきた。持ちこたえられるはずだ。晴に、指一本触れさせはしない。

いきなり、近習が棒で打たれたように倒れ、晴が悲鳴を上げた。

近習の眉間《みけん》に、何か棒のようなものが突き立っている。直後、一人が部屋に飛び込んできた。敵の得物は、小太刀《こだち》のように短い、反りのない刀。太刀を振り回しては、勝ち目はない。

六郎は床を蹴《け》って前に出た。渾身《こんしん》の力を込めた突きが空を斬る。横にかわした相手に向けて太刀を薙《な》ぐが、いとも簡単に受け止められた。そのまま押し合いになる。

不意に、相手が刀を引いた。背を向け、そのまま逃げ去っていく。

やがて、遠くから馬蹄《ばてい》の響きが聞こえてきた。

「堺からの軍勢が」

誰かが叫んだ。境内の敵が、潮が引くように逃げはじめる。

「大事ないか？」

六郎の傍らに立ち尽くす晴が、強張った顔で頷《うなず》く。安堵の息を漏らした時、背後に気配を感じた。振り返る。寝巻き姿のままの、この寺の住持だった。

構えかけた太刀を下ろしたが、どこか違和感を覚えた。曲がっていたはずの住持の腰が、しっかりと伸びている。

不意に、住持が信じられない速さで動いた。次の刹那、晴が小さな呻き声を上げる。その背中から、何かが突き出ていた。血に濡《ぬ》れた、刃の切っ先。

晴が目を見開き、こちらに顔を向けた。救いを求める視線を六郎に投げかける。その体から、刃が引き抜かれた。短い、反りのない刀。晴がその場に膝をついて倒れた。床に、ゆっくりと血溜まりが広がっていく。

何が起こったのか、まるで理解できない。混乱したまま晴を見た。頭をもたげ、苦しげに口を開く。

「お、館さ、ま……」

その背中に、住持が逆手に持ち替えた刀を振り下ろす。晴は大きく体を震わせ、血の海に顔を沈めた。

頭の中で、何かが弾けた。体が勝手に動き出す。太刀を握り直し、声にならない声で叫んだ。上段から振り下ろした太刀を嘲《あざわら》うかのように、住持は後ろに跳んでかわす。

境内から、馬の嘶《いなな》きと無数の足音が聞こえてきた。数人の具足をつけた男たちが、槍《やり》や刀を手に部屋に入ってくる。住持は縁と反対側の廊下に出ると、そのまま身を翻して闇《やみ》の中に消えていった。六郎は踏み出しかけた足を止め、晴に駆け寄った。

傍らに膝をつき、抱き起こす。端整な顔が、血で汚れていた。何度呼びかけても、返事はない。

気づくと、男たちが六郎の周りを囲んでいる。

「お館様、ご無事にござったか」

どこかで聞いた声。木沢長政か。なぜ、ここにいる。思ったが、どうでもいいことだ。

長政は目の前で何か喚《わめ》いているが、頭には入らない。

「……晴が、返事をせぬのだ」

ようやく、それだけを搾《しぼ》り出した。

「お館様。お晴殿は、もう……」

晴の顔を覗きこんだ長政が、小さく首を振る。無視して、晴の名を呼び続けた。

まともに物が考えられるようになった時には、襲撃から十日近くが過ぎていた。

晴が死んだ。供をした近習も、半数以上が死んでいた。長政が駆けつけるのがあとほんの少し遅れていれば、自分も討たれていただろう。いっそ、その方がましだったかもしれない。

襲ってきた二十数名のうち、倒したのは七名。生け捕りにできたのは一人もいない。手負って捕らえられそうになった者は、自ら喉を突いて死んだという。

あの日から、六郎は自室に籠ったまま一歩も外に出なかった。何をしていたのかも、ほとんど覚えていない。人が多く訪れて屋敷が騒がしいのはわかったが、誰に会う気も起きなかった。病と称し、義維の見舞いすら断った。

夢の中で、何度も晴に会った。決まって、笑っているのか怒っているのかわからない曖《あい》昧な表情を浮かべている。何か話してはいるが、声は聞こえない。手を伸ばしても、触れることはできなかった。

自分と出会わなければ。堺へ連れてこなければ。遊山になど出かけなければ。どれほど悔やんだところで、晴が戻ることはない。それでも、無数の後悔が六郎を苛《さいな》んだ。

どこから仕組まれていたのか。本物の住持は後日、境内の井戸の中に死体となって沈んでいるのを発見されたという。あの寺に行くと決めたのは、前日の深夜だ。行き先も、自分と晴、それからほんの僅かな供の者しか知らなかったはずだ。どこで情報が漏れたのか。考えれば考えるほど、わからないことだらけだった。

「お館様」

廊下から声がした。

「木沢様がお見えになられておりますが、お断りいたしますか」

「いや、会う。広間で待たせよ」

いつまでも、部屋に籠っているわけにはいかない。衣服を改め、髪を整えた。

広間に移る途中、庭を眺めた。いつの間にか、吹く風もずいぶんと暖かくなっていた。

「久しいな、長政」

上座に腰を下ろし、脇息《きょうそく》にもたれかかる。

顔を上げた長政の目の下には、青黒い隈《くま》が張りついていた。ふくよかだった頬《ほお》の肉も、ずいぶんと削げ落ちている。

「だいぶ、疲れておるようだな」

「あの日から、寝る間を惜しんで刺客の黒幕を探っておりました」

「そうか。して、何かわかったか」

「お館様にとっては、厳しい事実になりまする。お覚悟のほどを」

いつになく重い口ぶりで言った長政に、頷きを返した。

長政は、懐から一冊の薄い冊子を取り出した。受け取り、中に目を通す。

懐かしい字が、飛び込んできた。仮名が多く、間違っても達筆とは言えない。だがそれは、まぎれもなく晴の字だった。

「これは……？」

「まずは、お目通しを」

読み進めるうち、全身が震えはじめた。日記のようだが、少し違う。この一月の間に六郎が誰と会い、どこへ行ったか、詳細に記されている。

「……これは、いったい何だ」

「お晴殿の部屋で見つかった物にございます。ご覧の通り、お館様の動向が細大漏らさず記されております」

「だが、何のために」

改めて問うまでもなかった。晴は、間者《かんじや》だった。

「恐らく、月ごとに雇い主のもとに送っていたのでしょう。部屋に残されていたのは、これ一冊にございました」

「馬鹿な。信じられぬ」

「晴の父親は、襲撃の翌日から姿を消しております」

足元に深い穴でも開いたような心地だった。晴と出会ったのは、もう四年も前のことだ。あの時から、自分は欺かれていたのか。晴が間者であったならば、六郎の居所など簡単に知ることができる。

「そしてもう一つ」

長政が傍らに置いた包みの布を開いた。中には、五寸（約十五センチ）ほどの鑿《のみ》のような棒。

「忍び道具の一つにて、苦無《くない》と呼ばれる物にございます」

あの寺に残された物だろう。死んだ近習の体にも、これが突き立っていた。

「伊賀者《いがもの》も甲賀者《こうがもの》も苦無は用いますが、それぞれ形や重さに微妙な違いがあり申す。伝手《つて》を頼って調べさせたところ、容易ならざる事実が明らかとなりました」

「もったいぶらずに申せ」

「三好殿配下の剣衆が、これとよく似た形の物を使っておるとの由《よし》にございます。お晴殿の件と合わせ考えれば、導き出される答えは一つ」

「待て。晴が間者であったのならば、何ゆえ殺されねばならん」

「口封じにござろう。忍びの世界では、さして珍しくもない話にござる」

目を細め、じっと長政を見つめた。もしも讒言ならば、ただではすまさない。そんな気迫を視線に込める。それでも、長政は六郎の目をしっかりと見返してきた。

柳本賢治謀殺の件も、長政が正しかった。讒言かもしれないと思っていたが、元長は自分が糸を引いていたと認めたのだ。

「そのような証拠など、いくらでも作ることができよう。公方府内の混乱を狙った高国方残党の仕業ではないのか」

「高国方には最早、あれほど腕の立つ者どもを雇う力はございませぬ。あるいは、元長と高国の残党が手を結んだとも考えられましょう。お館様を排するという点で、両者の利害は一致しております」

「元長はかつて、晴をどこかの間者かもしれないと言ったことがあったぞ」

「そう申せば、お館様が反発して側に置き続けると読んだのでしょう。お館様のご気性を知るあの男ならではの駆け引きにございまする」

「だが、元長がわしの命を狙《ねら》うなど……」

ありえない。言おうとしたが、言葉は出なかった。

誰かが誰かを騙《だま》し、裏切り、利用する。そんな光景は、もう嫌と言うほど見てきた。そして元長は、数々の罠を張り巡らせて柳本賢治を暗殺し、浦上村宗を利用して復権を果たした男だ。

「お認めくだされ。お館様を欺き続けた挙句に命まで狙ったは、三好筑前守元長にござる」

瞑目《めいもく》し、晴の顔を思い浮かべた。耳を優しく撫でるような笑い声。抱き寄せた時のやわらかさや温かさ。すべてがはっきりと思い出せる。

間者であろうとなかろうと、どうでもよかった。

晴の仇。自分が取らずして、誰が取るのか。

考えたのは一瞬だった。もう、後戻りはできない。決意を固め、長政を見据える。

「わしは元長を倒す。そのためには、そなたの力が必要だ」

五

元長が身を置く堺南庄の顕本寺は、物々しい雰囲気に包まれていた。寺を警固する兵たちの表情には、戦を前にした厳しさが漂っている。

六郎を襲わせたのは元長だという噂が、まことしやかに囁《ささや》かれていた。堺の北庄と南庄の間には一触即発の空気が漂い、六郎が元長に切腹を命じるという風聞まで流れている。

噂を聞きつけた三好一秀や鎌田《かまた》光久《みつひさ》は、警固を名目に南庄に軍勢を集結させていた。北庄にも摂津衆をはじめとする軍勢が集まり、槍の穂先を南庄へ向けているという。堺を南北に貫く熊野大路は木戸が閉じられ、両庄間の往来もままならない。細川持隆が元長の赦免を訴え続けたものの、ついに説得を諦め、手勢をまとめて阿波へ帰国している。

裏で糸を引いているのが誰か、見当はついていた。

銭を掴ませている六郎の近習に聞いたところでは、六郎が遊山に出かけると言い出したのは当日の朝だという。前日に行き先を知っていたのは、六郎の他には晴しかいなかったはずだ。襲撃から間もなく、晴の父親も姿を消した。そして襲撃前夜、六郎の屋敷を出た忍びが木沢邸に入るのを、久一郎が確認している。

これらを考え合わせれば、謀略の全容はおのずと見えてくる。

六郎を襲わせたのは、木沢長政だった。脅されたのか、それともあらかじめそのつもりで送り込まれたのかはわからないが、晴は長政の間者だったと見て間違いないだろう。長政に今、六郎を殺す理由はない。目的は、六郎を襲ってその罪を元長になすりつけ、離間を謀ること。同時に間者の口まで封じること。この二点だ。襲撃直後に長政が駆けつけたのも、誰かが六郎の耳に都合の悪いことを吹き込まないように囲い込むためだ。

周到かつ、大胆な謀略だった。一つ間違えば全てが崩れ、己の身を滅ぼすことにもなりかねない。元長は改めて、長政という男を見誤っていたことを痛感した。

急遽《きゆうきよ》調べさせてみたものの、長政の過去にははっきりしないことが多い。妾腹《しようふく》の子で仏門に入れられていたが、父と兄が相次いで病死し、家督を継いだという。その後も、木沢家の古参の家臣や畠山家の有力被官の中には不可解な死に方をした者が多くいた。おそらくは、今回のような綱渡りにも等しい謀略を、幾度も繰り返してきたのだろう。

重苦しい緊張を孕んだまま、五月を迎えた。

「その頭も、ずいぶんと板についてまいりましたな」

北庄の様子を報告にきた久一郎が言う。からかうような口調だが、どこか冷めてもいた。元長の蟄居が決まったあの日以来、久一郎からは役目に対する熱が消えていた。どこか、命じられたことを淡々とこなしているだけのように思えるのだ。その原因は、間違いなく自分にある。

「まったくだ」

元長は剃《そ》り上げた頭を撫でた。

「はじめは自分で鏡を見るたびに笑えて仕方がなかったが、何事も慣れだな」

「いっそこのまま、仏の道に進まれてはいかがです？」

「そうもいかん。ここまできて全てを投げ出したのでは、それこそ死んだ者たちが浮かばれん」

「ならば、いかがなされるおつもりで？」

腕を組み、元長は思案した。

六郎が、朽木に逼塞《ひっそく》する足利義晴と接触を図っている。六郎の周辺に蒔《ま》いた間者からの報せだった。

義維と縁を切り現将軍の義晴を奉戴《ほうたい》すれば、江南の六角家や若狭《わかさ》の武田《たけだ》家も味方につけられる。そうなれば、元長と拮抗《きっこう》する兵力を得られるのだ。京は今も元長の家臣たちが押さえているが、六角が上洛《じょうらく》の兵を挙げれば、支えきることは不可能だろう。

もはや、決裂は決定的だった。六郎と義晴の提携が成るより前に、動かなければならない。だが、どう動くべきか。北庄を攻めるのは論外だった。義維の身柄を押さえられれば、逆臣の汚名を着ることになる。それ以前に、自分は六郎に刃を向けられるのか。答えは否《いな》だった。

「やはり、木沢を討つ他あるまい」

全ての元凶はあの男だった。

「総力を挙げて飯盛山城を落とす。木沢を潰《つぶ》せば、六郎様も下手《へた》な動きはできぬ」

久一郎が、窺うような視線を向けてきた。

「この期に及んでもまだ、六郎様を案じられるのですか」

「何が言いたい」

「六郎様は、間違いなく殿を討つおつもりでしょう。こちらも覚悟を決めねば、足元をすくわれますぞ」

「たとえわしを討つつもりであっても、それは誤解から生じたこと。面と向かって言葉を尽くせば、必ずやわかっていただける」

「何ゆえ、そこまで六郎様を」

「一度決めたら、命を懸けて信じ続けよ。でなければ、相手が自分を信じることもない」

六郎も義維も、自分と同じだった。父を知らず、望みもしない血統に生まれたがゆえに、生き方を選ぶこともできない。ならば、自分がこの二人を天下へと押し上げる。いつの日か、そう決めていた。だが、それを久一郎に話す気にはなれなかった。

久一郎が去ると、近習の一人を呼んだ。

「使いを頼む。河内の畠山義堯殿のところだ」

元長の蟄居により、長政はかつての力を取り戻していた。今や、河内の国人のほとんどが長政に靡《なび》いている。だが、義堯と組んで長政を討てば、形勢は大きくこちらに傾く。茨木長隆や三好神五郎には、元長に対抗できるだけの力はない。

あてがわれた僧坊に戻り、菊《きく》に茶を運ばせた。

「すまんが、また戦だ」

茶を一口啜って切り出すと、菊は小さく息を吐いた。

「さようにございますか。殿も、ご出陣を？」

「ああ。こたびは難しい戦となろう。わしが行かねばなるまい」

「髪も下ろされたというのに」

「形だけのことだ。まだまだ、俗世と縁を切るわけにはいかん」

顕本寺に移ってからは、妻子と過ごす時間が増えた。息子たちに学問を教え、剣の相手をする。それはそれで、幸福な時だった。

「こんな世です。殿方が戦に出るのも致し方ないのでしょう。ご武運、お祈りいたしております」

こんな世を変えるために、戦を重ねてきた。そのために何人の命を奪ったのか、もう考えることはしない。罪は、自分一人が背負えばいい。

五月十九日、河内高屋城の畠山義堯が木沢長政討伐のため兵を挙げ、同時に京からも三好一秀の指揮する軍が出陣した。大和《やまと》からも越智《おち》や古市《ふるいち》といった国人衆が参陣し、総兵力は一万五千に及ぶ大軍となった。

長政は飯盛山城に籠り、六郎の援軍を待つ構えを取っている。康長を残してひそかに堺を出た元長は、城を囲む味方に合流した。

「やはり、備えをかなり増強しております。力攻めで落とすとなれば、それなりの犠牲を覚悟せねばなりますまい」

城を睨みながら、一秀が唸るように言った。

山全体が無数の郭《くるわ》に覆われ、巨大な一個の山城と化している。麓《ふもと》の縄張りもかなり拡張され、要所要所に高い櫓《やぐら》を配していた。

長政の将才はさしたる物ではないと、元長は見ている。だが、籠城戦《ろうじようせん》ともなれば将の力量よりも城の堅固さと兵数、兵糧や水の蓄えが物を言う。

「城兵は五千か。思ったよりも多いな」

こちらの挙兵を察知していたということだろう。長政の周到さを考えれば、驚くほどのことではない。

本陣に諸将を集め、軍議を開いた。元長の配下は堺の康長を除きほぼ全員が参陣し、義堯をはじめとした畠山家の将や大和の国人衆の姿もある。

上座に義堯と並んで座し、一同を見回す。

「まず、それがしがこの場にいることは、固く秘していただきたい。顕本寺に元長がいるとなれば、六郎も迂闊《うかつ》には動けない。いずれは察知されるだろうが、その分だけ援軍の到着は遅れる」

「鎌田光久。そなたは城攻めに加わらず、堺からの援軍に備えよ」

「はっ」

「大手は畠山殿と大和衆に受け持っていただく。一秀は搦め手《からめて》だ」

正攻法でいく他なかった。長政のことだ、兵糧は十分に蓄え、水の手も確保しているだろう。城内に送り込んだ間者は徹底的に狩り出され、連絡も取れない。

「明日の夜明けとともに、攻撃を開始いたす。この一戦で獅子身中《しししんちゅう》の虫、木沢長政の首を必ずや挙げる。各々方《おのおのがた》には、その覚悟で臨んでいただきたい」

翌朝、日の出と同時に諸勢が動きはじめた。喚声。陣太鼓《じんだいこ》。断末魔の悲鳴。風に乗って、大手正面に位置する本陣まで聞き慣れた戦場の音色が響いてくる。

戦況ははかばかしくなかった。絶え間なく降り注ぐ矢と飛礫《つぶて》に、味方は足を止められている。こちらの放った火矢は、城壁に突き立つと即座に水をかけられた。やはり、長政は万全の備えをもって臨んでいる。

最初の数日は、さしたる戦果もないまま過ぎていった。疲れの見えた隊を入れ替えながら攻め立てたが、敵の抵抗は依然激しい。組頭《くみがしら》や侍大将《さむらいだいしょう》の中にも、敵の矢で命を落とす者が出はじめている。

十日目、一秀が搦め手口を破り、城内への侵入に成功した。いつまで経っても現れない援軍に、敵の士気が下がりはじめている。

翌日からは、一日に二つ、三つと郭を落とし、敵を徐々に山上へと追い上げた。味方の犠牲も増えているが、ここは攻撃の手を緩めるべきではないと、元長は判断した。

堺に残してきた久一郎が陣所を訪ねてきたのは、六月十日の夜のことだった。

「お館様が、何やら動きはじめました。昨晩、わずかな供廻《ともまわ》りのみを連れてひそかに堺を発った茨木長隆が、京に入っております」

「京へ、だと？」

「はい。間違いありませぬ」

「それからどうした」

「下京《しもぎょう》の、懇意《こんい》にしている商人の屋敷に入りました。今は、お頭自らが数名を率いて張りついております」

元長は腕を組んだ。今、長隆が単独で動くとは考えにくい。必ず、六郎の意を受けているはずだ。

「お館様ご自身は、いまだ動いてはおられんのだな？」

「はい。北庄には三千ほどが集まっておりますが、あくまでお館様を守るための軍勢にございます」

何が狙いか。今の段階では判断のしようがない。それでも、何か嫌なものを感じる。

「すぐに京へ戻り、源六らに伝えてくれ。総力を挙げ、茨木長隆を捕らえよ。多少手荒な真似《まね》をしても構わん。何のための入京か聞き出すのだ」

「して、その後は」

束の間考え、答えた。

「斬れ」

一瞬元長の目をじっと見つめ、久一郎は首肯《しゅこう》した。

床に就いても、眠りはなかなか訪れなかった。元長は床を出て、畿内全域を記した絵図《えず》を睨んだ。

長隆の動きが、心のどこかに引っかかっている。

考えられるのは、朽木谷《くつきだに》の義晴に元長討伐の御教書《みぎょうしょ》を出させるということだ。だが、いくら大義名分を手にしたところで、元長と対抗できるだけの兵力が六郎にはない。今の形勢では、義晴に与《くみ》する六角家も動こうとはしないはずだ。

かつて元長が画策したように、洛中で土一揆《どいっき》でも煽動《せんどう》するつもりだろうか。だがあの時は、細川高国に対する不満が京の民の間に渦巻いていたからこそ成功したのだ。京の施政には細心の注意を払ってきた。一揆の起こる土壌は、今の京にはない。それに、一揆の煽動という仕事が長隆に向いているとも思えなかった。

何か、見落としたものはないか。どこかに陥穽《かんせい》が仕掛けられてはいないか。どれほど考えても、浮かぶものは何もない。底なしの沼に両足を踏み入れたような、漠然《ばくぜん》とした不安が込み上げてくる。

悩んだところでどうなるものでもない。とにかく今は、飯盛山城を落として長政の首を獲ることだ。それで、六郎との対立はほぼ片がつく。

明日も、戦に明け暮れることになる。昇りはじめた朝日の眩《まばゆ》さに顔をしかめながら、絵図を畳んだ。

六

京の町は、いまだ眠りに沈んでいる。

月は雲に隠れ、星もほとんど見えない。久一郎は行商人に身をやつし、河内飯盛山から駆けに駆けてきた。体は疲れきっていたが、足を緩めることはしない。京へ戻るよう命じた元長の様子は、これまでにないほど厳しいものだった。何か、感じるところがあったのだろう。

足早に五条大橋を渡り、尾行がないことを確認しながら左へ折れた。中小の宿が軒を並べる一角に、椿屋はある。元長配下の忍びが京にいくつか抱える拠点の一つだ。茨木長隆が逗留する商人の屋敷に向かう前に、まずは人数を集めなければならない。

しばらく堺の六郎に張りついていたので、椿屋を訪れるのは久しぶりだった。

ずいぶん会っていないが、しずは元気にしているだろうか。歩きながら、店で抱える遊女の顔を思い起こす。京にいる時はよく床を共にしていたが、久一郎が忍びであることは知らない。自分の働く店が忍びの拠点になっているということすら、知らされてはいないのだ。

熱心な一向門徒で、毎朝早くから念仏を唱えられるのには辟易《へきえき》させられた。そんなことを思い出して口元を緩めかけた時、何かが耳朶《じだ》を打った。

息遣い。か細く、今にも途切れそうだ。周囲に視線を走らせ、気配を探る。三間ほど先の路地を折れた先に、人影が見えた。民家の塀に寄りかかり、足を投げ出している。

脇差に手をかけて慎重に忍び寄ると、影が弱々しい声を発した。

「……久一郎、か」

声の主は、藤太だった。

「どうした。何があった？」

「椿屋が、襲われた。お頭に知らせせようとしたが……」

「待ってろ。すぐ手当てを」

言いかけて、藤太の脇腹のあたりにどす黒い染みが広がっていることに気づいた。

「俺は、もう駄目だ。お前は早く、店に……。み、みんなが……」

藤太の目は、もう久一郎を見ていない。何かに魅了されたように、虚空の一点を見つめている。

「悔しいなあ。みんなと一緒に戦いたかったけど、俺、弱いから……」

そこまで言って、藤太は事切れた。

久一郎は立ち上がり、唇を噛んだまま駆け出した。店に向かう道には、藤太の血が点々と残っている。

店の前に立ち、入り口の木戸に耳をつけた。いくつかの足音。かすかだが、得物を打ち合う音も確かに聞こえた。

背に負った荷を下ろし、塀を乗り越えた。剣戟《けんげき》の音が、はっきりと聞こえる。血の臭《にお》いが鼻を衝き、全身の肌がひりつく。

脇差を抜き、気配を殺して裏庭に回った。

そこここに、死体が転がっている。忍び装束の者もいれば、平服のままの者もいる。庭では、数人が斬り合っていた。いや、違う。一人が三人を相手にしているのだ。

「久一郎！」

小太刀を手に叫んだのは、凛だった。女物の小袖《こそで》という出で立ちは、完全に不意を衝かれたことを意味している。手負っているのか、いつもの軽やかな身のこなしは見る影もない。

相手が何者なのか。店の者たちは。考えている暇はない。こちらに向かってきた二人に、続けざまに苦無を放った。

一本が、一人の喉元に突き立つ。もう一人は、刀で難なく叩き落とした。久一郎は地面を蹴り、前へ跳ぶ。右足を振り上げ、男の顎を蹴り上げた。着地と同時に振り向きながら、脇差を薙ぐ。最後の一人の喉を、凛の小太刀が貫いた。

敵が全員倒れたのを確かめ、側に駆け寄った。凛は血に濡れた小太刀をぶら下げ、荒い息を吐いている。

「何があった？」

「わからない。いきなり襲われて、みんなやられた。平蔵《へいぞう》も次郎左《じろうざ》も、店の女子衆も。藤太がお頭に報せに行ったけど……」

平蔵と次郎左は、剣衆の中では屈指の手練れだった。久一郎は歯軋《はぎし》りした。おそらく、しずも殺されたのだろう。最後に見たしずの顔が束の間、脳裏に浮かんだ。

「藤太には、そこで会った。あいつも死んだ」

「……そう」

答える声に、普段の気丈さは見えない。左の袖は赤黒く染まり、指先から血が滴り落ちている。他にもいくつか浅手を負っているようだ。

「まずはここを離れるぞ。手当てはそれからだ。我慢しろよ」

凛が小さく頷きを返したその時、不意に全身の肌が粟立《あわだ》った。

弾かれたように、屋根を見上げる。わざわざこちらに気づかせるかのような気配だった。

「誰かと思えば、柳本を討った若造と、舞いの達者な女忍びか」

雲の切れ間から射し込む月明かりの中、ぼんやりと影が浮かんでいる。

「何者だ。なぜ、俺たちを知っている」

「以前、浦上村宗に雇われていたことがあってな。あの折の働き、見事であったぞ」

見上げながら、男の隙を探った。いきなり苦無を打ち込むか。束の間考えたが、掠《かす》りもしないだろう。相当な手練れだと、直感が告げている。凛もそう感じているのか、動こうとはしない。

「申し遅れたな。わしは、浄春《じょうしゅん》と申す。これは挨拶代わりだ」

言うや、足元に置いた何かを蹴り落とす。咄嗟に飛びのいたが、何も起こりはしない。

凛が息を呑む気配が伝わってきた。目を凝らし、久一郎も唇を噛む。落ちてきたのは、源六の首だった。

「なかなかの手練れではあったが、いかんせん歳を取りすぎていたな。年寄りは年寄りらしく、おとなしくしておればいいものを」

踏み出しかけた凛の袖を引き、制止した。相手は一人ではない。庭の方々に、いくつか気配を感じる。

逃げるぞ。唇の動きだけで凛に伝え、浄春を見上げる。

「浦上の犬が、なぜこんなところにいる。まさか、仇討ちか？」

「仇など討ったところで一文の得にもなるまい。それよりも、そなたたち二人は殺すには惜しい。どうだ、わしの下で働く気はないか。いずれ三好は滅ぶ。沈むとわかっている船に、いつまでもしがみつくことはあるまい」

「三好が滅ぶだと？」

「遠からず、畿内は全て木沢長政の版図に収まる。忍びに最も必要なのは腕ではない。利をもたらす相手を嗅《か》ぎ分ける鼻よ」

「浦上の次は木沢か。あんたの鼻もあてにならんな。飯盛山城はじきに落ち、木沢も討たれるぞ。首と胴が離れて、どうやって畿内を支配する気だ？」

「残念だが、そうはならん。あと十日もせぬうちに、三好元長とその一党は野辺に屍《しかばね》を晒すことになろう」

虚勢を張っているようには思えない。浄春の声には、確信が満ちている。

「では、答えを聞かせてもらおうか。我が配下に加わるというなら、三好から得ていた扶《ふ》持《ち》の倍を出そう。悪い話ではあるまい」

ここはいったん話に乗り、木沢の策を聞き出すべきか。束の間考え、すぐに否定した。一度でもこの男の懐に入れれば、抜け出すのは容易ではない。

「そうだな。それも悪くない」

言い終わる前に動いた。横に跳びながら、苦無を放つ。同時に、凛が煙玉を地面に叩きつけた。

見通していたかのように、浄春はわずかな動きで苦無をかわしている。構わず、身を翻して駆け出した。凛も後から続いてくる。

狭い庭に植えられた樹の上から、影が舞い降りてきた。振り下ろされた刀を籠手《こて》で受ける。左腕に走る衝撃に顔をしかめながら懐にもぐりこみ、顎に肘《ひじ》打ちを見舞う。すかさず腕を伸ばし、仰《の》け反《ぞ》った相手の両目を抉《えぐ》った。短い呻き声を上げ、相手が膝をつく。

影は、さらに増えていた。正面に三人、背後は何人いるかもわからない。迷わず、正面に向かう。駆けながら二本、三本と苦無を放つが、倒せたのは一人だけだった。残る二人のうち、一人は凛に斬りかかり、もう一人はこちらに向かってきた。

苦無は残り一本。舌打ちし、久一郎は脇差を投げつけた。相手は簡単に叩き落としたが、一瞬体勢が崩れた。すかさず踏み込み、距離を詰める。

目の前に迫った相手が、刀を横に薙いだ。転がってかわしながら懐に手を入れ、残った最後の苦無を逆手で握り込む。そのまま、相手の眉間に突き立てた。

後ろから手裏剣が飛んできた。苦無を突き刺した相手の襟首を摑み、楯《たて》にする。数本の手裏剣が突き立った死体を捨て、凛と斬り結んでいる男の背中に一太刀浴びせた。仰け反った男の首筋を、凛の小太刀が斬り裂く。そのまま、塀に向かって駆けた。

右肩に一本、手裏剣が突き刺さった。

「久一郎！」

「構うな。走れ！」

叫んだ瞬間に一瞬よろめいたが、歯を食い縛って堪えた。凛が血脂の捲《ま》いた小太刀を捨て、右手一本で塀に飛びつく。

続こうとした刹那、左手の茂みが揺れた。もう一人いる。予想外だった。

飛び出した敵が、切っ先を向けてきた。かわせない。覚悟を決めかけたところで敵は動きを止め、前のめりに倒れた。うなじに、凛の放った苦無が突き刺さっている。

「早く！」

頷き、塀に手をかけた。通りへ飛び下りた衝撃で肩に激痛が走り、思わず膝をつく。

「急ごう。早く、元長様に知らせないと」

差しのべられた手を摑んで立ち上がった。

肩の傷は、思ったより深い。血もかなり出ている。逃げきれるか。考えるより前に、凛の手を握ったまま走り出した。

自分が今どこにいるのか、まるでわからなかった。

時の感覚もおかしくなっているのか、どれほどの間駆け続けているのかも覚えていない。

ただ、追っ手が諦めたらしいことは理解できる。浄春にとっては、手負いの忍びの一人や二人放っておいても、仕事に差し障りはないのだろう。

町中からは、だいぶ離れていた。月は相変わらず出たり隠れたりを繰り返し、気まぐれにあたりを明るく照らしては再び闇の中に突き放す。血を失いすぎたせいか意識は朦朧《もうろう》としていたが、たぶん、凛の手は一度も離していないはずだ。

心は何度も折れかけた。こんな苦しい思いをしてまで、どこへ逃げようというのか。もう、走るのをやめてしまおう。そんな思いに駆られた時には決まって、凛の手に力が籠《こ》められた。

どこをどう歩いたのか、川のせせらぎが聞こえてきた。這《は》うようにして土手を登り、川原に降りると、暗い橋の下に身を隠した。

橋は小さなもので、下に人の姿はない。膝のあたりまで伸びた草を掻き分け、腰を下ろそうとした時だった。いきなり、凜の手から力が抜けた。

がさりと草を鳴らしながら、凜が倒れていた。

「おい……」

寝ている場合じゃないぞ。そんなふうに続けようとした言葉は、口にすることができなかった。

俯《うつぶ》せに倒れた凜の背に、べっとりと血が滲んでいる。背中がわずかに上下しているのを見て、息はあると安堵したのも束の間、なぜ気づいてやれなかったのかという後悔が込み上げる。

小袖の破れ方から見て、刺し傷だとはわかった。それもかなりの深さで、今も血の染みは広がり続けている。場合によっては、もう助からない。

「お前、いつの間に。俺の傷なんかより、よっぽど深いぞ」

この体で、これだけ走り続けたのか。信じられないほどの気力だった。

「……起こし、て」

日頃の強気は微塵《みじん》も感じられない、消え入りそうな声だった。

脇に手を差し入れて上体を起こし、そのまま支えた。知らないうちに血を吐いたのか、口元が汚れている。

傷は、肺腑《はいふ》にまで達していた。こうなっては、もう手の施しようがない。込み上げる得《え》体《たい》の知れない感情を、唇を嚙んでごまかした。

「みんな……殺された。お頭も、藤太まで……」

もう喋るなという言葉を、久一郎は飲み込んだ。

「お頭は、本当は優しい人だった。藤太も、忍びとしてはまだまだだけど、悪い奴じゃ……なかった」

「何だ、偉そうに」

苦労して笑顔を作ると、凛も汚れた口の端を持ち上げて微笑した。

「お前の笑った顔、はじめて見た。大人しくしていればなかなかの器量良しなのに、もったいないな」

「……噓《うそ》」

「噓じゃない。本当のことだ」

どう答えるべきかわからないのか、あるいは寒気でもするのか、形のいい唇が小さく震えている。

「もう……行って。元長様に……」

そこまで言うと、凛の口から血が溢れ出した。激しく咳き込み、それが治まると、閉じかけた目を向けてくる。

「戦のない世の中……見てみたかった」

「見られる。元長様は、俺が救う。だから……」

「生まれ変わったら、普通の……百姓の娘に、なって、それから……」

言葉になったのはそこまでだった。腕の中の小さな体から、徐々に生気が消えていった。追いすがるように、肩に回した腕に力を籠める。だが、離れていく命を引き止める力など、あるはずもなかった。

久一郎の胸に、凛が頭を預けてきた。それから、ゆっくりと目蓋《まぶた》を閉じていく。

まだ温かみの残る体を横たえると、久一郎は自分の袖を破り、川の水に浸した。濡れた布切れで、口元の血を拭ってやる。

また、月が雲間から顔を覗かせていた。青白い月光が、凛のよく整った顔を照らしている。戦のない世に生まれていれば、きっとどこかで好きな男でも見つけて、子を生み、幸福な生を送っていたはずだ。

「役目が終わったら、迎えに来る」

立ち上がり、踵《きびす》を返して走り出す。

地獄も極楽も眉唾《まゆつば》ものだが、生まれ変わりだけは信じてもいいと、久一郎は思った。

七

空に広がる薄い雲を、元長は見上げていた。六月も半ばになるというのに、どことなく肌寒い。

今年も米は不作だろう。連年の冷害で、多くの民が飢えに苦しんでいる。せめて、この戦だけでも早く終わらせたかった。

連日の力攻めで、城はすでに陥落寸前だった。城兵は山頂のいくつかの郭に追い込まれ、兵糧も尽きかけている。味方の犠牲もかなりの数に上っているが、まだ余裕はあった。あと一日か二日。それで落とせると、元長は踏んでいる。

だが、他に気がかりなことがあった。配下の忍びからの報告が途絶えている。京へやった久一郎からも、何の報せもない。

「椿屋から、何か報せは？」

近習を呼び、訊ねた。

「いえ、何も」

「そうか。すまんが、ただちに京へ発ってくれ。源六らの安否を確かめるのだ」

「安否、にございますか？」

「そうだ。急げ」

考えすぎだろうか。茨木長隆捕縛の機を窺い、ひたすら息を潜めているだけかもしれないのだ。だが、もしもそれに失敗していたら。あるいは、先手を打たれていたら。

小さく首を振り、その考えを追い払った。たとえそうだとしても、誰かが報せにくるはずだ。京へ出向く近習には悪いが、無駄足になることを願った。

本陣の幔幕《まんまく》をくぐると、すでに諸将が揃《そろ》っていた。床几に腰を下ろし、一同を見回す。

「長にわたる参陣、ご苦労に存ずる。だが、それもあとわずかにござる」

「木沢めは、今頃いそいそと腹を切る仕度をしておるやもしれませんな」

「あの者のことじゃ。腹を切っても、出てくる血はきっと真っ黒に違いないわ」

鎌田光久と三好一秀の軽口に、諸将が声を上げて笑う。誰もが疲れを滲ませてはいるが、覇気は失っていない。この戦の意味を、しっかりと理解しているのだろう。

長政を討って御前衆を排除すれば、公方府を一から建て直すことができる。義晴を下し、名実共に唯一無二の幕府として、乱世の平定に乗り出せる。そのために、数えきれないほどの相手を欺き、陥れ、命を奪ってきたのだ。

「殿。総攻めのお下知を」

一秀に頷きを返した時、いきなり陣幕の外が騒がしくなった。

「何事か」

「も、申し上げます！」

駆け込んできたのは、先ほど京へ向かわせた近習だった。

一枚方居辺に軍勢、およそ八千。こちらへ向かって進んでおります！」

肩で息をしながら叫ぶ近習に、一秀が怪訝《けげん》な顔を向ける。

「そんなところに軍勢がおるはずあるまい。いったいどこの軍じゃ」

「それが、わかりませぬ！」

「このど阿呆《あほう》が、何を見てきた！」

二人のやり取りを聞きながら、元長は五日前に感じた不安が再び頭をもたげるのを覚えた。

怒声を上げる一秀に恐懼《きょうく》しながら、近習が答える。

「馬はほとんどおらず、鎧《よろい》もろくにつけてはおりませんが、それぞれに得物を携え、しかと旗も掲げておりました。あれは、まぎれもなく軍勢にございまする」

「して、旗には何と？」

「南無阿弥陀仏《なむあみだぶつ》の名号《みょうごう》が。他には、厭離穢土《おんりえど》、欣求浄土《ごんぐじょうど》、と」

「一向門徒か！」

叫んだきり、一秀が絶句した。その意味するところを理解した諸将は、驚愕《きょうがく》を露《あら》わに互いの顔を見合わせる。

四十数年前、加賀《かが》守護の富樫政親《とがしまさちか》を滅ぼすため蜂起した一向門徒は、数十万にも上ったという。鎧も得物も粗末だが、死を厭《いと》わず、進んで干戈《かんか》に身を晒す門徒たちの恐ろしさは、この場にいる誰もが聞き知っていた。

「なぜだ。なぜ今、一向門徒が」

呻くように光久が言った。

「落ち着け。門徒どもが我らに敵対すると決まったわけではない。まずは使いを出して、相手の真意を」

「よせ、一秀。無駄だ」

「されど、殿」

「門徒は間違いなく、お館様の意を受けて動いておる」

断言すると、本陣は水を打ったように静まり返った。

五日前に京に入った茨木長隆は、そのまま一向衆の総本山たる山科《やましな》の本願寺《ほんがんじ》に向かったのだろう。

加賀での蜂起以後、一向門徒は山科本願寺の意向もあり、武家同士の争いに加担することはほとんどなかった。どんな伝手があったのか。どれほどの利を約束したのか。手段はわからないが、六郎は茨木長隆を使い、本願寺を動かすことに成功したのだ。

百姓の上に立つ武家にとって、一向門徒は諸刃《もろは》の剣《つるぎ》だった。動員力は桁違《けたちが》いでも、敵を倒した刃がそのまま自分に向かってこないとも限らないのだ。百姓持ちの国となった加賀の有り様を思えば、一向門徒の力を借りようなどという発想が生まれるはずもない。

策を立てたのが誰かはわからない。だが、最終的に決断したのが六郎であることは間違いない。門徒を戦に駆り立てるのがどれほど危険か、六郎も理解しているはずだ。

手にした采配を握りしめ、元長は強く唇を噛んだ。口の中に、血の味が広がっていく。

自分を倒すため、六郎は敢《あ》えて禁じ手にも等しい策を採った。それほど、自分のことが憎かったのだろう。

この期に及んでもまだどこかで、六郎を子供扱いしていた。御前衆という手足をもいだ上で説けば、自分の言うことを聞くと踏んでいたのだ。今にして思えば、それは六郎に対する侮り以外の何物でもない。

脳裏に、はじめて会った時の六郎の顔が浮かんだ。家臣の後ろに隠れこちらを見上げる幼い六郎は、やがてどこへ行くにも元長の後をついてくるようになった。

義維と三人で新たな幕府を打ち立て、この乱世を平定する。六郎はその夢を、一人でも叶《かな》えられると思っているのか。それとも、夢などとうに捨ててしまったのか。

「殿、いかがなさいます？」

一秀の硬い口調に、元長は現実へ引き戻された。

門徒衆は士気こそ高いものの、統一された采配の下に動いているわけではない。一月以上にわたる攻城戦で味方は疲弊しているが、敵が八千ならば勝ち目は十二分にある。

「城に押さえの兵三千を置き、残る全軍で迎え撃つ。一秀、前衛で敵を受け止めよ。光久は隙を見て、横から掻き回せ」

「ははっ」

将兵が慌ただしく動き始める中、立て続けに伝令が飛び込んできた。

「北西の方角に、五千の軍勢が集結中！」

「南西およそ一里半、深野池《ふこのいけ》南岸に沿って、大軍が進んでまいります。その数、およそ一万五千！」

諸将の誰もが息を呑み、青褪めた顔を元長に向けてくる。明らかに取り乱した様子で、畠山義堯が叫ぶ。

「元長殿、これはいかなることじゃ。今日にも木沢めの首を挙げられるはずではなかったのか。それが何ゆえ、何ゆえこのような……」

「落ち着かれませ。この戦、総大将はあくまで畠山殿にござるぞ」

「されど」

「畠山殿は、すぐにこの場から落ち延びられませ。高屋城まではおよそ三里（約十二キロ）。騎馬にて駆け通せば、敵とぶつかる前に逃げ込むことができましょう」

「して、そなたは？」

「それがしはこの地に踏みとどまりまする。門徒どもを打ち破り、堺へ帰還いたす所存」

「打ち破ると申しても……」

「さあ、お急ぎください。一刻を争いまする」

追い立てるように言うと、義堯は口元に無念さを滲ませながら腰を上げた。

「元長。わしはそなた一人が頼りじゃ。命を粗末にいたすでないぞ」

それだけ言って、義堯は本陣を後にした。

残った諸将に向き直り、一人一人を見回しながら言った。

「聞いての通り、飯盛山攻めは中止と相成った。我ら阿波衆は、門徒衆を打ち破った上で堺へ帰還いたす。敵はすでに、目と鼻の先まで迫っており申す。大和、河内から参陣なされた方々は、早急に陣を払われよ」

「待たれよ」

声を上げたのは、畠山家の重臣だった。

「それがしも、三好殿と共に戦いまするぞ。主は落ち延びたとはいえ、門徒どもをこのままのさばらせておくわけにはまいらぬ」

その言葉に、河内衆、大和衆の面々が次々と立ち上がった。

「わしも戦うぞ。三好殿が浦上村宗を討ち取らなければ、今の我らはない。今度は、我らが三好殿をお助けいたす番ぞ」

「そうじゃ。この期に及んで逃げ出せとは、いささか大和衆を見くびられてはおりませぬか？」

口々に述べる諸将に、元長は深く頭を下げた。

「かたじけない。方々のお力添えがあれば、門徒輩《ばら》など物の数ではござらん」

諸将が戦を決意したのは、門徒に対する恐怖の裏返しだろう。だが、それだけではないと信じたい。人が利だけで動く生き物ならば、乱世など永久に終わりはしないのだ。

「まずは、聞かれよ」

元長は、卓の上に広げた絵図を指し示した。

「敵は総勢三万を越えるとはいえ、三手に分かれております。主力は南西の一万五千。我らはすみやかに飯盛山の包囲を解き、全軍でこれに当たるべきかと存ずるが、いかがか」

反論はない。全員が、覚悟の定まった顔で元長を見つめている。

「全軍を一本の槍と見立て、敵の中央を貫く。さすれば、寄せ集めの敵は再び結集するまでに相当の時がかかるはず」

「飯盛山の城兵が追撃をかけてくると存ずるが、いかが手当てなされます」

「槍の石突きの部分は、大和衆に担っていただく。飯盛山の方角を睨みながら、最後尾についていていただきたい。困難な役目だが、引き受けていただけるであろうか」

「承知いたした。百姓どもを相手にするよりは気が楽というものよ」

大和衆の一人が、軽口めかして答えた。

「では、先鋒は鎌田光久、二陣が三好一秀。その後ろにそれがしと馬廻り。河内衆は、その後に続いていただく」

緊張を滲ませながらも、光久がにやりと笑う。先陣を奪われた格好の一秀はどこか不満そうだ。やはり、二人とも生粋の武人だった。

「正面の敵を突破したら、振り返らずに堺までひた駆けよ。北庄の大樹をお救いした後、再び木沢長政討伐の兵を起こす。次こそは、必ず長政の首を挙げようぞ」

諸将が立ち上がり、声を揃えて応《こた》える。

この窮地に追い込まれてなお、本陣は場違いなほどの高揚感に包まれていた。この一月の間厳しい戦陣を共にして、将兵の結束は強まっている。

元長は腰を上げ、兜《かぶと》をかぶった。生きて堺まで辿り着けるかどうかは考えなかった。

城を囲んでいた軍が、一箇所に集まってくる。城兵は、今のところ静観しているようだ。余計な兵糧や荷は、そのまま置いていく。腹を空《す》かせた城兵が群がって、少しでも木沢勢の動きを止められればいいと考えてのことだ。

後方に大和衆三千を置き、鋒矢《ほうし》の陣を組ませた。

「堺に戻った後は、いかがなされます？」

準備が整ったと報告にきた一秀が、馬を寄せて言った。

「申したはずだ。北庄を制圧し、大樹をお救いする」

「御前衆は無論のこと、お館様を討つ覚悟がおありなのですな？」

一秀の目が、真《ま》っ直《す》ぐに見つめてくる。

六郎との間には、底も見えないほど深い亀裂《きれつ》が入っている。だが、それは些細《ささい》な齟齬《そご》が重なってできたものだ。本当に、命を奪い合わなければならないほどのものなのか。

逡巡を見越したように、一秀は声をひそめて言う。

「お館様がある限り、また同じことの繰り返しになりまするぞ。無駄な血を流さぬためにも、ここは心を鬼になされませ」

「わかっている。もうよい。目の前の戦に集中せよ」

まだ何か言おうとする一秀を押しのけるように、馬に跨《また》がった。全軍に向け、声を張り上げる。

「大和衆以外は、前だけを見据えよ。首を獲る必要もない。立ちはだかる敵を打ち倒し、一歩でも前に進むことのみを考えるのだ」

薄曇りの空の下、法螺《ほら》貝《がい》の音が響いた。先頭の光久が、槍を高く掲げる。

全軍が一斉に動き出した。

すぐに、地鳴りのような音が聞こえてきた。門徒たちの唱える、南無阿弥陀仏の名号である。万を超える人間が唱和する念仏に、馬が怯えている。兵たちも、動揺を見せはじめていた。

やがて、地から湧き出るように敵が姿を現した。右手に広がる広大な深野池に沿って、ゆっくりと進んでくる。こちらがすでに陣を組んでいるのは見えているはずだが、歩みは止まらない。

「物見の報告よりも、いくぶん多いな。二万近くはいるように見える」

「行軍の途中で、村々の門徒が馳《は》せ参じたのでしょうな。仏の名を用いて兵を集めるとは、よう考えたものじゃ」

塩田胤光が答えた。歳が歳だけに、前線には出さず、側近くに置いている。

元長は右手を挙げ、進軍を停めた。周囲は広大な原野で、起伏も少ない。

敵は、大きく横に広がっている。やはり、それほど統制が取れているようには見えない。

だが、門徒たちが放つ普通の軍勢とはまるで異質な気に、味方は呑まれそうになっていた。

「恐れるな。人を戦に駆り立てる仏など、まやかしにすぎん」

距離が詰まる。念仏の声は、すでに耳を聾《ろう》するほどだった。

矢の届く距離に入った。

「やれ」

合図の鉦《かね》が打ち鳴らされる。

鉦の音は、しっかりと光久の耳に届いたようだった。夥しい数の矢が放たれ、門徒たちの頭上に降り注ぐ。敵は、楯になる物をほとんど持っていない。兜をかぶっている者さえ、十人のうち二人か三人である。矢の威力は、通常の戦とは比較にならない。

それでも敵は、前進をやめない。何事もなかったかのように屍を乗り越え、念仏を唱えながらひたひたと進んでくる。

「極楽往生のためなら、矢など怖くないのでしょう。何とも、気の滅入るような戦にございますな」

胤光が、顎鬚《あごひげ》を撫でながら言った。

「それほど、この世に絶望しているということか」

「致し方ありますまい。どれほど立派な為政者でも、この世を楽土に変えることなどできませんわい」

新たな幕府を打ち立てることで、ほんの一筋でも民に希望を見せられると信じていた。

だがそれも、思い上がりだったようだ。

いや、まだ終わってはいない。己を叱咤《しった》するように、声を張り上げた。

「うろたえるな。気を吞まれれば、この戦は負けぞ」

再び、鉦が乱打される。矢《や》の雨が止み、喚声が上がった。弓隊が左右に分かれ、騎馬を中心とした光久の隊が飛び出していく。

ぶつかった。敵の隊列が乱れるのがここからでも見て取れる。鑿を打ち込むように突っ込んでは引くことを繰り返すと、ついに敵の前進が止まった。

「一秀を出せ。敵の中央を一気に抉る」

光久と一秀が一丸となって、突撃をはじめた。一撃で貫くつもりだったが、思いの外抵抗が強い。捨て身で襲いかかってくる門徒たちに味方の兵は困惑し、恐怖さえ感じはじめている。

恐怖は人を疲弊させる。そして、人から人へと伝播《でんぱ》していく。戦場の光景を見つめる元長の馬廻り衆の目にも、怯えの色が宿りかけていた。

いったん蹴散らされた敵が再び集まり、両翼から味方を押し包んでいく。光久と一秀は、側面にも敵を受ける格好になっていた。人の波に遮られ、二人の姿は見えない。

「胤光、わしも前に出る」

「しかし、殿」

「兵たちの間にこれ以上恐怖が広がれば、軍は維持できん。その前に勝負をつける。後方の河内衆にも伝令を出せ」

胤光の返事も聞かず、従者から槍を受け取った。

「光久と一秀を死なせるな。続け」

腹の底から雄叫《おたけ》びを上げ、馬腹を蹴った。千五百の馬廻りと四千の河内衆が後に続く。

味方の側面に回った二千ほどの敵に突っ込んだ。徒歩《かち》の敵を馬蹄にかけ、槍を突き立てていく。

戦場は、異様な雰囲気に包まれている。四方八方から念仏の声が響き、血の臭いとあいまって、悪い夢の中にでもいるような気分に陥った。

五人目を突き倒した時、馬が足を折り、元長は地面に投げ出された。すぐに立ち上がり、槍を構え直す。目の前で鎌《かま》を振り上げる若い男の胴を突いた。具足もつけていない男の胴は、いとも簡単に貫くことができた。間髪を入れず、横から竹槍を突き出される。体を捻《ひね》ってかわし、槍の石突でこめかみを打った。

さらに二人、三人と突き伏せていくが、敵は恐れることなく向かってくる。いくつか浅手を受けた。兜も、いつの間にかなくなっている。

敵の気迫に、味方は気圧《けお》されている。しかも、長い攻城戦の後だ。兵たちの顔には疲労が色濃く浮かび、槍を振るのにも難儀している。

「殿、これを」

胤光が、群がる敵を薙ぎ払いながら、乗り手を失った馬を曳《ひ》いてきた。飛び乗り、戦場を見渡す。

前に出たことで、敵の陣容がはっきりとわかった。

中央で、三千ほどがまとまっている。これまで人の壁で見えなかったが、ただの百姓などではない。全員が具足を身につけ、整然と陣を組む、軍勢と言ってもいい一団である。

たぶん、あれが本隊だろう。光久の隊が再三ぶつかっているが、しっかりと槍衾《やりぶすま》を作って堪え、崩れる気配がない。

あそこに、敵の総大将がいる。本願寺法主の証如《しょうにょ》はまだ若い。いるのは、証如に代わって門徒を率いる坊官だろう。

「あの軍勢を潰せ。それで、敵は完全に崩れる」

これ以上長引けば、敵の別働隊に追いつかれる。飯盛山の城兵が追撃をかけてくる恐れもある。馬廻りをまとめ、敵本隊の側面に攻めかかった。

光久の隊と押し合っていたため、敵の対応はわずかに遅れた。ぱらぱらと飛んできた矢を、馬上で身を伏せてかわしながら、敵陣に躍り込んだ。

たちまち、敵味方が入り乱れる。敵は、他の門徒たちとは比べ物にならないほど、戦に慣れていた。

剣戟と矢の唸り、断末魔の悲鳴。聞こえるのはそれだけで、念仏を唱える敵兵は、なぜか一人もいない。

門徒の軍ではないのか。その疑問が頭に浮かんだ時、視界に見覚えのある派手な兜が映った。

十間（約十八メートル）ほど先、馬上で太刀を振るう騎馬武者。相手もこちらに気づいた。口を歪めて笑っているのが、ここからでもはっきりと見える。

「神五郎、か」

呟くと同時に、神五郎は馬を駆けさせた。元長も馬首を回し、穂先に血脂の捲いた槍を捨てた。

「この時を待ちわびたぞ、元長」

疾駆《しっく》しながら、神五郎が叫ぶ。

「不義の子の分際で当主面をするのは今日までぞ！」

元長は無言で太刀を抜き放ち、馬腹を蹴った。神五郎の顔が次第に近づく。六郎の側に侍《はべ》り、讒言を繰り返した男。同じ一族であっても、許せはしない。

馳せ違う。先に、神五郎が太刀を繰り出してきた。わずかに遅れて、右手一本で突きを放つ。風が頬を打ったが、刃はかわした。同時に、右手に手応えが伝わってくる。

そのまま、再び離れた。斬った。そう思ったが、頬を浅く斬り、兜を飛ばしただけだった。

馬首を巡らせる。神五郎は落馬していた。頬を血に染め、凄《すさ》まじい形相でこちらを睨んでいる。

長い因縁だったが、これで終わりだ。胸中に呟いて太刀を握り直した刹那、視界が歪んだ。

一瞬、何が起きたのか理解できなかった。左の脇腹。一本の矢が、深々と突き刺さっている。危うく馬から落ちかけたが、辛《かろ》うじて堪える。

矢の飛んできた方角に目をやる。見慣れた具足と兜。弓を構えた六郎は、こちらをじっと見据えていた。

互いの顔がはっきりと見える距離だったが、六郎に表情らしきものはない。無言のまま、次の矢をつがえている。

元長は、口元に笑みを浮かべた。

家臣に任せず、自ら出陣なされましたか。門徒の中に軍勢を埋伏《まいふく》するとは、なかなかの策にござった。朦朧とする意識の中で、主君に語りかける。主君であり、弟でもあった。

どこで間違えてしまったのだろう。自答する前に、六郎が次の矢を放った。

八

深い、果てることのない闇の中にいた。

泥濘《でいねい》の中に、胸まで浸《つ》かっている。無数の手が体を摑み、下へ下へと引いていく。振り解《ほど》こうにも、四肢は微塵も動かない。

抗うことを諦めると、体はゆっくりと沈み込んでいった。全身が浸かった時に自分は死ぬのだろう。体を摑んでいるのはたぶん、自分がこれまでに命を奪ってきた相手だ。

不思議なほど、恐怖は感じない。これでようやく解き放たれるという、安堵にも似た思いだけがある。

泥濘に首まで浸かった時、誰かが名を呼んでいるのが聞こえた。聞き慣れた、それでいて懐かしい声。なぜか、耳を撫でるような心地よさを感じた。

まだ、やり残したことがある。不意にそんな思いが込み上げてきた。だが、上手《うま》く思い出せない。

「殿……殿」

また声が聞こえた。誰かが、元長の手を握っている。

ゆっくりと目を開いた。いくつかの顔が、床に横たわる元長を囲んでいる。霞《かすみ》がかかったように、視界はぼんやりとしていた。

「お目覚めになられたのですね」

かすかに震えを帯びた声は、菊のものだった。慣れ親しんだ掌の感触に、元長はこれが夢でないことを悟る。

「父上、お帰りなさいませ」

千熊丸《せんくまる》が、幼さを残した声で言う。

徐々に、視界がはっきりしてきた。穏やかな陽光が射し込む枕元には、菊と子供たちの他に、塩田胤光の姿もある。

「よくぞ、よくぞ……」

胤光の皺《しわ》だらけの頰を、涙が伝っていく。

喉が渇ききっていて、声を出すこともままならない。水を飲もうと体を起こしかけ、全身に激痛が走った。

「無理をなさいますな。矢を、二本も受けられたのです」

左の脇腹と、右の胸。そこに矢を受けたのだろう。他にも、数え切れないほどの傷があった。その痛みは元長に、自分が生きているということをはっきりと教えている。死ななかった。いや、死ねなかったのか。

菊の助けを借りてわずかな水を口にすると、ようやく声が出せるようになった。

「ここはどこだ、胤光。戦は、どうなった」

「堺南庄、顕本寺にございます。一秀殿のお働きで、何とか辿《たど》り着くことができました」

「一秀はどうした。光久も、姿がないようだが」

「一秀殿は敵の追撃を一手に引き受け、壮絶なご最期を遂げられました。光久も、木沢勢に突撃した後、行方《ゆくえ》知れずとなっております」

戦の結末を語る胤光の声は、さすがに沈んでいる。

元長が矢を受けた直後、飯盛山城の城兵が背後から襲いかかってきた。大和衆は突き崩され、畠山家の重臣たちも多くが討死した。味方は総崩れとなり、倒れた元長を戸板に乗せて戦場から離脱するのがやっとだったという。

一秀が死んだ。幼い頃から口うるさい守役として、常に側近くにいた。死んだと言われても、まるで実感が湧かない。

「その夜のうちに、河内高屋城も陥落いたしました。畠山義堯様は夜陰に乗じて逃れられましたが、十七日になって門徒どもに発見され、自刃して果てられたとの由」

「待て。今日はいったい、何月何日だ」

「六月十九日にございます」

戦が行われたのは、十五日の昼だ。あれから、四日も眠り続けていたことになる。

「して、敵は」

「一昨日から、この堺南庄を遠巻きに囲んでおります。門徒どもはさらに膨れ上がり、今や十万にも達しようかというほどで」

「味方は今、どれだけいるのだ」

「留守居に残した康長様の軍勢を併《あわ》せ、千五百ほど」

残りは、討たれるか逃げたかしたのだろう。わずか四日で、味方のほとんどを失った。

「本来ならば、殿と御方様らを連れて阿波へ逃れるべきでした。渡海のための船も、湊《みなと》へ集結をすませております。されど今、殿のお体を動かせば命取りになりかねぬと医師が申しましたゆえ」

「そうか」

康長は、防備の指揮に忙殺されているという。だが、いくら守りを固めたところで、戦になればいくらも保たないだろう。

「敵は、六郎様は、何ゆえ攻め寄せて来んのだ」

「それは……」

胤光が言いかけた時、襖《ふすま》が開く音がした。部屋にいた全員が居住まいを正し、平伏する。

「ようやく目覚めたか、元長」

義維の声だった。起き上がろうとしたが、体は言うことを聞かない。

「よい。無理はいたすな」

言いながら、義維は枕元に腰を下ろす。

「六郎が南庄を攻められないのは、ここに私がいるからだ」

「大樹はいつ、こちらへ」

「昨夜だ。金蓮寺で幽閉同然の身であったが、剣衆の忍びが手引きしてくれた」

「忍びというと」

「久一郎、と名乗っておったな」

「そうでしたか。あの者が」

生きていたか。安堵したものの、状況がさして好転したわけではない。むしろ、義維を戦に巻き込むことにもなりかねなかった。

「それがしの独断にて、久一郎に命じました。お叱《しか》りはそれがしに」

「胤光を責めるでない。私は誰が何と言おうとここへ駆けつけるつもりでおったが、正直、久一郎が来てくれて助かった。私一人の力では、金蓮寺を出ることすら叶わなかったであろう」

言うと、義維は元長に顔を向けた。

「加地為利《かじためとし》に命じて、私の出家を条件にそなたを助命いたすよう、六郎と交渉させておる」

加地為利は、胤光と並ぶ三好家の奉行である。主に、公家や商人との交渉事を任せていた。

「大樹、それは」

「よいのだ、元長。こうなった以上、将軍職などに何の未練もない。共に阿波の寺にでも入り、心穏やかに生を送ろうではないか」

不意に、目の奥が熱くなった。

夢は、跡形もなく潰《つい》え去ったのだ。はっきりと思い知らされ、元長は目を閉じた。抗い難い疲れと虚《むな》しさが、全身に重くのしかかる。

「交渉はまだ、はじまったばかりだ。しばし、体を休めるがよい」

義維と胤光が出ていくと、菊と子供たちだけが残った。

不意に、空腹を覚えた。下女に運ばせた粥《かゆ》を、菊に助けられて啜る。

「まことに、もう駄目かと思いました。ここへ運ばれた時は、ほとんど死人のようなお顔をしておられましたゆえ」

「それほどまでにか」

「かなりの血を失い、医師も、後は運を天に任せるしかないと申しておりました。それでも千熊は、父上が死なれるはずがないと言い張って」

枕元で行儀よく端座する嫡男に顔を向けた。

「そうか。心配をかけたな」

「いいえ。父上は必ずや目を覚まされるとわかっておりましたゆえ」

千熊丸が、誇らしげに胸を張る。隣の千満丸《せんまんまる》は、もう七歳になっていた。三人いる娘たちも、母の側に控えている。菊のおかげで、子には恵まれていた。

余人を交えずに妻子と過ごすのはいつ以来なのか、元長には思い出せなかった。そして、おそらくはこれが最後だ。

子供たちに微笑を返し、胸に巻いた晒しに目をやった。

六郎に弓を教えたのは自分だった。あの距離ならば、急所を射抜くこともできたはずだ。六郎にも、少なからぬ葛藤《かっとう》があったのかもしれない。

だが、交渉は決裂するだろう。ここまできた以上、六郎が自分の助命など受け入れるはずがない。義維を死なせる結果になったとしても、決着をつけようとするはずだ。

日が落ちた頃、六郎の陣から加地為利が戻った。

菊や医師の反対を押し切って直垂《ひたたれ》に着替え、元長は本堂へ向かった。一歩踏み出すごとに全身の傷口が痛みを訴えるが、表情に出すのは堪えた。

報告を聞くため集まったのは、義維と康長、胤光のみである。

「申し訳ございませぬ。交渉は成りませなんだ」

為利は、沈痛な面持ちで呻くように言った。胤光は嘆息し、上座の義維は目を閉じている。

「三好元長は主君に弓を引きし逆臣。その罪は万死に値する。あくまで庇《かば》い立てるとあらば、大樹といえど身の安全は約束できぬ。そうお館様、いえ、細川六郎は申しました」

「おのれ、六郎。大樹に刃を向けるつもりか」

具足姿の康長が、拳を床に叩きつけた。普段は温和で、感情を露わにすることはめったにない。

「兄上、かくなる上は全軍で出陣し、敵の本陣を衝きましょう。それがしが陣頭に立ちますゆえ、大樹と兄上はここでお待ちくだされ。たとえ十万の大軍といえど、敵は所詮、烏《う》合《ごう》の衆にござる。一丸となって突き進めば……」

「ならん」

弟の言葉を遮り、静かに言った。

「康長、そなたは大樹と皆を連れ、阿波へ逃れよ。千熊丸はまだ幼い。しかと支えてやってくれ」

「お待ちくだされ。いったい何を仰せなのです、兄上は」

「わしはここに残り、そなたたちが海へ逃れるまでの時を稼ぐ」

「馬鹿な。兄上は死ぬおつもりか？」

「六郎様が欲しいのは、わしの首ただ一つ。わしが阿波に逃げれば、六郎様はどこまでも追ってまいろう。さすれば、阿波も戦場となる。もうこれ以上、無駄な血を流すのはやめにしようではないか」

束の間、本堂は静まり返った。康長は、怒ったような顔で元長を見据えている。

「わかった。私もここに残ろう」

それまで口を閉ざしていた義維が、ぽつりと言った。

「阿波は、私が幼い頃から暮らしてきた大切な地じゃ。戦場になど、しとうはない」

「大樹」

「公方府は、私の夢でもあった。けっして、そなた一人のものではないぞ」

微笑を湛《たた》えながら真っ直ぐこちらを見つめる義維に、返す言葉は見つからなかった。何も言わず小さく頷くと、康長に顔を向けた。

戦よりも和歌や茶の湯を好む、文人肌の弟だった。武士の家になど生まれなければ、その道で名を成していたかもしれない。

「わしの弟として生まれたばかりに、そなたにはずいぶんと苦労をかけてきたな」

「何を言われるのです、兄上」

「この上さらに、三好家の今後を託すは心苦しい。だが、これも定めと受け入れてくれ。この通りだ」

元長は初めて、弟に頭を下げた。

「わかりました」

しばしの間を置いて、康長は答えた。

「それがしにはいささか重過ぎる荷ではありますが、身命を賭《と》して千熊君をお支えいたします」

「すまん、礼を言う。時がない。すぐに仕度にかかってくれ」

「ははっ」

これで、やり残したことは一つ片付いた。

康長が出ていくと、俄《にわ》かに境内が騒がしくなった。

家臣たちを遠ざけ、元長は妻子と向き合った。

ここにいたった経緯を語って聞かせる間、千熊丸はしっかりと背筋を伸ばし端座していた。それに倣《なら》い、他の子らも口を挟むことはなかった。

「この戦が終われば、すぐにでも迎えを出そう。それまでは、そなたが三好の惣領《そうりょう》だ。康長の言うことをよく聞き、惣領として恥ずべき行いはいたすでないぞ」

「わかりました。けっして、叔父上《おじうえ》を困らせるようなことはいたしませぬ」

唇を引き結び、千熊丸が答えた。もう十一歳である。父が置かれた状況が抜き差しならないものであることは、しっかりと理解しているのだろう。

元々利発な息子だった。学問でも非凡な才を覗かせ、最近では師が返答に窮するような質問をぶつけることもあるらしい。

もしかすると、元長の言葉の中にある偽りを、千熊丸は見抜いているのかもしれない。

我ながらつまらない嘘をついたものだと内心で苦笑したが、今さら白状する気にもなれなかった。

「菊。子らを頼んだぞ」

「はい、お任せくださいませ」

精一杯の笑みを作って、菊は明るく答える。

「千熊。この後、そなたの身の上には様々な事が起ころう。耐え難いほど辛《つら》き目にも遭うやもしれん。だが、そなたの肩には三好の一族郎党と、阿波の民の命運がかかっておる。そのことを忘れてはならんぞ」

「はい」

「しかし、そなた自身がどう生きるかは別な問題だ。時勢や周りの者に流されてはならん。己の生は、己で決めろ」

「承知いたしました」

「よし。いい返事だ」

手を伸ばし、前髪の残る頭を撫でた。いつの間にこれほど背が伸びたのか。父親らしいことを何一つしてやれなかったことを、今さらながら後悔する。

母に似て色白で細面の顔は、どこかの公家の子弟といっても通用しそうだった。荒武者揃いの家中を束ねていくにはいささか不安だが、妻によく似た息子の顔が、元長は嫌いではない。

この息子に、自分は何を望んでいるのだろう。出来得ることなら、醜い権力争いなどとは無縁の、穏やかな生を送ってほしい。だが三好の惣領《そうりょう》として生まれた以上、そんな生は望むべくもない。

ならば、六郎や木沢長政を討って自分の志を継いでほしいかと問われれば、それも違うという気がする。

「よいか、千熊。もし、わしが武運つたなく討たれたとしても、仇を取ろうなどと思うな」

「それは、何ゆえにございましょう」

「恨みや憎しみで兵を動かし敵に勝ったところで、生まれるのは新たな恨みと憎しみのみ。だがそなたには、人を信じることのできる男になってほしい。たとえ裏切られたとしても、相手を憎んではならん。難しいが、そなたならできると、父は信じている」

千熊丸は押し黙ったまま、父の顔をじっと見上げている。

「仇討ちは固く禁じる。よいな？」

「それは、お約束いたしかねまする」

毅然《きぜん》とした声音で、千熊丸が答える。この息子が言葉の上だけでも抗う姿勢を見せたのは、はじめてのことだった。

「父上はつい先ほど、己の生は己で決めよと申されました」

返す言葉がなかった。我が子の成長に驚きと頼もしさを同時に覚え、元長は苦笑する。

「仇討ちを為すか否かは、己で決めまする。されど」

一度言葉を切り、千熊丸は胸を張った。

「父上に信じていただける己を、私も信じることといたします」

子らがどんな生を選ぶのか見届けられない無念さを噛み締め、元長は「それでいい」とだけ言った。

「さあ、もう行け。湊で康長が待っておる」

一礼し、千熊丸が立ち上がった。菊と他の子らもそれに続く。

数拍の間、菊と目を合わせた。

「ご武運を」

頷くと、菊は一礼し、子らを促して出ていく。

誰もいない部屋で、文机《ふづくえ》に向かった。筆を手に今後起こりうる展開を考える。

蜂起した門徒たちが今後どうするのか。そのまま解散するのか、それとも別の相手に矛先を向けるのか。どちらにしろ、畿内は大きく乱れる。

傷の痛みは、まだ続いていた。熱も出ているらしく、座っているだけで脂汗が滲んでくる。急所は外れていると医師は言ったが、体の深いところでまだ血が流れ続けているのかもしれない。

苦心しながら一通の書状を書き上げたところで、ふと気配を感じた。

「いるのだろう、久一郎。姿を見せてくれ」

音もなく襖が開き、下人姿の久一郎が現れた。どこか硬い表情のまま平伏し、頭を下げる。

「ほんの数日ぶりだが、ずいぶんと久しい気がするな」

「申し訳ございませぬ。椿屋で、木沢配下の忍びに襲われました。その後も、敵の張った網をかいくぐるのに時を費やし、飯盛山に駆けつけた時には、すでに手遅れでした」

源六以下、剣衆はほぼ全滅だという。あの凛という女忍びも命を落とした。

「そうか」

剣衆の面々には、今までどれだけ助けられたかわからない。ろくに報いることもできないまま、死なせてしまった。

「わかった。よう生き残ってくれた。大樹をお救いしてくれたことも、礼を申す」

「塩田様に命じられた役目を果たしただけにございます」

「めずらしく殊勝ではないか。らしくないな」

苦笑しながら言っても、久一郎の表情は硬いままだった。

「俺に、木沢長政の暗殺を命じてください」

「ならん。死ににいくようなものだ。それに、木沢が死んだところで敵が退いてくれるわけではない」

「ならば、細川六郎を」

「よせ。もう、勝負はついておる。後は、どう幕を引くかだけだ」

「しかし」

「そなたの申した通りであったわ。六郎様は、最初からわしを討つつもりだった。だが、わしはそこまでの覚悟を持つことができなかった。考えてみれば、負けるのも当然だな」

自嘲《じちょう》気味に言った刹那、地が揺れるような音が聞こえてきた。耳を澄ますと、夥しい人数が南無阿弥陀仏の名号を唱えている。南庄を囲む門徒たちの勤行《ごんぎょう》だろう。

「皮肉なものよ」

呟き、元長は小さく笑った。

「我らは、民のために戦のない世を築こうと、この堺公方府を作り上げた。だが、公方府を滅ぼすのは誰でもない、名もなき民たちであった」

久一郎は俯き、唇を噛んでいる。思えば久一郎も、はじめて出会った時は、乱世を憎むただの童だった。あれから十二年。表には出さないが、公方府に対する思い入れのようなものはあるのだろう。

「あの連中は」

堪えていたものを吐き出すように、久一郎は言った。

「あの連中は愚かです。殿がいなくなれば、畿内はもっと乱れる。そのことがわかっていない」

「そうではない。此度の門徒の蜂起は、いつまでも内訌を繰り返す我らに対する、民の怒りの表れぞ」

「それでも、怒りをぶつけるべきは殿ではない。殿は、民のために……」

「もういいのだ、久一郎。言ったところで、今さらどうなるものでもない。それより、そなたを呼んだのは、暗殺を命じるためなどではない。今後は、忍びの仕事から足を洗え」

「何を仰るのです」

「武士として、千熊丸を助けてやってくれ。これが、わしの最後の頼みだ」

親の欲目を差し引いても、千熊丸はそれなりの器量を備えている。だが、この乱世で一門の惣領として立つには優しすぎた。側に誰か、汚れを知る人間が必要になる。それは、実直な康長では務まらない。

「俺は、武士になど……」

「だからこそ、命じるのではなく、頼んでおる」

久一郎は俯き、床の一点を見つめている。

「時がない。今宵のうちに、敵は南庄に攻め入ってこよう。今ならばまだ、船も出ておらん。わしの頼みを聞き入れてくれるのであれば、この書状を千熊丸に届けてくれ。断ると申すなら、何処《どこ》なりと立ち去るがよい。ここに残ることだけは許さん」

元長は書状を床に置き、瞑目《めいもく》した。目を閉じていても、久一郎が見つめてくる気配を感じる。

どれほどの時が経ったのか、その気配が失《う》せた。

目を開く。久一郎の姿はない。

床の書状も消えているのを確かめ、元長は安堵の笑みを漏らした。

敵は、深更近くになっても動きを見せなかった。

「なかなか動かぬな」

言ったのは、本堂の板敷きに腰を下ろした義維だった。侍烏帽子《さむらいえぼし》に、煌《きら》びやかな赤糸《あかいと》縅《おどし》の大鎧。腰には黄金《こがね》作りの太刀を佩《は》いている。堺大樹の名に恥じない勇姿だった。

元長は具足もつけず、直垂姿のままだ。甲冑《かっちゅう》に身を固めたところで、この体ではろくに動くこともままならない。

本堂には、元長と義維の二人だけだった。顕本寺に残った百名ほどの兵は、それぞれの持ち場についている。

「十万の大軍といえど、そのほとんどは百姓門徒。六郎様も、御するのに難儀しておられることでしょう」

「それにしてもあの六郎が、これほどの大軍を動かしておるとはな。しかも、相手は我ら二人。何とも皮肉なことよ」

「夜明けまでには、敵も動きましょう。最期の宴とまいりますか」

従者に酒を運ばせ、互いに酌み交わす。話題は自然と、阿波にいた頃のことばかりになった。元長の剣の稽古《けいこ》が厳しすぎると、六郎が毎日のように泣いていたこと。三人で川へ水練に出かけ、義維が溺《おぼ》れかけたこと。そんな他愛《たわい》もない話ばかりだ。

「あの頃に戻りたいなどとは言うまい。夢のために戦い、その半ばで斃《たお》れる。無為に日々を送って天寿を全うするよりも、はるかに満ち足りた日々だった。そう思おうではないか」

寂しげな笑みを漏らしながら盃を舐《な》める。さして強くもない義維の顔には、もう赤みが差していた。

「そなたはいつか、私に言ったな。この国の武士や民にとって、将軍は父に当たると。その民が今、私を討とうと向かってくる。私は、父として失格ということだな」

「子はいつか、父という壁を越えてゆくものにござる」

「思えば六郎にとって、そなたは越えねばならぬ壁のようなものだったのであろうな。あれの兄としては、壁を越えた先に奈落《ならく》が広がっておらぬことを願うしかない」

自分も、実の父である之長の呪縛に長く苦しめられた。天下を平定するなどという途方もない夢を抱くようになったのも、父の呪縛のゆえなのかもしれない。

だが、今となってはどうでもいいことだ。瓶子《へいじ》が空になったのを確かめると、元長は腰を上げた。

遠くから喚声が聞こえる。敵が動きはじめたのだろう。

「大樹。これより先は、お連れするわけにはまいりませぬ」

言いながら、脇差を鞘ごと抜いた。

「何じゃ、元長。何を……」

座したまま怪訝な顔を向けてきた義維の首筋へ、脇差を振り下ろす。一瞬目を見開いた義維は、そのままうつ伏せに倒れた。

手を叩くと、襖が開き、塩田胤光が姿を見せた。

「まことに、よろしいのですな？」

「ああ。こうでもせねば、大樹は誰が何と言おうと腹をお召しになられるであろう。千熊が、将軍家を見捨てて逃げた男などと呼ばれては、死んでも死にきれん」

「まこと、それだけにございますか？」

こちらの心中を見透かしたように、胤光は笑みを浮かべている。

六郎に、将軍殺しの汚名を着せたくない。胤光の問いは図星だったが、敵の大将を気遣っていては、死んでいく将兵に申し訳が立たない。問いには答えず、元長は短く命じた。

「手筈《てはず》通り、六郎様の陣へお連れいたせ」

義維に黙って使者を送り、段取りはつけてあった。門外にはすでに、出迎えにきた六郎の家臣が待機しているはずだ。

「途中で目を覚まされぬよう、そっとお運びいたすのだ」

「承知。すぐに戻りますゆえ、それまでお待ちいただきますぞ」

胤光と近習に背負われた義維を見送り、元長は縁に出た。酒のせいか、痛みがひどくなっている。傷口が熱い。また、出血がはじまったのかもしれない。確かめることはせず、塀の向こうに目を凝らした。

胤光が戻るとすぐに、攻撃がはじまった。

塀をよじ登ってくる敵を、味方の矢が次々と射落としている。運よく矢を逃れ境内に飛び下りた者は、待ち構えた足軽の格好の餌食《えじき》となっていた。

味方はよく戦っていた。阿波へ逃れることをよしとせず、元長の道連れとなることを選んだ者たちである。数は少なくとも、士気は高い。

時折、地鳴りのような音が響く。敵が、門に丸太をぶつけているのだ。それが幾度か続いた後、門扉が激しい音を立てて倒れた。雪崩《なだれ》を打って、敵が突入してくる。

「殿、そろそろお暇《いとま》つかまつる」

傍らに控えていた胤光が、腰を上げた。

「頼む」

「殿と共にあった日々は、なかなかに面白うござった。願わくは来世でも、殿のお側に」

笑みを返すと、胤光は一礼して踵を返した。

「最期の一戦ぞ。阿波侍の武勇のほどを、一揆輩に見せてやれ！」

胤光の声を背に、屋内に入った。本堂の床に腰を下ろし、直垂の前をはだける。

脇差の鞘を払った。いつか、六郎と義維と三人で誓いを立てた脇差。夢の幕を引くのに相応しいと、元長は思った。

きつく巻いた晒しは、赤黒く染まっていた。脇差で結び目を切り、解いていく。

外の喧騒が嘘のように、本堂は静かだった。燭台《しょくだい》の灯心が焼ける音さえ聞こえそうな気がする。

三十二歳。乱世の武人として、それが早いのかどうかはわからない。それでも、生まれた瞬間に不義の子として殺されてもおかしくはない命だった。母が身を挺《てい》して自分を庇《かば》ってくれなければ、そしてそれ以前に、之長がいなければ、自分は夢を抱くことさえできなかった。

目を閉じ、切っ先を腹に当てる。

もう、誰に対する恨みも憎しみもない。穏やかな気持ちで、刃を突き入れた。

終章　恩讐《おんしゅう》の果て

一

海鳥の群れが舞い飛ぶ晴れ渡った空の下、船は波を搔《か》き分けて進んでいた。

左右を警固の小早船《こばやぶね》に守られながら、堺《さかい》の湊《みなと》を出港した三艘《そう》の関船《せきぶね》は、舳《へ》先《さき》を西へと向けている。

昨日の雨の影響で波はやや高いが、航海そのものは順調だった。しかし細川六郎晴元《ほそかわろくろうはるもと》は、船旅を愉しむ気分とはほど遠いところにいる。

晴元という名乗りは昨年、将軍足利義晴《よしはる》から一字を拝領してつけた。下の一字は、細川京兆《けいちょう》家の当主が代々受け継いできたもので、使わないわけにはいかない。〝晴〟の字に加え、元長《もとなが》の〝元〟。自分で選んだ名ではないゆえに、皮肉な巡り合せを感じる。

六郎の立つ甲板《かんぱん》は、男たちの血と汗と潮の香が混ざった悪臭に満ちていた。加えて波も高く、甲板は時折大きく揺れる。乗船して以来、六郎はしばしば込み上げる吐き気と必死に闘っていた。

船倉に収容しきれず甲板で体を休める兵たちの誰もが疲れ果て、水夫たちの作業の邪魔になるのも厭《いと》わずそこここに座り込み、虚《うつ》ろな目を宙に漂わせている。

絵に描《か》いたような、敗残の軍である。六日間に及ぶ堺での攻防戦に、細川軍は惨敗を喫していた。生きて船に辿《たど》り着くことができたのは、六郎の馬廻《うまわ》り衆《しゅう》を中心としたおよそ三百。振り返って天に立ち昇る煙を見れば、置き去りにしてきた味方の辿った命運は推して知るべしだった。

船を雇っておいて正解だったと、六郎は改めて思う。船は、淡路《あわじ》を本拠とする安宅《あたけ》水軍のものだ。いざという時に備えて、堺の湊に待機させていた。もしも船がなければ、今頃自分の首は堺の往来に晒《さら》されていただろう。

目指す淡路は、堺から目と鼻の先である。だが、つい先刻まで激しい戦を戦い抜いた兵たちにとっては、地獄のような船旅だろう。

また一人、足軽が船縁《ふなべり》から乗り出して嘔吐《おうと》している。他の者たちにも、背中をさすってやる元気すらなかった。

「お館様《やかた》、あともうしばしの辛抱にございます」

兵たちと同じく顔を青褪《あおざ》めさせた三好神五郎《みよしじんごろう》が側《そば》に来て言った。

「わかっておる。それよりも、兵たちの心配をしてやれ。薬が足りておらぬのではないか？」

「何分、急な出航にございましたので……」

言い終わる前に、神五郎は顔を歪《ゆが》めた。元長の死後、念願の三好家惣領《そうりよう》の座に就いたこの男も、門徒との合戦で肩に矢傷を負っていた。

「おのれ、門徒どもめ。淡路にて力を蓄えた暁《あかつき》には、根絶《ねだ》やしにしてくれようぞ」

呪詛《じゆそ》にも似た呟《つぶや》きを聞き流し、六郎は舳先の向こうに横たわる淡路島を見つめた。

天文《てんぶん》二（一五三三）年、二月十九日。昨年の六月、堺南庄顕本寺《みなみのしょうけんぽんじ》で三好元長とその郎党が自刃してから、半年以上が経《た》っている。

一向《いっこう》門徒を利用して元長を討つ。その策を立てたのは、木沢長政《きざわながまさ》だった。六郎が義晴と接触すれば、焦った元長は必ず飯盛《いいもり》山攻めに打って出る。その背後を、蜂起《ほうき》した門徒に襲わせる。諸刃《もろは》の剣《つるぎ》とも言える策だが、六郎はこれを許した。こうでもしなければ、元長に勝つことなどできなかったのだ。

本願寺《ほんがんじ》への伝手《つて》はあった。茨木長隆《いばらきながたか》の一族である茨木近江守《おうみのかみ》が本願寺の坊官、下間《しもつま》氏出身の女を妻としていたのだ。その伝手を使い、若い本願寺証如《しょうにょ》の外祖父で、後見人を務める蓮淳《れんじゅん》に繋《つな》ぎをつけた。

長政の読み通り、蓮淳は法華宗《ほっけしゅう》の大檀那《おおだんな》である元長の声望が高まることに危機感を抱いていた。後は、強い物欲と権勢欲を持つ蓮淳の鼻先に餌《えさ》をぶら下げてやるだけでよかった。

長政の策は、恐ろしくなるほど当たった。

だが、元長を討った一向門徒は、堰《せき》を切った奔流《ほんりゅう》のごとく畿内《きない》で荒れ狂いはじめた。元長自刃の翌月、門徒は奈良へ乱入し、興福寺《こうふくじ》をはじめとする多くの寺社を襲撃する。摂津《せっつ》、河内《かわち》、和泉《いずみ》でも、門徒のさらなる蜂起が相次いだ。この時点で、門徒たちは本願寺の統制から完全に離れ、独自の行動を取るようになっていた。

ある程度は予想できた展開である。こうした事態に備え、長政は次の一手を用意していた。一向宗と対立する法華宗の信者を煽動《せんどう》して一揆《いっき》を起こさせ、一向門徒にぶつけるのである。

思惑通り、一向宗の跳梁《ちょうりょう》に危機感を覚えた法華信者たちは蜂起に踏み切った。京の富裕な町衆を中心とする法華一揆は各地で一向門徒を破り、八月には近江の六角《ろっかく》家と共闘し、山科《やましな》本願寺を攻略する。

山科陥落の報に、六郎は快哉《かいさい》を叫んだ。総本山を落としたことで、事態は沈静化に向かうはずだ。後は速やかに京に入り、近江朽木谷《くつきだに》の足利義晴を迎えればいい。

堺公方府《くぼうふ》は事実上滅亡し、元長の残党は阿波《あわ》に逼塞《ひっそく》している。六郎はただ一人の管領《かんれい》として幕府を、天下を動かせる。元長が為《な》し得なかった天下の平定という大事業を、この細川六郎晴元の手で完成させる。思いを胸に、入京の日を待ちわびた。

だが、すぐそこまで近づいた京は、呆気《あっけ》なく掌《てのひら》からすり抜けていった。

証如と蓮淳は燃え盛る山科を脱出し、総本山を摂津《せっつ》石山《いしやま》に移した上で、門徒たちに檄《げき》を飛ばしていた。本願寺は、武家との全面対決を決意したのである。

六郎は、長政らに法華一揆と共同で一向門徒に当たるよう下知《げじ》したが、各地で苦戦が続いた。

明けて天文二年正月。摂津富田《とんだ》にて、細川軍と法華一揆の連合軍が、一向門徒に大敗を喫する。これをきっかけに戦況は門徒側へ大きく傾き、門徒たちは大挙して堺へ押し寄せてきた。

「滑稽《こっけい》だな」

悪臭の漂う甲板で、六郎は自嘲《じちょう》した。元長との戦いで起死回生の一撃となった一向門徒が、今度は自分を堺から逐《お》ったのだ。新しい幕府どころか、武家が天下を治めるという、鎌倉以来続くこの国の構図さえ覆されかねなかった。

船が淡路由良《ゆら》の湊につくと、六郎は馬に乗り換え、地侍《じざむらい》の居館へ入った。

「お館様、よくぞご無事で」

出迎えた地侍が、慇懃《いんぎん》に頭を下げた。地侍は細川家の被官で、南淡路にいくらかの所領を持っている。六郎を匿《かくま》い、再起を遂げた暁《あかつき》には恩賞に預かろうという魂胆が透けて見えた。

「すまぬが、世話になる」

「ここまでは門徒どもも追っては来られますまい。しばしの間兵馬を休め、時を待たれませ」

頷《うなず》き、汚れた鎧直垂《よろいひたたれ》を脱いで平服に着替えた。

逃げ込む場所は、淡路しかなかった。最早《もはや》畿内は全域が戦場と化し、木沢長政が支配する北河内でも、門徒の跳梁を抑えきれずにいる。

細川持隆《もちたか》が治める阿波は問題外だった。昨年の春に持隆が堺を退去して以来、六郎とは義絶状態が続いている。今さら助けを求めて逃げ込むことなど到底できなかった。

時を待てと言われたところで、先の展望など何一つありはしない。地侍が開いた歓待の宴でも、家臣たちの表情には一様に落魄《らくはく》の思いが滲《にじ》んでいる。

暗く沈んだ宴に堪えきれず、六郎は腰を上げた
「お館様、どちらへ？」

「少し疲れた。今宵は休む」

不興を買ったかと狼狽《ろうばい》する地侍を一瞥《いちべつ》し、短く告げる。宴の喧騒《けんそう》を背に、あてがわれた居室へ向かった。

身も心も疲れきっているはずだが、床に入っても眠りは一向に訪れない。

なぜ、自分はこんなところにいるのか。見慣れぬ天井を見上げながら、六郎は自身に問う。本来ならば、今頃は京に新たな将軍御所を建て、事実上の天下人として都に君臨しているはずだった。それがなぜ、うらぶれた地侍の屋敷などで眠れぬ夜を過ごしているのか。

これでは、何のために堺公方府を滅ぼしたのかもわからない。所詮《しょせん》この身は、元長の足元にも及ばないということか。

意図せず、脳裏にあの河内の戦場で見た光景がまざまざと蘇《よみがえ》ってきた。

自分が放った矢が元長の体に突き立った瞬間に込み上げた感情は、とても一言で言い表せるものではなかった。自らの手で晴《はる》の仇《かたき》を討ったという喜び。兄にも等しい人物に弓を引いた懼《おそ》れ。体中の力が抜けてしまうほどの喪失感。それらが渾然一体《こんぜんいったい》となって、六郎はしばし戦場に立ち尽くした。

元長の首が届いた時も同じだった。自分は勝った。稀代《きたい》の名将と讃《たた》えられた三好筑前《ちくぜんの》

守《かみ》元長を超えた。そう思わなければ、居並ぶ家臣たちの前で叫び声を上げてしまいそうだった。

今でも時折、夢に元長が現れる。夢の中の元長はいつも、全《すべ》てを赦《ゆる》すように穏やかな微笑を浮かべていて、それが逆に六郎の心を苛《さいな》んだ。

自分はいつまで、元長の幻影と戦わねばならないのか。苛立《いらだ》ちが頂点に達し、六郎は体を起こした。酔いに任せて、強引にでも眠ってしまおう。そう思って従者を呼ぼうとした時、背筋に冷たいものが走った。

血の臭《にお》い。燭台《しょくだい》の向こう、灯《あか》りが届かない部屋の隅に目を凝らした。闇《やみ》の中に、何かがいる。

薄《うつす》らと影が見えた。それは、息を殺してじっと獲物《えもの》を狙《ねら》う獣《けもの》にも似た、獰猛《どうもう》な気配を放っている。

馬鹿な。暗殺に対する警戒は常に怠っていない。この部屋には、誰も忍び込むことなどできないはずだ。

門徒との戦が激化してからは、警固のための忍びを木沢長政から借り受けている。浄《じょう》春《しゅん》というその忍びは、畿内でも一、二を争うほどの手練《てだ》れだと長政は言った。

まさか、その浄春が裏切ったのか。最悪の事態を予感しながら、晴元は誰何《すいか》の声を絞り出した。

「……何者か」

「ようやくお気づきになりましたか、細川六郎様」

影がはじめて言葉を発した。こちらを挑発するような、嘲《あざけ》りを含んだ声。思いの外、若い。いつの間にか、今しがた感じた獰猛な気配は消えていた。

少なくとも、この者は自分を殺しに来たのではなさそうだ。それがわかり、六郎はいくらか落ち着きを取り戻した。

「どこの手の者か知らんが、よくここまで来られたものだ」

返答の代わりに、影は何かをこちらへ転がす。

息を呑《の》んだ。転がってきたのは、人間の首だった。視線を落とし、確かめる。浄春のものに間違いない。

「この者も老いましたな。ずいぶんと、腕が落ちておりました。宿直《とのい》の小姓衆《こしょうしゅう》には、しばしの間眠ってもらっておりまする」

太刀の位置を確かめようとして、やめた。どう足掻《あが》いても、自分が敵《かな》う相手ではない。

「して、いかなる用向きか」

「六郎様の窮地をお救いする、よき話を持ってまいりました」

「ほう、面白いことを申す忍びよ。ちょうど寝つかれずにいたところだ。話だけでも聞いてつかわそう」

「ご無礼ながら、それがしの話を容《い》れるより他に、今の六郎様が生き延びられる道はないかと存じまする」

「御託《ごたく》はよい。さっさと申せ」

「三好千熊丸《せんくままる》様を仲立ちとし、本願寺と和議を結ばれませ」

「千熊丸だと？」

予期せぬ名に、六郎は鼻で笑った。元長の嫡男《ちゃくなん》千熊丸は、まだ十二歳になったばかりのはずだ。今は持隆の庇護《ひご》の下、阿波芝生《しぼう》城で一族郎党と共に逼塞している。その千熊丸に、和議の仲介などできるはずがない。

だが、影は構わず続ける。

「すでに、本願寺の蓮淳様からはご内諾も得ております。本願寺としても、これ以上の合戦は避けたいところでしょう。三好家の御曹司《おんぞうし》を仲立ちといたせば、法華一揆とも話ができまする」

影が、一通の書状を床に置いた。六郎はそれを拾い上げ、燭台を引き寄せて中身を改める。確かに、三好千熊丸に和議の仲介を依頼するという、蓮淳からの書状だった。

「なるほどな」

すでに段取りはついているというわけか。

「これは、持隆の提案か？」

六郎と本願寺の和睦《わぼく》を斡旋《あっせん》する見返りに、千熊丸と元長一党の赦免を要求する。持隆の考えそうなことだった。だが、影はゆっくりと頭を振った。

「さにあらず。今は亡き我が主、三好筑前守元長の遺命に候《そうろう》」

再び予想外の名を聞き、六郎は言葉を失くした。

「これはご無礼を。まだ、名も名乗っておりませんでした。それがしは三好千熊丸が臣にて、松永久秀《まつながひさひで》と申す者に候」

この男は、忍びではないのか。六郎の疑念に構わず、松永と名乗った男は先を続ける。

「腹を切る前、元長は情勢の展開を何通りも予想し、その全てにどう対処すべきか、千熊丸様に宛《あ》てた書状に事細かな指示を書き残しておりました。此度《こたび》の仕儀も、そのうちの一つにござる」

自分が本願寺と敵対し、敗残の身に落ちぶれることを、元長は半年以上も前から予期していたというのか。腹を切るその時まで、自分を童《わらべ》扱いしていたのか。恥辱に、腹の底が熱くなる。

「もしも六郎様と本願寺が手切れと相成った時は、力を尽くして和議を取り持ち、お館様をお救いせよ。それが、元長の遺命にござった」

「馬鹿な！」

はじめて、六郎は声を荒らげた。自分でも見苦しいほど混乱していたが、抑えきれず影に向かってまくし立てる。

「元長が何ゆえ、わしを助けろなどと書き残す。あの男は、わしを憎んでおらんとでも言うのか。己《おのれ》を罠《わな》に落とし、腹を切らせた相手を何ゆえ救わねばならん。死んでからも、わしを虚仮《こけ》にするつもりか！」

「それがしには、死んだ者の気持ちなどわかり申さぬ」

気づくと、松永の声からは嘲りの色が消えていた。いかなる感情も見せず、淡々と続ける。

「ただ、元長の生前、それがしは幾度か六郎様を見限ってはどうかと訊《たず》ねました。しかし元長は、一度も首を縦には振らなかった。その甘さが命取りとなったものの、不思議とそれがしは、元長の下を去る気にはなりませんでした」

「ならば、何ゆえ晴を殺した？」

「お晴殿と申されるお方を殺《あや》めたは、この者とその配下にございます」

松永の指は、床に転がった首を指していた。

「お晴殿は六郎様の動静を探り、あわよくば籠絡《ろうらく》しようと、木沢長政が送り込んだ間者《かんじゃ》にござった。しかし、追い詰められた長政は、六郎様と元長の離間を図るためにあえて手駒《てごま》を切り捨てたのです。六郎様の目を、憎しみで曇らせるために」

「何を……そなたはいったい、何を申しておる」

晴が長政の間者？　違う。晴を送り込んできたのは元長だ。あの男は自分を殺すために晴を使い、口封じのために殺したのだ。

「そうか、わかったぞ。そのような詭弁《きべん》を弄《ろう》し、わしと木沢の間を裂こうという謀《はかりごと》か」

「この三月ばかりで、それがしは浄春の配下を五人ばかり始末いたしましてな。その時、色々と訊《き》きたいことに答えてもらいました。少々手荒な訊き方ではありましたが、配下の忍びどもは全員、法円寺にてお館様とお晴殿を襲ったことを認めましたぞ」

「馬鹿な……」

「忍びといえど、心を持った人間です。その心を折れば、忍びとしての誇りなど容易《たやす》く捨て去るものにござる」

忍びに口を割らせるなど、できるはずがない。それでも、この者ならばやりかねないという気がした。

「忍びどもが申すには、浄春は自ら法円寺の住職に化け、お晴殿を害したとの由。まことであれば、六郎様は愛妾《あいしょう》の仇《かたき》に身辺の警固を任せていたことになりますな」

松永の影が、小さく揺れた。声には出さないが、笑っているらしい。最初に感じた獰猛な気が、再び滲み出ている。

「浄春の腕をもってすれば、その場で六郎様を斬《き》るなどたやすいこと。しかし、そうはしなかった。おかしいとは思われませぬか？」

記憶を辿る。確かにあの時、自分が殺されていてもおかしくはなかった。

「木沢の思惑通り、六郎様は元長と畠山義堯《はたけやまよしたか》様を討った。これで、木沢と表立って敵対する者は全て消え申した。もっとも、門徒がこれほどまでに荒れ狂うとは、木沢も予期できなかったでありましょうが」

背中が汗で濡《ぬ》れていくのを感じるが、この男の言葉を信じるわけにはいかなかった。晴を殺させたのが長政だったならば、自分が元長を討つ理由など存在しなかったことになる。

誤解から元長を討ったなどと、断じて認めるわけにはいかない。

「わしは認めんぞ。晴を殺させたのは、誰が何と言おうと元長だ。だからわしは元長を討った。他に、真実などありはせぬ！」

「六郎様が信じようと信じまいと、それがしにはどうでもいいことにございます。真実とやらにも、興味はない。ただ、六郎様にはどうあっても此度の和睦の儀、受け入れていただきまする」

「断ると申したら、いかがいたす？」

「千熊丸様を総大将とする阿波勢一万が、ただちに淡路へ押し寄せてまいります。今この場でお命を奪うこともできますが、千熊丸様に父上の仇を取っていただいた方が、三好家の面目も立ちましょう。いずれにしろ、六郎様にはこの地で滅びていただきまする」

「わしを討つ、と申すか」

「六郎様をお救い申し上げよとの元長の遺命は果たせなくなりますが、我らの救いの手などいらぬと申されるならば、致し方ありますまい」

松永の声は本気だった。阿波ではすでに、出陣の準備も整えているのだろう。

「何が望みだ。まさか、元長の遺命を果たすためだけに、三好一党が動いておるわけではあるまい」

「無論のこと。和議が成った暁には、窮地を救った千熊丸様に対して恩賞を下さいますよう——

「恩賞だと？」

「さよう。なに、大したものではござらん。一つは、千熊丸様ならびに、三好の一族郎党の帰参をお許し願いたく」

千熊丸の帰参を認めれば、内側に大きな敵を抱え込むことになる。過程はどうあれ、六郎は千熊丸の父の仇だ。三好家中には、自分を憎んでいる者も多くいるだろう。

それでも、六郎に選択の余地はない。今のこの窮地を乗り切るには、和睦の仲介が必要だった。

「して、いま一つは？」

「足利義維《よしつな》公の御身《おんみ》を阿波へ引き取らせていただくこと」

元長の死後、義維は堺金蓮寺《こんれんじ》で半ば幽閉同然の暮らしを送っていたが、堺脱出に際して義維も連行している。今は、この館の離れにいた。正式に任官していたわけではないが、かつては事実上の将軍だった人物である。義維の扱いには、六郎も苦慮していた。

「義維公を、どうするつもりだ」

「何も。ただ、若き日々を過ごされた阿波で、心静かに暮らしていただきとう存じまする」

「それも、元長の遺命か」

「御意。この二つをお受けいただければ、我らはすぐにでも和睦の算段に入りまする」

目を閉じ、思案を巡らせた。

晴を殺させたのは元長か、長政か。思えば、晴の死で元長との対立は決定的になった。一向門徒の暴走がなければ、元長が死んで最も利を得たのは長政だったはずだ。そして元長は、自身の死後も六郎を案じ、救いの手を差し伸べている。

「一つ、確かめておきたい」

「何なりと」

「長政は晴の死を利用して、わしに元長を討たせた。間違いないな？」

「天地神明に誓って」

大きく息を吐き、天を仰いだ。

もう、疲れた。全てを投げ出してしまいたい。本願寺と和睦して畿内に戻ったところで、また、戦や謀略に明け暮れる日々が際限なく続くだけだ。信じることのできる相手など、もうどこにもいない。夢も志も、自らの手で破り捨てた。自分の為すべきことなど、もう何も思いつかない。

再び目を閉じた。目蓋《まぶた》の裏を、いくつかの顔が通り過ぎていく。

いや、一つだけある。声に出さず呟き、目を開いた。

「よかろう。その条件、呑む。何としても、和睦を成立させよ」

「承知いたしました」

音もなく襖が開き、松永の影が消えた。静寂に沈んだ部屋で独り、六郎は今にも消えそうな蠟燭《ろうそく》の炎を見つめる。

木沢長政を殺す。自分が生き続ける意味は、他にない。

長政を討つための手駒ならたった今、手に入った。三好一党をぶつける。あの連中の憎悪を上手く長政に向けさせれば、これ以上強力な駒はない。

戦と謀略の日々。望むところだ。失う物など何もない。それは、権謀術数《けんぼうじゅつすう》の世界に生きる上での強みだった。信じる相手がいなければ、他者は全て駒として扱うことができる。夢も志も持たなければ、己を恥じる必要などない。

長政の首を獲《と》るためなら、どれほど卑劣な策も躊躇《ためら》うことなく使ってみせる。あの男を絶望の淵《ふち》に追い込み、笑いながら突き落としてやる。

いつの間にか、蠟燭の炎は消えている。

深い闇を見つめながら、六郎はくぐもった笑い声を上げ続けた。

二

湊を見下ろす小高い丘の上で、松永久秀は馬を止めた。草の上に腰を下ろし、眼下に広がる景色を眺める。

天文二年六月。阿波別宮浦《べつくうら》には、無数の軍船が錨《いかり》を下ろしていた。夏の強い日差しが降り注ぐ中、荷車に満載した武具や兵糧を搬入するため、荷駄隊の兵や馬、徴発された人夫たちが行き交っている。

この別宮浦は、かつて義維と六郎が、元長の待つ堺へ出航した場所だ。あの時も、ここからはきっと同じ光景が見えたことだろう。

あれから六年。長かったのか短かったのかは、よくわからない。そしてその間、無数の謀が巡らされ、夥《おびただ》しい量の血が流れた。

だがそれも、この国の長い歴史からすれば取るに足らない瑣末《さまつ》な出来事なのかもしれない。そんなことを考えながら、久秀は豆粒ほどの大きさの人馬を眺める。

別宮浦に集結しているのは、三好千熊丸と細川持隆の軍勢およそ一万である。今日中には、出航の準備は全て整う予定だった。

六郎と本願寺の蓮淳が和睦に同意したとはいえ、事はそれだけでは終わらない。細川家中や本願寺の主戦派、法華一揆を支援する京の有力商人、本願寺の意向に従おうとしない門徒の指導者たちと、説得しなければならない相手はいくらでもいる。

久秀が和睦のために奔走している間にも、畿内では門徒や法華一揆、六郎に与《くみ》する武士たちが合戦に明け暮れていた。四月には、持隆から密《ひそ》かに支援を受けた六郎が、和睦が成る前に少しでも戦況を有利にしておこうと逆襲に転じた。摂津に上陸した六郎は木沢長政の軍や法華一揆と合流し、四月二十六日、ついに堺を奪還する。六郎は余勢を駆って石山本願寺を包囲したものの、広大な伽藍を誇る石山の守りは固い。

膠着《こうちゃく》の中、今度は丹波《たんば》で戦火が上がった。かつて元長に討たれた細川高国《たかくに》の一族晴国《はるくに》が兵を挙げ、京へ迫ったのである。

六郎、法華一揆ともに主力は石山に釘付《くぎづ》けとなっている。だが、京へ兵を回せば、石山の敵が出撃してきた場合に支えきれなくなるのは明白だった。

今が、千載一遇の機だった。石山へ出陣して六郎、法華一揆、本願寺へ同時に圧力をかけ、和睦を飲ませる。三者とも、受け入れざるを得ないはずだ。これ以上の消耗戦を続けても、得をするのは細川晴国ただ一人である。

「ここにおったか、久秀」

背後からかけられた声に、久秀は居住まいを正した。数人の従者を従えた、まだ少年の面影を残す武士。

「これは、殿」

「そなたは、目を離すとすぐに一人になりたがる。それほど、私の相手をするのが嫌か」

戯言《ざれごと》めかして言うと、三好千熊丸はひらりと馬を飛び下りる。

父が非業の死を遂げてもなお、屈託のない若者に育っていた。毎日学問と武芸の鍛錬に励み、弱音を吐くこともない。

久秀が元長と出会ったのも、このくらいの歳《とし》だった。あの頃、商家の小間使いだった童《わらべ》は元長の下で忍びとなり、今はあれほど憎んでいた武士として、三好家の祐筆《ゆうひつ》を務めている。

松永という姓は、父が武士を捨てる前に名乗っていたものだ。どういった家柄なのか、久秀は今も知らない。この乱世では、大した問題でもなかった。

「明日は、いよいよ出陣じゃな」

久秀の隣に腰を下ろし、千熊丸が言った。

「御意。殿の初陣と相成ります」

「情けないと思われるかもしれんが、私は戦にならぬことを願っておる」

「ほう、それは」

もしも調停を受け入れない勢力があれば、攻めざるを得ない。六郎を憎む家中の一部の者たちも、六郎が和睦を拒めば戦を仕掛ける口実ができると公言している。

「畿内の武士も民も、長く戦い続けてきた。民は年貢を納め、武士は民を守る。それが、この国のあるべき姿であろう。こんな戦は、早う終わらせるべきじゃ」

めずらしく憤りを見せる千熊丸に、元長の影を見たような気がした。

やはり、血は争えない。そして久秀の見る限り、千熊丸は父の甘さも受け継いでいる。

それを補って手を汚すのが、自分の役目だった。

「おそらく、和睦が成ることは間違いありませぬ。問題は、その後にござろう。木沢長政をはじめとして、三好神五郎や茨木長隆といった者どもが、我ら一党を快く受け入れるはずがありませぬ」

「覚悟の上じゃ。だが私の望みは、畿内を安寧《あんねい》に導くことにある。父上からは、仇討《かたきう》ちを禁じられておるゆえな——

「畿内に巣食う武士どもは、獣のようなものにございます。甘言をもって近づいてきたかと思えば、こちらが弱みを見せた途端に姿を変え、牙《きば》を剝《む》き出す。それもすべて、己が利のため」

千熊丸は、小さく頷く。

「畿内だけではありません。この国では誰も、己が生き残り、利を貪《むさぼ》るために相手の隙《すき》を窺《うかが》っております。殿には、ご自身がそうした醜き世にあることを、どうかお忘れなきよう」

「わかっておる。人の心は弱く、ともすれば利に流される。だが、父上はそれでも、人を信ずることを捨てはしなかった。私はそれを、誇りに思う」

千熊丸の双眸《そうぼう》には、一点の淀《よど》みもない。これから先も、この少年は父の教えに忠実に生きていくのだろう。自分には、到底できない生き方だ。

元長に仇討ちを禁じられたのは、あくまで千熊丸だ。久秀の中には今も、憎しみの火種が燻《くすぶ》り続けている。

和睦が成れば、六郎は木沢討伐に動くだろう。六郎の胸中にも、木沢に対する憎しみが渦巻いている。木沢を討つまでは、六郎を立てればいい。

元長を死に至らしめた全ての者を許さない。凛《りん》や源六《げんろく》の命を奪い、ようやく手に入れた自分の居場所を壊した者たち。その全員を殺す。それがたとえ、元長が赦《ゆる》した相手だとしても。

「どうした。何を恐い顔をしている」

我に返り、若い主君の顔を見る。

「父上から後事を託されたそなたを、私は父とも兄とも思おう。これからも苦しき道のりが続くだろうが、そなたを信じ、共に父上の目指された新しき世を築こうではないか」

本当の汚れを知らない澄んだ目が、こちらを見つめている。

耐えられずに「はい」とだけ答え、久秀は顔を背けた。